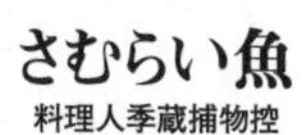

料理人季蔵捕物控

和田はつ子

角川春樹事務所

目次

主な登場人物

季蔵（としぞう）　日本橋木原店「塩梅屋」（あんばいや）の主。元武士。裏の稼業は隠れ者（密偵）。

三吉（さんきち）　「塩梅屋」の下働き。菓子作りが大好き。

瑠璃（るり）　季蔵の元許嫁。心に病を抱えている。

おき玖（おきく）　「塩梅屋」初代の一人娘。南町奉行所同心の伊沢蔵之進（いざわくらのしん）と夫婦に。一児の母。

烏谷椋十郎（からすだにりょうじゅうろう）　北町奉行。季蔵の裏稼業の上司。

お涼（おりょう）　烏谷椋十郎の内妻。元辰巳（たつみ）芸者。瑠璃の世話をしている。

豪助（ごうすけ）　船頭。漬物茶屋みよしの女将おしんと夫婦。

田端宗太郎（たばたそうたろう）　北町奉行所定町廻り同心。岡っ引きの松次と行動を共にしている。

松次（まつじ）　岡っ引き。北町奉行所定町廻り同心田端宗太郎の配下。

嘉月屋嘉助（かげつやかすけ）　季蔵や三吉が懇意にしている菓子屋の主。

長崎屋五平（ながさきやごへい）　市中屈指の廻船問屋の主。元二つ目の噺家松風亭玉輔。

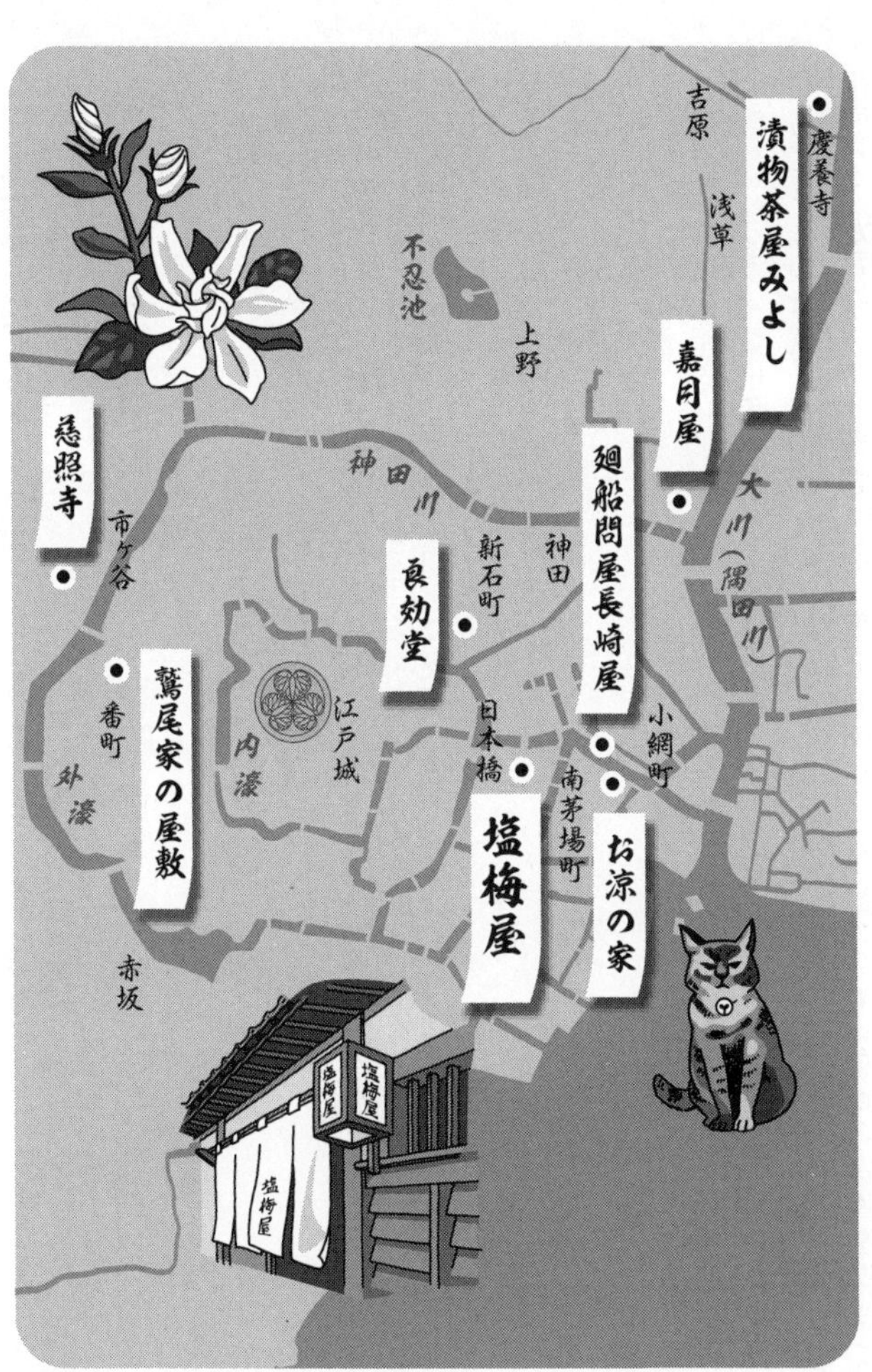

地図製作／コンポーズ　山﨑かおる

第一話　さむらい魚

一

江戸の空は眩しく青い。この日の早朝、日本橋は木原店の一膳飯屋塩梅屋に、親しい漁師から届けられてきたのは旬の太刀魚二尾であった。主季蔵はこの太刀魚を俎板の上に置いた。

「今年もさむらい魚の時季が来たね」

手伝いの三吉が言った。

「この魚って格好いいよね」

大きいものでは長さ七尺弱（約二メートル）、重さ三百匁（約一キロ）近くにもなる太刀魚は、まるで銀白色の帯のようである。鱗、尾ビレと腹ビレがなく、目に見えるヒレらしきものは細長い背ビレだけだ。その姿と人の肌をも容易に切り裂く鋭い歯とが相俟って太刀魚と呼ばれている。頭を上にして立ち泳ぎをしながら獲物を探すことから、〝立ち泳ぎする魚〟、立ち魚が太刀魚となったとも言われている。

「じゃ、始めようか」

季蔵と三吉は並んで太刀魚を捌きはじめた。まずは水洗いして背ビレを取る。ほとんど身のついていない尾先は落とす。太刀魚の大きさにもよるがこうすると俎板に収まりやすい。

「おいら、こいつは身が細くて包丁入れるとこ、少ないから楽だなんてもう言わないよ」

すっかり魚捌きに慣れた三吉が呟いた。

「細身の魚ほど包丁の刃先を器用に動かすのむずかしいし、結構、クセ者なんだからこいつ」

そして、刀の切っ先のような鋭い歯を持つ頭を二つに割って切り落とす。この頭は後で潮汁に使う。腹を裂きワタを出して水で洗い、扱いやすいように三つに切り、筒切りをつくる。

「まだまだ危ないんだよな」

背ビレの付け根の両側から切り目を入れたあと、ヒレを包丁で押さえて太刀魚を引っ張るとヒレ骨が外れる。

「こいつを舐めてかかってた最初の時、おいらの指、血だらけになっちまったっけ」

太刀魚のヒレ骨は歯にも増して非常に鋭いので、うっかりすると指を傷つけてしまう。

こうしておろした中骨付きのままの筒切りは塩焼きか、唐揚げにする。

残りは刺身等の骨なしの料理にするべく大名おろしにする。これは中骨に身を厚めに残す贅沢な三枚おろしのことで、小アジ、小サバ等の小さな魚やサヨリ、サンマ、キス、カマス、太刀魚等の細長くて身の少ない魚はこれに限る。

大名おろしにした太刀魚のワタを包んでいた、ガンバラと言われる腹骨を切り取る。どんな魚にもあるこの腹骨は長時間煮ても固く、食べるのに適さないからである。

「ここ、ここ、これって大根のかつら向きと同じくらいむずかしかったよ。季蔵さんは入れた包丁を寝かせてガンバラをすきとるように切り取れって教えてくれた。でも、ガンバラってどの魚にもあるけど魚それぞれで形が違うんだもん。よく見えないこともあるし」

そう言って三吉は包丁を慎重に太刀魚の腹骨に這わせていく。

「太刀魚ときたらガンバラも小さくて細長い。でも、おいら、もうほぼ一人前なんだから、料理人の勘を気取って、ほいっと格好よくガンバラ切りをしたい。やり慣れてるアジやサバならできるんだけどな」

　ここで三吉は包丁を止めて隣の季蔵の方を見た。

　一旦、包丁を止めている季蔵は切り込んできた部分を左の指でめくり上げ、ゆっくりと腹の薄い部分を少しずつ切り離していく。三吉もこれに倣い、なんとか二尾のガンバラが切り取られた。

「ふーん、季蔵さんでもそれやるんだ」

　三吉の言葉に、

「太刀魚は銀色の皮をひくことができない。ガンバラから包丁が逸れて皮を破ったらお客様に出せなくなる」

　と季蔵は応えた。

　太刀魚は皮のひけない魚なので刺身に造る時は口に皮が当たらないように、何本かかけ切りの切り目を入れて銀皮造りにして供する。その様子には一抹の清涼感がある。季蔵は太刀魚の焼き霜造りも拵えた。これは皮目を炙って供する変わり刺身である。

　今夜の献立はあっさりと夏らしく太刀魚の塩焼きと銀皮、焼き霜造りを主とし、ほかは中骨の骨せんべい、潮汁と決まった。太刀魚の多量の中骨は三分の一量を醤油、味醂、酒のタレに浸けてから片栗粉を打ち、カリカリに揚げると抜群の酒肴になる。

残った半量の中骨と頭は潮汁にした。

「潮汁の肝は臭みを出さないことだ」

季蔵は言い置いて、まず太刀魚の中骨と頭の半分であるアラを笊に広げて塩を振った。半刻（約一時間）ほど置いた後、すぐに湯にアラを入れようとする三吉を、

「ちょっと待て。沸かしたばかりの湯だとアラが汚く仕上がる」

そう言って、三吉を止めた季蔵は沸いた湯を少し冷ましてからアラを入れた。そのアラをすぐに冷水に取り、水洗いしつつ、

「アラには煮えた身が付いているのですぐにばらばらになりやすい。優しく丁寧に扱うんだ。汁の味にかかわるから。特に血は一筋も残さないように。血が残るとどんな料理も台無しだ」

季蔵は三吉に勘所を教えた後、鍋に昆布を入れてアラを載せ、ひたひたに酒を張ってゆっくりと熱した。この時の酒は燗冷ましでかまわない。少し煮て水をたっぷり張り、さらに煮る。この間ぐらぐら煮ているとアラと身がばらばらになってしまうので、火を入れすぎない様に火加減に注意する。

「味見をしてみろ」

太刀魚の頭の目の色が白く変わったところで季蔵は三吉を促した。小皿に汁を移し

て啜った三吉は、

「振りかけた塩だけなんでしょ。だからちょっと薄いかな。塩、きいてない」

と言ったが、自らも試した季蔵は無言で、ほんのひとつまみ塩を加えただけだった。

「え、それっぽっちでいいの？」

首を傾げる三吉に、

「潮汁の最後の決め手は塩を入れすぎないことだ。吸物は汁を味見して〝塩がきいてるな〟と思った時はたいていしくじり。椀に盛って啜ると塩がききすぎて風味を台無しにしているものだ。少し足りないくらいがいいのだが、今はまだ暑いので塩を少々加えた」

と季蔵は吸い物の塩加減について説いた後、火を止める直前に生酒をほんの数滴入れた。

「この酒を切り酒ともいう。これで臭みが完全に切れるからだ。吸い口は生姜の千切りでもいいが、茹で青菜はいい見栄えになるし、一片の干し柚子皮は香り高く、生海苔なら風味一番だ」

聞いていた三吉は、

「潮汁がこんなに深いとはおいら知らなかったよ。そういえば季蔵さん、味噌汁は任せてくれてたけど、潮汁作りはまだだったもんね。おいら今まで汁物は簡単だからって思い込んでたけど違ったんだ。おいらってまだまだなんだね――」

しょんぼりしてしまった。

するとと季蔵は、

「お客さんの中には潮汁よりアラ汁の方がいいという方もいる。まだアラは残りがある。ワタや魚卵も捨てるのは勿体ない。教えるからこれらでアラ汁を作ってみろ」

味噌汁仕立てのアラ汁作りを勧めた。

「ほんと？　いいの？」

「もちろんだ、楽しみにしてる」

季蔵の微笑みに、

「よっしゃ」

俄然元気を取り戻した三吉は、早速アラ汁を拵え始めた。

「中骨を適当な大きさに切り分けてワタや魚卵とともども洗い、血や汚れをよく落とすんだ。その後、沸かして少し冷ましたお湯にさっと入れて、すぐに冷水にとり、水をかけ流しして、もう一度汚れを落とすんだ」

三吉は汗だくになりながらアラの下拵えに励んだ。

「次にこのアラで出汁を取る。アラを鍋に移し水を張って火にかける。沸騰寸前で火から少し離し、時をかけてうま味を引き出すように。途中でアクをこまめに取り除くように」

言われた通りにアクを掬い続ける三吉は、

「アラの汚れ落としやアク掬いも、臭みを出さずうま味を引き出す為なんだね」

すっかり合点した。

仕上がりは潮汁同様目が白くなった頃が目安で、出汁がよく出ている。これを漉して汁とアラを分ける。アラだけを深めの器にざっくりと野趣豊かに盛り、汁は別の鍋に移して沸かす。沸いた汁に味噌を溶き入れる。この時も味噌をやや控えめにするとアラ汁ならではの風味が引き立つ。この熱々の味噌汁を器にそっと張り、流水にさらしてヌメリを取り、パリッとさせた白髪ねぎをたっぷりと載せて供する。

味見した三吉は、

「おっかあの拵えた潮汁やアラ汁におっとうが〝こんなもんが酒の後では飲んだせっかくの酒が腹の中で不味くなる〟って怒鳴り、おっかあが〝もっとましな料理が食べたきゃ、あたしが外で働かなくていいような甲斐性持ちになりなよ〟って金切声で言い返してて、大喧嘩になる理由、おいら、よーくわかったよ。それってアラのせいじやなかったんだね」

しみじみと言い、

「だったらたまにはおまえが拵えて喜ばせてやれ」

季蔵の言葉に頷いていた。

二

この日の夜は、塩梅屋の先代故長次郎以来の馴染み客が集った。履物屋の隠居喜平に大工の辰吉、指物師の勝二の三人である。

「お、今夜は太刀魚か。こいつを見ると冷やでいっぱいってえ気になるねえ。何ともかけ切りの銀皮が粋だよ。暑い時の女はこんな風に細身で涼し気に小股が切れ上がっているのに限る」

喜平が太刀魚の刺身に箸を伸ばした。食い気と同じくらい色気だってまだある、実は助平と言われるのがうれしいというのが隠居の矜持であった。

「魚の味の良し悪しは見かけじゃあねえ。ま、俺はむっちりしてて食いでのあるスズキやタコなんかも好きだがな」

辰吉がやや眉を寄せた。スズキもタコも今が旬ではあったが辰吉の本意はそこにはない。実はこの二人は以前から女の趣味をめぐって犬猿の仲であった。喜平は柳腰の美女に目がないのだが、辰吉の女房おちえは市中の大食い競べに出たこともあるという、喜平言うところの縕袍のような身体つきの持ち主である。縕袍は女ではないと喜平がふと洩らしたことから、辰吉はこれを根に持ち続けて酒が入ると何度か摑み合い寸前の大喧嘩になったこともあった。

　このところそれがおさまってきているのは、二年ほど前、市中を襲った流行風邪で喜平が死にかけたことによる。喜平が危ういらしいと知らされた辰吉はおろおろと案じて、〝爺さんは俺よりよほど年齢なんだって初めて思ったよ〟などと季蔵に話して涙ぐむほどだった。快癒した喜平と顔を合わせた辰吉は開口一番、『憎まれっ子世に憚る』とはよく言ったもんだ〟と言い、喜平の方は〝そういうあんたの口は憎まれ口だよ〟と元気に言い返した。その時の二人の目にはともに光るものがあったことを季蔵は覚えている。

「わたしは焼き霜造り党です。醬油をつけずに塩をぱらっとで食べる。最高です」

　かつては二人をはらはらと見守っていて、喧嘩の仲裁役だった勝二が目尻に皺を寄せて微笑みながら言った。指物師の気楽な婿養子だった勝二は義父の親方に急に死なれた後、妻子を路頭に迷わせぬためにと、言うに言われぬ苦労を背負っていた時期もあった。その頃は塩梅屋にも顔を出さずにいたのだが、今では一人前の指物師として認められるようになってきていた。

「醤油じゃない塩での焼き霜太刀魚がいいっていうからには、あんた、太刀魚は塩焼きが一番って口かい」

喜平の言葉に、

「太刀魚の白身は塩味がいいんですが、骨となると醤油味ってとこですかね。これはとりわけ冷や酒に合いますよ」

勝二は屈託なく笑って太刀魚の骨せんべいをつまんだ。

最後の汁は喜平と勝二が潮汁で辰吉はアラ汁を選んだ。

「何ってたって、大工のこの俺は身体勝負、毎日、毎日お天道様の下で仕事してんだから、食い物でも女房でもどーんとした手応えがあるのがいいんだよ」

辰吉が恋女房自慢を口にすると喜平は、

「どんなもんでも好みは十人十色さ」

とさらりと言い、勝二は、

「夏は潮汁、冬はアラ汁っていうのもオツですよ」

気の利いた相づちを打った。

女房自慢につきあわせた流れとなり、少々間の悪くなった辰吉は、

「市中の店という店が閉まって、毎日ばたばたと人が死んでいったあの流行風邪禍は一応おさまってる。ほとんど頼まれなくなってた俺の大工仕事もまずまず元に戻ってきたが、喜平さん、勝二、季蔵さんのところはどうなんだい？」

日々の暮らしの話に変えた。

「店を閉めろというお触れが出た時は正直青くなりました。それでも商いを工夫して弁当や丼物、汁物で何とか息をついてきました。食物屋は何とかなるものだと思いました。お許しが出て今までのように開けたとたん、待っていたかのように皆さんが戻ってきてくださったのはうれしい限りです。おかげ様でこうしてやっていけています」

季蔵は三人に頭を垂れた。

「うちの履物屋は小さい商いだから、店のことは始終倅から聞かされる。食物屋や芝居小屋なんかが閉まって、人があまり家から出なくなった時は下駄も草履も売れなくなった。倅や嫁は心配していたが、わしはくよくよなんぞしてなかった。着物同様暮らしに欠かせないのが履物だ。それに人は履物なしで外へは出ないからな。流行風邪禍が峠を越えてお上の許しが出ればまた売れるようになると思ってたからだ。その通

りになった。もう心配はない」

喜平は力強い口調で言うと、

「けど指物となると大工仕事や食物、履物なんぞより厳しいんじゃないのかい？　女の簪や箪笥の取っ手を造るかざり職ほどじゃあねえが、指物ってえのは暮らしに絶対要るってもんじゃねえ」

辰吉は案じるように勝二の方を見た。

「そんな詮索したところでこっちはこっちの商いや暮らしの立て直しで精一杯。役になんぞ立ってやれないんだぞ」

喜平が口をへの字に曲げた。

この時、季蔵は勝二と目が合った。その目は困惑こそしてはいたが伏せられてはいない。

――どう応えたものでしょうか――

訴えかけてきた勝二の目に、

――ありのままをお話しされては？――

季蔵は応えた。

「実は、お旗本やお大名のお屋敷に呼ばれるようになりました。理由は流行風邪禍の折、年配の指物師の名人たちが次々に亡くなったり、江戸を離れる仲間が出てきて指物師が減ってしまい、まだ若造のわたしにお鉢が回ってきたんです。それでお引き受けするようになりました」

　勝二は淡々と話した。

「そりゃあ、凄いっ、こいつは出世頭だ」

　辰吉は両手を叩きあわせ、

「よかった、よかった」

　喜平は目を潤ませた。

——しかし、とかく物事はいいことずくめとは限らないものだ——

　季蔵は勝二の次の言葉を待った。

「でも……まあ……言ってしまえば命賭けなんですよ」

　勝二の口調が淀んで、

「お納めした文箱等がお旗本やお大名のお気に召さなければ、いやそうでなくとも、ご機嫌次第でばっさりなんてこともあるわけですからね」

　刀で斬りつけられてのけぞるふりをして見せた。

——そんなところだろうな——

季蔵の場合は料理だが高位の人たちからの依頼に応じる出張料理には似たような身の危険が伴う。

「とはいえそんな理不尽な立場にいるのは指物師のわたしだけじゃないんです。今、四谷怪談と並んで人気のある芝居の演目に鍋島化け猫騒動があるでしょう？　あれが今年は演れば厳しいお咎めありってことになったんだそうです。楽しみにしていたお客さんたちだけじゃなく、毎年これの大成功を当て込んでた役者や座長は暮らしや払いに困ってるんだそうです」

「そういや、贔屓の若手名女形沢村吉之丞の化け猫が観たかったのにと、うちの芝居好きのおちえがぶつぶつ言ってたな。何でも江戸市中だけに限らずどこでもこの芝居は禁じられたそうだ」

と辰吉が洩らし、

「旅芸人の中には首を括った奴もいたって、うちの嫁がどこかから聞いてきてたな」

喜平は顔を曇らせた。

「それと市中の皆が生きるか死ぬかって時でも大身のお旗本や大名屋敷では、何事もなかったかのような暮らしぶりだということもわかりました。当たり前で仕方ないことなんですけどちょっとね」

そう言って勝二は俯いてしまった。聞いていた辰吉と喜平は勝二にかける言葉を失ってしまった。

その翌日の昼過ぎ、季蔵の元に北町奉行の烏谷椋十郎から、ウシノシタとも呼ばれているシタビラメ五十尾が届けられてきた。烏谷からの文には以下のようにあった。

今夜そちらへ赴くゆえ、この夏ヒラメを極めて美味く料理してわしの胃の腑を堪能させてほしい。

烏谷

季蔵殿

「それかあ」

三吉がややうんざりした声を上げた。

冬が旬で寒ビラメともいわれるいわゆるヒラメと暑い時が旬のシタビラメとは異なる。ほぼ日本全国の海で捕獲されることは変わりなく、形は扁平で片側に偏って両目がついていて、すこぶる鋭い歯を持っているのも同じだが、大きさが違う。ヒラメは最大で三尺（約一メートル）以上、目方三貫（約十キログラム）ほどになる。春先に産卵期をむかえるためにヒラメは冬の時期に栄養を蓄え身に脂が乗る。

片や夏から秋が旬と言われているもののシタビラメはほぼ年中獲れる。何よりヒラメと異なるのは、長さが七寸（約二十一センチ）ほどの小ぶりなものが多く、それ以上のものは漁獲しないことが多い。届けられてきたシタビラメは七寸ほどであった。

「あの食通のお奉行様にしては珍しいね」

とも三吉は言った。

シタビラメは剝がしにくい鱗を持っていて、皮は頭から剝ぐと簡単に剝けるとはいうものの、同じ小ささでも身の厚いイワシ等とは違い、食通にして大食いの烏谷の眼鏡に適うとは思い難かった。

三

季蔵は塩梅屋の納戸にしまわれている『四方八方料理大全』を紐解いた。『四方八方料理大全』というのは、病に臥していた矢萩藩藩主の異母弟で四方八方料理大全指南を務めていて、現在は藩主の座を継いでいる松枝栄二郎が古今東西知り得る限りの料理を万人のためにと書き記したものである。藩の乗っ取りを企てた者たちから松枝栄二郎を守り抜いた縁で、季蔵が所有している。『四方八方料理大全』には以下のようにシタビラメについて書かれている。

シタビラメ、夏ヒラメ。備前や讃岐では〝ゲタ〟と呼ばれているそこそこの大きさのアカシタビラメが食されている。長州ではこれを〝レンチョウ〟と呼び、煮付けなどにする。それ以外の名としては越後、越前周辺では身体を倒して海底を這うように泳ぐことから、〝寝擦〟、〝ねずり〟、〝ねずら〟と呼ばれている。旬に関わらず身は柔らかく美味であり、タイやフグに勝るとも言われる。煮付けの他に南蛮等の海の向こうの国々ではもてなし料理の牛酪焼き（バター焼き）が最高に美味だという。残念ながら身が薄すぎるので刺身には向かない。

季蔵はシタビラメを捌きはじめた。まずは裏側の鱗を取り内臓も取り去る。裏側だけ頭をちょっと切りそのまま表に返して頭を持って皮を剝がす。この時、誤って頭を切り離してしまうと皮が剝きにくくなるので注意する。綺麗に剝けた身を水で洗って下拵えを終えた。

松枝栄二郎の著には〝本格的なもてなし料理にするなら牛の乳（牛乳）にしばし浸しておくといい。特有の臭みが抜ける〟と書かれていたが、あいにく暑い時季は傷みやすい牛の乳の入手は困難であった。牛酪も同様である。そこで、代用に酒を振った。

「仕方ない。菜種油と塩、胡椒で焼くとしよう」

季蔵は塩、胡椒を振ったシタビラメに小麦粉をまぶしてから平たい深鍋に菜種油をひき、これを焼き上げた。試し焼きである。臭み抜きは酒だけなので胡椒は多めに使った。

試食した三吉は、

「うちじゃ、ウシノシタは甘辛味の煮付けばかりでとにかく身が薄いんで食べた気しなくていつもがっかり。でも、こうした菜種油焼きにすると身だけじゃなしにこんがりしてる皮もかりっとコクがあって美味しい。おいら、早速これもおっとうやおっかあに拵えてやろうっと」

笑顔になった。

――しかし、どうやらシタビラメの焼きの最高峰は牛酪焼きのようだ。そうなるとこれだけ供したのではお奉行は満足されないだろう――

季蔵はふと刺身には向かないというシタビラメを刺身に造ってみたくなった。

「こんな平べったいのを刺身にぃ？」

三吉は目を剝いた。

「おまえは皮を剝いてくれ」

頭からぺろりと皮を剝くコツを摑んだ三吉が早速刺身用のシタビラメの下拵えを始めた。

「まず背骨に沿って切れ目を入れ、五枚おろしにする」

季蔵は真剣に包丁を動かした。一枚一枚のサクを非常に薄くとることになり、失敗すると食べるところが無くなってしまう。

「凄い緊張だよね」

季蔵は包丁の鋭利な切っ先を中骨にこすりつけるようにしている。三吉はぎりぎりまで肉をこそげとるかのような季蔵の妙技に見惚れた。

こうして無事に四枚切り取ったものの、一枚のサクの厚みはほんの小指の先ほど（二、三ミリ）しかない。

「二尾でこれっぽっちなんだねえ」

三吉はため息をつき、

「まずは塩でいこう」

季蔵は三吉とシタビラメの刺身の試食を始めた。

「ぷりっとしてる、歯切れはいいよね」

三吉の言葉に、

――たしかに薄さの割りにはしっかりした嚙み応えがあって、何度か食べたことのあるフグ刺しに似ている。甘みもあって悪くはないのだが――

「どういうわけかこいつに醬油とわさびは合わないよ。冬のヒラメには合うのにさ」

三吉が言った。

「そうだな」

季蔵は頷いた。

「どうしてかわかるか？」

「そこまでは――。何っていうか、同じ白身でもタイやスズキなんかとは一味違うっていうか――」

三吉は首を傾げた。

「それじゃ、こいつで食べてみてくれないか」

季蔵は酢を注いだ小皿を三吉に渡した。

「酢かあ」

三吉は言われた通りに酢に浸してシタビラメの刺身を口に運ぶと、

「あっ」

驚きと喜色の両方を顔に浮かべた。

「酢締めってわけじゃないけど美味いっ。でもどうして？　どうして酢に合うの？」

「それはカレイもそうだがシタビラメにはわずかな酸味があるからだよ。そのせいで醤油やわさびが相手では邪魔をしてしまう」

「だったら酢醤油で食べてみたら？」

三吉の提案に、

「それもいいが、時節柄思い切ってこうしてみたらどうかと思う」

季蔵は平たく青く涼しげなギヤマンの皿にシタビラメの薄造りを並べると、醤油ではなく干し柚子粉と混ぜた酢と菜種油を垂らした。

口に運んだ三吉は、

「さっきの菜種油焼きと同じぐらい美味しいっ」

と言い、

「それはよかった。これで今夜のシタビラメ料理が一品増えた」

季蔵は胸を撫でおろした。

「でも、お奉行様が届けてくれたシタビラメ、まだまだ沢山あるよ。このままじゃ傷みやすいしどうするの？」

三吉は途方にくれている。

「沢山召し上がるお奉行様用に十尾ほどは、菜種油焼きとシタビラメの変わり造りにして、後は一夜干しと昆布締め（こぶじめ）にすることにしよう。さしあたってはただの塩焼きよりもうま味の増すこれでいこう」

季蔵は早速シタビラメの一夜干しに取りかかった。残りの半量を使う。

「たしか昆布茶が決め手だったよね。それに今から仕込んだら明日の夕方にはできるよね」

三吉が応えた。

作り方はいたって簡単で水、塩、昆布粉を合わせた塩水に一晩、シタビラメを漬けておく。この時のシタビラメは鱗を取り除いただけでよく、アジ等のように開きにする必要はない。風のよく通る場所で干して、しばらくしてからひっくり返す。今日はもう八ツ（午後二時）をとうに過ぎているので仕上がりは明日の朝ということになる。

シタビラメはまだまだ残っている。

「これは昆布締めにする」

季蔵は三吉に昆布を酒でまんべんなく湿らせるよう指示した。酒には昆布のうま味を引き出し、刺身の臭みを抑える効果がある。

「昆布の白いとこは極上のうま味なんで拭いちゃいけないんだったよね。それと昆布は波打ってるようなものじゃ駄目、平たいものじゃないと昆布締めには向かないんだ。だから今おいらがお酒で湿らせてるのは最高なんでしょ」

得意げに昆布締めの極意を披露する三吉に、

「どうして平たくないといけないのかな？」

季蔵は訊いてみた。

「えーっとそれは――」

詰まった三吉に、

「波打っている昆布の味が悪いわけではない。波打っていると刺身を挟んだ時に隙間ができて味にムラが出てしまうからだ。昆布締めの良し悪しは昆布選びと酒濡らしの下拵えにかかっている」

季蔵は理を説明した。

「たしかにそうだよね、でもおいらそこまで考えてみたことなかった」

照れ臭そうに三吉は頭を搔いた。

そして、いよいよ昆布に魚の刺身を並べ、一枚昆布を載せ、そのうえにも刺身を並べる。この時、昆布の下の既に並べてある刺身と重ならないよう注意する。その後、昆布を載せて挟む。こうして二段重ねの昆布締めの形になった。これを昆布よりも大きめに切った晒でぴったりと包み、皿を重石代わりにして井戸で冷やして熟成させる。ただしこの手の刺身の締めは二本しか作らない。

「あれっ、まだ五枚おろしのサク、沢山残ってるよ」

　不審顔の三吉に、

「それも昆布締めにする」

　季蔵は刺身と同様にサクのままのシタビラメを昆布締めにすると、

「刺身に昆布のうま味がしっかり移って食べごろになるのは、薄切りの場合二刻（約四時間）ほどだ。そのまま昆布に挟んで保存できるのは一日。それ以上おくと、黄ばんで見た目が悪くなり、固くなって美味しくなくなる。今の時季は昆布を外したら食べきりたい。結構多く拵えたがお奉行様なら残さずお召し上がりになるだろう」

　と言った。

四

「サクの方はどうするの？」

「サクで作った場合は、昆布で挟んだまま最低一日は寝かせないと熟れた味にならない。こちらの方の保存は二日ほど。明日のお客様用にしてもいいと思っている」

「なーるほどね。さすが季蔵さん手際がいいや」

三吉は感心しきりであった。

「太刀魚同様シタビラメでも骨せんべいと潮汁、あと二品できる。三吉、やってみろ」

季蔵はシタビラメのアラと三吉を交互に見て微笑んだ。

そのアラに目をやった三吉は、

「でもさ、季蔵さん、細いけど身はそこそこ厚い太刀魚と違ってぺらぺらのシタビラメの方は、骨から身を包丁でこそげ取ってたでしょ。だからもう、骨ばかりで身なんてろくについてやしないはず——、ほらね」

アラの一つを手にして季蔵にかざして見せて、

「あれっ、中骨に包丁を当てて、骨だけにしてるように見えたのに骨だけじゃないっ。薄ーくだけど骨という骨にまだ身が貼(は)り付いてる」

頓狂(とんきょう)な声を出した。

「ようはこれもまた大名おろしさ。もちろん骨が身に入らぬよう、骨に切っ先をたてぬようにしてサク取りした。身付きのアラだから太刀魚同様いい出汁がとれる。骨せんべいに揚げても身と骨が醸す格別なうま味が味わえる。魚を丸ごと味わう、何一つ無駄にしない。まさに料理人の本望だ」

季蔵の言葉に、

「料理人の包丁捌きの極みって、颯爽と手早く魚を捌くだけじゃなしにこういう深みだったんだね」

三吉は唸った。

そして、三吉は季蔵の注意に従ってシタビラメの骨せんべいと潮汁を仕上げた。

この潮汁の味をみた季蔵は、

「シタビラメの潮汁には胡椒を利かせてみてくれ。塩も太刀魚よりはやや多めに。それと裏手に育っているメボウキ（バジル）の葉を千切ってきて浮かせるといい」

と助言し、できあがった潮汁を啜った三吉は、

「胡椒やメボウキのせいかもしんないけどこの汁、南蛮っぽい味がする、元気が出てくる」

などと洩らし、

「骨せんべいのうま味も太刀魚よりずっと強い。シタビラメって実はほんとにたいした魚だったんだ。おいらすっかり見直したよ」

とも言い添えた。

それからしばらくして、暮れ六ツ（午後六時頃）の鐘が鳴り始めた時、塩梅屋の油障子の前で、

「来たぞ」

烏谷椋十郎の大声が響き渡った。

地獄耳、千里眼を自負する烏谷の市中見廻りは、自ら率先しているとはいえ熾烈な忙しさを極めている。時を刻むように動き回っているせいもあって、常に時を惜しんでいる。塩梅屋の来訪を暮れ六ツと決めれば、その鐘の鳴り終える前に戸口に立つ。鐘の鳴り始めに遅れたことなどただの一度も無かった。

「よくおいでになりました」

季蔵が型通りの挨拶をすると、

「料理はできておろうな」

烏谷はいきなりすでに届けてあるシタビラメの話をした。

「牛酪が手に入らず、最も美味しいとされている牛酪を使っての焼き魚はできませんでしたが、精一杯の工夫はいたしました」

応えた季蔵は烏谷を離れへと案内した。烏谷の来訪は流行風邪禍の一時期を除いて

腹を満たすためだけではない。

——やはり何かあるな——

季蔵は嫌な予感がした。以前にも増してよく光る相手の目が気になった。季蔵が先代長次郎から引き継いだのは塩梅屋だけではなかった。北町奉行烏谷椋十郎の隠れ者（密偵）としての役目も果たしている。

「それにしても長次郎、志を通すべく駆け回らねばならぬ人の世とは疲れるものよな」

烏谷は長次郎の仏壇の前で手を合わせた。

「お疲れのようにお見受けいたしました」

季蔵はシタビラメの変わり造りと冷や酒を勧めた。

「これがあのウシノシタか」

烏谷は目を丸くした。すぐに箸を取って、

「とかく酢の味が勝つ酢の物はそう好みではなかったがこれは違う。ウシノシタの酢の物というよりもフグ刺しといった格別な味だ。そもそもウシノシタは煮付けた汁まで美味で残らず啜りたくなるほど味わい深いからな。これはよほど冬のふぐ刺しよりも上等かもしれぬ。満足、満足」

機嫌よく舌鼓を打った。

季蔵がはらはらしていた菜種油焼きの方も、

「牛酪で焼いた物を振舞われたことがあり、そこそこ美味かった。とはいえあれにはこ冬が似合う。今の時季ならこちらの方がずっと好きだ」

笑顔をこぼした。

三吉が丹精（たんせい）した骨せんべいと潮汁にも、〝結構、結構〟を連発した後、

「あれだけの量を届けたゆえこれだけではあるまい」

季蔵の顔を物言いたげにじっと見据えた。口元は笑っているが光る目は不気味なまでに無機的である。

――いよいよ、来たか――

話の肝に入ったと思った季蔵は、

「残りは一夜干しと昆布締めにいたしました。昆布締めは今すぐ召し上がれる刺身の昆布締めも少々ございますが、多くはサクで締めましたので明日が食べ頃です。いかがいたしましょうか」

「では、刺身の昆布締めの方は、今すぐ食べたい」

烏谷は昆布締めの刺身を、

「昆布のよい香りがふわりと漂い、ほどよい粘りと弾力が堪えられない」

呟いて堪能した後、

「一日寝かせたものはまた格別だ。水分が抜けて身が締まり、ねっとりとして弾力もよりしっかりとしてくる。これも是非に――」

と続けたので、

「明日、南茅場町の方へ一夜干しと一緒にお届けいたしますが、全部そちらでよろしいでしょうか」

季蔵は目を伏せて慎重に告げた。

――お涼さんや瑠璃、それに通いの手伝いの分としてもこれらはあまりに大量だ――

辰巳芸者だったお涼は烏谷と事実上は夫婦であるが正式な妻ではない。お涼は長唄を教えて身を立てており、南茅場町にあるお涼の二階屋に烏谷は転がり込んでいる形であった。瑠璃は武家に仕えていた頃の季蔵の許嫁だった。瑠璃は武家の娘ゆえの理不尽な運命に弄ばれた結果、心に重い傷を負い、それが身体にも障って病がちとなっている。季蔵のことは武士だった時の名で、〝季之助様〟と呼ぶこともあったが――。そんな瑠璃の世話を引き受けようと言ってくれたのが烏谷で、日々看てくれているのがお涼だった。

「さすがそちだ。察しがいいな」

季蔵の言葉に烏谷はにやりとして先を続けた。

「半量をお涼のところへ、もう半量は届けてほしいところがある。ああ、そうそう、この上なく美味いウシノシタの変わり造りの作り方を記したものと、あえて一つ、二つ摘まんだだけで残してあるこの骨せんべいも一緒に頼む」

「どこへお届けいたすのでございましょうか？」

季蔵は知らずと首を傾げていた。

――上魚ではないウシノシタを贈答品にしようとするのだから高位の相手でも自称食通の大店でもあるまい。とはいえ相応の料理人がいるところではないといくら拵え方を伝授しても、ウシノシタの変わり造りは拵えられないのだが――

「まあ、それは今ここでおいおい話すゆえ、酒の代わりをくれ」

冷や酒をごくりごくりと飲み干した烏谷は、まずは流行風邪禍による財政危機と市中の整備について切り出した。

「先立つものは金よな。金がなくては大雨にやられた堤や老朽化して通るのが危なくなった橋を改修することができず、疫病の因になりかねないと言われている上水、下水道の常からの整備も叶わない。市中の立て直しに金が要る。絶対に要る。欲しい」

烏谷は言い切った。

――いつものお奉行の言葉だが――

常にも増して烏谷の語気は荒く目はぎらぎらしている。

「実はそれで御老中様よりじきじきに、北町奉行を兼ねての大目付補佐役というお役目をいただいた」

大目付の役目は江戸開府当初こそ大名への厳しい監視であったが、時代を経るにつれて江戸城での儀式等の伝達役と化していた。

「大目付様が急な病ゆえ助けよとのことであったが、大名家の方々が決して表に出せぬ密かな相談を持ちかけてくるお役目ゆえ、時に美味しい。まさにこれは金の埋まっている相撲の土俵ゆえ謹んでお受けした」

そこまで話した烏谷は探るような目を季蔵に向けた。

五

――予感的中のようだ――

「たしかにわたしはお奉行様の配下におりますが武家に関わるのはお許しのほどを」

季蔵はきっぱりと言い切った。

瑠璃に横恋慕した主家の嫡男から罠を仕掛けられ、切腹の責めを負うしかないと知って出奔し、侍の身分を捨てた過去が季蔵にはある。

――その時、主家の家老だった瑠璃の父親がわたしの代わりに腹を切った。瑠璃は実兄による家の存続のために主家の横暴な嫡男の側室にされて少しずつ心を病んでいった。すべては武家ゆえの理不尽さそのものだ。武家とはできるだけ関わりたくない――

――とはいえ、あの時わたしが瑠璃を伴って主家を出ていたらと自分を責める思いもある。瑠璃は今のような奈落に落ちなかったのではないか。明るく元気な幼馴染の瑠璃でいてくれたのでは？――

季蔵の心が過去と今を結ぶ陰りに囚われた時、

「幕府に知られたくない秘密を隠蔽するために罪なき者たちを闇に葬る類の連中は高位の武家に多い。武家屋敷には町方は立ち入れぬ決まりになっているが、旗本大身や大名家が高位に胡坐を掻いて常に横暴、非道の限りを尽くしているわけではない。そちとて主家で仕掛けられた奸計を暴いてくれる助けがあれば――」

烏谷はじっと相手の目を見つめた。その目は常になく温かった。

「わしが私利私欲でこのお役目をなすわけではないことはそちも知っておろう。相手の相談や要求を丸呑みして動くわけではない。どうか信じてほしい」

とも烏谷は言い、

「たしかに」

季蔵は応えつつ、

――またしてもやられたな。これだから長いつきあいとはいえ、お奉行には敵わない――

心の中で苦笑して、

「わかりました。お助けいたします。どうかお命じください」

頭を垂れた。

「差し当たっては明日、桜田の佐賀藩上屋敷に先ほどわしが届けろといったゲタ料理を届けてほしい。文は早朝に着くよう届けておく。実はあのウシノシタは主君鍋島斉正（明治になり直正に改名）様より奉行所へお届けいただいたものだ。佐賀藩近隣ではウシノシタをゲタと呼んで皆でこぞって召し上がるのだそうだ。いわば江戸のアジやイワシのごとく好まれているのだという。もちろん長崎に近いゆえ、斉正様や側近たちは常に牛酪焼きで食することが多いとも聞いた。たいそう美味なのだとおっしゃっておられた。それで〝是非とも牛酪焼きで〟と文を添えてくださったのだが、この時季、江戸での牛酪入手はむずかしい。まさか牛酪もお届けくださいなどとは言えぬ。江戸では皆イワシ同様甘辛煮の菜にしている、しかもイワシよりも人気がないのだとはなおさら書けぬ。そこで途方に暮れてそちに託したのよ。そちならばきっと良き料理法を思いついて、返礼の文に添える格別な品を作ってくれるはずだとわかっていた。〝牛酪焼きは美味いが飽きるほど食している〟とも斉正様はおっしゃっていたゆえ、きっとお喜びくださる。斉正様はお若いが相手の気持ちや立場への気遣いに長じておられる。きっと先はたいした名君になられよう」

そこで烏谷は一度言葉を切った。

「ところでそのお方、鍋島様のご相談事とはいったい何事だったのでございましょうか」

――もう、完全にお奉行の手中だ――

そうとわかっていても季蔵は興味を惹かれた。

「まあ、一言でいえば時節柄、化け猫一匹を退治しただけのことだった」

烏谷は思わせぶりに言った。

「どんな風に退治されたのです？」

季蔵は真顔で訊いた。

「始まりは瓦版だった。桜田の佐賀藩上屋敷近くを夜な夜な化け猫がうろついているという」

「毎年今時分、ありがちな話ですよ」

――これには裏があるな――

「当初、斉正様はじめ鍋島家でもよくある怪談にすぎないと気にも留めていなかったそうだ。ところが斉正様のご正室盛姫様は違った。嫁して何年も経つのに子宝に恵まれぬのは、かつての鍋島の化け猫が祟り続けているのだと夜も眠れぬようになられたのだ。そのうちに夜な夜な佐賀藩上屋敷をうろつく化け猫を見たという者も出てきた。盛姫様は上様のご息女のお一人でもある。それもあって斉正様や家臣たちも気になり始めた」

「かつての鍋島の化け猫の祟りというのは、草紙や芝居になっているあの有名な鍋島の化け猫騒動のことですね」

季蔵は念を押した。

鍋島の化け猫騒動に材をとった草紙や芝居とは佐賀藩の二代藩主鍋島光茂を気まぐれで非道な主と見做した伝説であった。碁を打っていて機嫌を損ねた光茂が家来を斬殺し、殺された家来の母は飼っていた猫に悲しみと恨みの胸中を語って自害する。その母親の血を舐めた猫が化け猫となり、城内に入り込んで毎晩のように光茂を苦しめるが、最後には退治されて鍋島家は救われるという話であった。

「あれは出鱈目をまことしやかに見せかけた怪談話にすぎん」

　烏谷は言い切って、

「真に起きた佐賀藩の話をしよう」

　と史実を語り始めた。

「これは神君家康（徳川家康）公が江戸に開府する遥か昔、まだ関白豊臣秀吉公が天下人だった頃のことだ。その頃、佐賀は表向き龍造寺家の所領であったが、国政は龍造寺当主の義弟で家臣である鍋島直茂様が握っておられた。直茂様は嫡男勝茂様ともども武功を認められて大名並みの所領を与えられた」

「秀吉公の逝去後、家康公は龍造寺家を無視し、鍋島家の肥前支配を承認していたのですね」

「そうだ。そのため龍造寺の嫡男高房様は名目上の国主でしかなくなった。成長した高房様はこの立場に絶望し、ご正室様を殺した後、ご自害を図ったものの死にきれなかった。ただし、傷は深く、心をも病み、再びご自害しようとなさった。このときに腹の傷が破れて夥しい量の血が流れてご逝去なさった。父親である龍造寺政家様の心痛は深く後を追うようにご逝去なさった。これにより龍造寺の本家は断絶したかに見えた」

「そして、正式に鍋島家による佐賀藩が成った」

「龍造寺の分家も推して幕府も承認し、功臣鍋島直茂様の嫡男勝茂様が晴れて初代肥前佐賀藩主となった」

「この辺りから化け猫騒動の物語の筋書きができたのでしょう?」

「当初は無念の死を遂げた高房様が佐賀城下の泰長院に葬られた後、夜な夜な白装束の亡霊となり馬に乗って城下を駆け巡っているという噂が立った。この話に尾ひれがついて高房様の飼い猫が化けて出て直茂様、勝茂様親子に復讐を企てるという怪談に創られたものと思われる。真偽のほどは定かではないが、八十一歳で亡くなった藩祖直茂様はご高齢ながら安らかな往生とはならず、耳のでき物の激痛による悶死であったと伝えられている。そのため、直茂様の死は高房様の亡霊のしわざではないかと噂された。そしてこの怪談はやがて二代藩主光茂様をも呪う、世代を超えて鍋島家に祟るおどろおどろしい化け猫騒動に創り変えられていったのだ。生き残った高房様のお子様とご舎弟様が幕府に対して龍造寺家の再興を嘆願したものの、認められず二人とも他藩にお預けの身となり、龍造寺家再興の道は絶たれた事実も関わっていたはずだ」

「ようは無念のあまりの呪いと憎しみの史実が化け猫騒動の形で甦り、今の藩主様と御正室にまで仇をなそうとしていると、盛姫様は怯えられたのだとわかりました」

季蔵は烏谷の次の言葉を待った。

——いったい、お奉行はどのような化け猫退治をなさったのか——

「高房様のお子とご舎弟様の恨みを繋いできた龍造寺家の血縁の仕業ではと、斉正様は疑われていた。それならよほど借金を踏み倒された商人たちの恨みの方がありがちだとわしは応えた。父君斉直様の遊蕩とゆるみがちな藩政ゆえに藩の財政が逼迫、斉正様が藩主の座に就かれて国元へ発たれようとした時、借金を返せという商人たちに取り囲まれて往生した話は有名だ。極力返済に努めておられたものの、まだ全部は返し終えてはおるまい。返して貰いそびれた者の中には借金された穴を埋める力がなく、辛酸を舐める羽目になった者がいてもおかしくない。当然恨みが生まれる。思い当たる者はいないかとわしは鍋島の江戸家老と勘定奉行に詰め寄った」

六

「で、首尾はいかがでした？」

「商人たちへの借金返済は、盛姫様が斉正様に明かさず上様に掛け合って都合されていることがわかった。あと一つは斉正様のお役目である、長崎での海防への熱心な取り組みの一端である新型大砲の研究等を快く思わない、幕府よりの他藩の嫌がらせではないかと江戸家老は言うていたがわしはぴんと来なかった。どこの藩も窮している。海防推進に嫌がらせをする余裕などどこにある？　そんなことをして何になる？　外様大名に武力のつくことを好まない幕府ならやりかねないということになろうが、長きに渉り、鎖国を国策としてきた幕府も海防の危機に瀕している。英吉利（英国）や魯西亜（ロシア）、亜米利加（アメリカ）等の船が近くの海をうろついているのだから。それと鍋島への抑止は上様のお血筋である盛姫様のお輿入れだけで充分従来の目的は果たしている。これはあり得ない」

「それで、お奉行様は鍋島の化け猫騒動の芝居を江戸だけではなく、他藩津々浦々で演じてはならぬというお触れを出される片棒を担いだのですね」

季蔵はやや冷たく言い放った。

「斉正様と佐賀藩のたっての願いでな。将軍家御息女盛姫様や大奥のご意向でもあった。しかし、何も芝居を止めろというのではない。怪談話は多くあるし、播州皿屋敷や番町皿屋敷の芝居は差し止めていない」

烏谷の声がくぐもれた。

播州皿屋敷や番町皿屋敷は皿を失くした、または割ったとして主君から手打ちにあった腰元お菊の亡霊が井戸から現れて夜な夜な〝いちまーい、にまーい〟と数えて現世への恨みを語る皿物怪談であった。

「それは今姫路藩では因果につながるでき事が起きていないからでしょう?」

「まあ、そうだな」

「同様のことが起きればおそらく怪談播州皿屋敷も禁止されましょう」

「まあ、そうなる。将軍家のご親戚筋である御三家や御三卿、相当の譜代、外様でも前田様、島津様以外のお大名たちはとかくこの手の風評に敏感なのだ。端から嘘八百とわかっていても、幕府の耳に入ってしまえば大事だからな。悪くすると国替えになって石高が減らされる。だから一刻も早く佐賀藩上屋敷の辺りを夜な夜なうろつくという化け猫の正体を暴かねばならなかった」

「どうも芝居芸人の仕業ではなさそうですね。満員札止めの大人気芝居を止められた恨みなら、佐賀藩上屋敷だけに絞ってうろつき続けるはずがありません。市中、とりわけお触れを出した町奉行所近くに出没しそうです。これは上屋敷内の者の仕業ではないかと――。お仕えする者たちを除いて佐賀藩上屋敷にお住まいなのは斉正様、盛姫様の他に誰か？」

「御正室を亡くされた斉直様は十人以上の御側室との間にお子たちをもうけられた上、窮迫した家督を斉正様に譲った後、国元へは帰らず隠居の身で御側室たちとお子との江戸住まいを望まれた。さすがに上屋敷に住み続けるのは将軍家御息女の盛姫様がおられることもあって遠慮したようだが、当時の下屋敷では粗末すぎるから大規模な改築か、中屋敷を建てることを望まれたという。斉正様はこれを断り、多数の御側室のお役を解いてお子達と共に国元へ返してしまわれた。斉直様は下屋敷の隠居所でお暮らしになったが、最も年齢の若い愛妾は手放されなかった。暮らしぶりも以前と変わりなく派手なものだったがひとり以外の側室に暇を出すことを承諾させた手前、それを斉正様は黙認した。その愛妾はおもとというのだが、この愛妾が斉直様の最期を看取った。おもとは斉直様亡き後も〝大殿様は江戸がお好きでしたし、わたしも市中の出ですので〟と言い張り、〝大殿は現世のここに居るわたくしがお好きでしょうし〟とも言い、髪もおろさず、〝ここはどこもかしこも思い出の場所でございます〟と長年下屋敷に居座っている。ちなみに盛姫様はしきりにおもとのことを、なぜお仕えが終わっても落飾しないのかと不審に思われていたそうだ。仲がいいとは思えない。ここまで話せば化け猫の正体はわかろう」

「しかし、証はあったのでしょうか？」

「これといったものはない。わしがおもとに会って話した。すでに斉正様にわしの推量をお話しして御意向は伺っていたのでその旨を含んでな。おもとは鍋島家、龍造寺家の因縁や巷で周知の怪談話にかこつけて、上屋敷の化け猫騒動を引き起こしたのは自分だと白状した。〝常から大殿斉直様への斉正様の仕打ちは酷すぎる、親を親とも思っていないと聞かされていました〟とまずは申した。それで何とか恨みを晴らそうと思いついたのだそうだ。瓦版に書いて噂を広めたのは幼馴染の瓦版屋で、化け猫に扮したのは瓦版屋の友達で暮らしに窮していた役者のはしくれだという」

「その後どのようにされました？」

季蔵は訊かずにはいられなかった。

「斉正様はおもとも関わった者たちにも一切の責めは負わしてくれるなとおっしゃった。因縁以上の恨みはどこからも受けたくないとの仰せだった。そしておもとには下屋敷を出て行く代わりに何か身の立つ仕事をとのことであった。わしはその元手も預かった。おもとは承知した。かねてから斉直様が忍んで行かれていて、自分が同伴することもあった市井の店を幾つか挙げている。見かけによらず気性が勝った女ゆえ、こちらが勧めるのでは飽き足らず、あれもいい、これもいいと言うのでなかなか身の立つ仕事や店が決まらない。相手をするのは大変だがすでに斉正様より山のようなゲタを含むお心遣いは充分賜ってしまっている。しかし、これを終わらさなければこの始末がついたとは申せぬ。これはいわば大目付補佐のお役目でもあるのだ――」

烏谷はふうとため息をついて、

「実は大名家からの相談事は他にもある。この役目、そちが代わってはくれぬか」

とうとう切り出した。

「おもとは両国の一膳飯屋の看板娘で夏の花火見物の際、屋台を出していた折、お忍びでみえた斉直様が見初められたそうだ。目鼻立ちが整った評判の美形で是非とも錦絵にと絵師に頼まれた十五歳の夏のことだったそうだ。それからはもうただの町娘ではなくなり、磨きに磨かれて――」

ここまで口早に話した烏谷は、

「そちにはこのような話、どうでもいいことであったな。そちには瑠璃がおったのだった。いやはや、うっかりした」

はっと気がついて止めた。

——お奉行がこのようなうっかりをするとはよほどご多忙なのだろう——

「わかりました。おもと様の件、わたしが引き継ぎましょう」

季蔵は言った。

——それと見初められて一国の大名家の側室へと出世した町娘が化け猫騒動を起こすほどだったというのに、果たして市井で身を立てることができるものなのかと気にかかる。亡き殿様への想(おも)いはまだ残っているのでは？　だとすると化け猫騒動はまだ終わっていない——

「そうしてくれるか、すまぬな。この通り」

浅くではあったが烏谷は頭を垂れた。

翌々日、季蔵は烏谷に指示された通りに佐賀藩下屋敷を訪れた。

「烏谷様の使いで参りました」

そう伝えると、

「それはそれは」

下にも置かない丁重さで季蔵はおもとの部屋へと通された。小さな仏壇を背に華やかな美女が意外に寂しげな面持ちで迎えてくれた。

「これからは烏谷様はお見えにならないのだと知らされました」

おもとは武家の行儀作法を身につけている。床の間を背にして座った。

「茶を持て」

控えている女中に命じた。

茶が運ばれてくると、

「もうよい、下がれ」

部屋から下がらせた。

「いただきます」

季蔵は茶碗を手にした。

「烏谷様ではないのは残念です」

相手は言い、

「申しわけございません」

季蔵は頭を垂れた。

「おおかた烏谷様はわたしを持て余したのでしょう。それでそなたのような男前を寄越して陥落させ、一刻も早くわたしをここから追い出そうとしているのです」

おもとは淀(よど)みなく言った。

「お言葉ではございますが、あなた様のなさったことと考え合わせれば、これは寛容極まりない事にございましょう」

季蔵はさらりと言い返した。

「あれは斉正様への憤懣(ふんまん)ゆえのもの、亡き大殿の御遺志にございます。後悔はしておりません」

おもとは声を張った。

「しっ、お静かに」

季蔵は唇に人差し指を当てて呟いた。

「ここでは誰に聞かれているかわかりません。斉正様でも庇(かば)いだてできぬような不用意な物言いはお慎みください」

「いいのです。あの騒動を思いついた時にすでに死罪は覚悟しておりましたゆえ」

「それではあの世の大殿斉直様が悲しまれましょう」

季蔵のこの言葉に、

「大殿様は今際(いまわ)の際に〝あちらで待っているがすぐ来ずともいい。そちは現世をたっぷり楽しんでからわしの元へ来るのだ。それほど現世は良きものぞよ〟とおっしゃいました。わたしは尽きぬ優しさをかけていただきました」

おもとは大粒の涙をこぼしつつ泣き伏した。

七

「その通りでございます。おもと様、あなたはまだお若い。まだまだこれからです」

季蔵は亡き斉直の言い残した言葉に同調した。

この時のことをいつもの水茶屋の二階で季蔵が烏谷に伝えると、

「ほう、あの勝手気儘な大殿斉直様にも最後に好いた女には慈悲の心はあったと見える。もっとも大殿と嫡男斉正との確執はあの有名な海防事件がきっかけで、それまでの斉直様は快楽に溺れる虚無的なお方では決してなかった」

と斉直、斉正父子に降りかかってきた恥辱について触れた。

あの有名な海防事件とは文化五（一八〇八）年八月、英吉利軍艦フェートン号が突如として長崎港口に現れ、阿蘭陀人二名を人質に取り、水や食料の要求に応じなければ港を焼き尽くすと長崎奉行所を威嚇した事件であった。もとより佐賀藩は長崎の警護に当たるのがお役目であったが、この時に限って斉直は警備の藩士たちを佐賀に帰していた。警備にかかる費用の節約が目的であった。

　これが見事に裏目に出て長崎奉行と佐賀藩家老は切腹、斉直は謹慎という厳しい処分を受けた。この事件以前にも斉直は長崎警備を他藩に引き継いでもらおうと画策して失敗している。長崎警備は歴代の藩主を苦しめてきた莫大な持ち出しなので、斉直としては画期的な藩政改革を実行し続けたつもりであったが――。

「そんな大殿が斉正様には自分の贅沢三昧、享楽費用の捻出のために長崎警備をおろそかにし、結果お咎めを受けたと映ったのであろう。大殿の奢侈な暮らしぶりは側室の数がしれないといわれていた家斉様に倣ってのことであろうが、フェートン号のしくじりで暗君呼ばわりされる羽目になった。これが斉正様には耐えられなかったものと思われる。屋敷の改修費用を切り詰め、側室たちに暇を出させたのも大殿が憎いからなどではあり得ない、佐賀藩が受けた不名誉の挽回、雪辱の地ならしだったはずだ」

「それゆえ、今はとにかく将軍家御息女盛姫様のご機嫌大事、おもと様のことも何とか波風立てずに終わらせたいのでございましょうね」

「下手を打って藪からもっと大きな化け猫が出てきては困るゆえな」

「引き続きおもと様の件、お任せください」

　こうして季蔵はおもとの元へと通った。おもとはめっきり食が衰え引き籠りがちだという。

「人は食べなければ身体だけではなく心まで弱ってしまい前へ進めません」

諭した季蔵はおもとのために菜を拵えて持参した。

佐賀藩下屋敷へと赴く日に限って大量の太刀魚が届けられる。季蔵は太刀魚の蒲焼飯、香味煮、唐揚げ等冷めても美味しく味わえる菜を拵えた。

太刀魚の蒲焼は大名おろしの一枚を半分に切り、小麦粉を全体にまぶして菜種油をひいた平たい鉄鍋で両面を焼く。この時醬油、味醂、酒、砂糖を混ぜたタレを丁寧に刷毛で全体に照りが出るまで塗りつけていく。炊き立ての飯にもタレをかけておき、蒲焼をのせる。好みで千切りの青紫蘇または白髪葱、粉山椒を薬味とする。

「どうか一口なりともお召し上がりください」

季蔵が勧めると、

「わざわざこうして届けてくださったんですね」

おもとは目を潤ませて一箸つけた。

「大殿様がお亡くなりになって以来、はじめて美味しいと思いました。蒲焼はウナギが一番ということで大殿様とよく鰻屋へ行きましたっけ。でも何も高価なウナギでなくともサンマでもイワシでも、こうして太刀魚でも蒲焼は美味しいんですよね」

この時はじめて蒼白だったおもとの顔に幾らか赤味が射したように見えた。

香味煮には生姜と茗荷をふんだんに使う。まずは食べやすい大きさに下拵え済みの太刀魚の両面に切り込みを入れ、笊にとって全体が白っぽくなるまで熱湯をかける。鍋に水、醤油、味醂、砂糖を入れ、火にかけてひと煮立ちさせたら、生姜の千切りを入れて落し蓋をして、火が通るまで煮込む。ここで太刀魚は取り出し、残った煮汁を半量になるまで煮詰め、火から下ろす。盛りつけて煮汁をかけ白髪葱と茗荷の細切りをたっぷりと載せて供す。

「このコクがある煮汁の濃い味、まさに江戸のお味。生姜と茗荷、それに白髪葱の取り合わせも粋ですね」

おもとの口は少々くだけてきた。

次の唐揚げは一口大に切った太刀魚を醤油、味醂、酒、すりおろしの生姜とニンニクを混ぜたつけダレに漬け込んだ後、汁気を切り、片栗粉をまんべんなくまぶしてきつね色になるまで揚げる。

これを口にした時おもとは、

「これだわ、これっ。わたしが長く食べたくても食べられなかったのはこの味だった。大殿様はとかく牛酪を使った菜がお好きで、たいていの魚は牛酪焼きだった。もちろんあれもはじめは素晴らしく美味しかったけど、そのうちに味気なく思えて。江戸の魚料理って違う美味しさがあったな、なんて――」

喜色満面になった。

こうしておもとは季蔵の拵える菜を口にするようになった。

この日、季蔵は下屋敷へ太刀魚尽くしの弁当を拵えていった。弁当は太刀魚の炊き込み飯と夫婦揚げ焼きに酒の肴だけではなく茶うけにもなる骨せんべいを添えた。

太刀魚の炊き込み飯には潮汁を使い、大名おろしにして腹骨を抜き取った身に薄塩をして親指の爪ほどに切り揃えた身を用意しておく。同様に人参、牛蒡は太めの千切り、干椎茸は戻して油揚げとほぼ同じ細切りにする。洗って笊に上げた米を釜に入れてこれらのものを加え、生姜の絞り汁、塩、酒、醤油で調味して炊き上げる。好みで、白胡麻や小葱を散らす。

夫婦揚げ焼きは従来の太刀魚の塩焼きに、翡翠色が華やかな揚げ茄子を添えて、茄子を女、太刀魚を男に見立てたものであった。ヘタと尻を切り落とし、箸で上から下に貫く穴を茄子に開ける。その穴からブクブク泡が出てくるまで茄子を転がしながら揚げていく。揚がったらすぐに冷水につけ皮を剝いて冷やしておく。よく冷えたら俎板に載せ、皿を重石にしてしっかりと水分を出す。潮汁、味醂、薄口醤油、塩を合わせたものにこの茄子を漬け込んでおく。太刀魚は塩焼きにする。

　これらにかける餡ダレは出汁、酒、味醂、醤油、塩を煮立たせ干し柚子の皮で香味をつけて拵える。干柚子皮は煮過ぎると苦くなるので最後に加える。溶いた片栗粉でとろみをつけて仕上げ、茄子と太刀魚にかける。

「ああ、これわたしどちらも好き。ここでもよくこの時季、夕餉の膳に上るんですよ。たしか太刀魚の炊き込み飯は潮汁と一緒のことが多かった。この炊き込みご飯、何とも上品ないいお味なんですよね。もちろん大殿様も大好物でした」

　おもとの箸は進んだ。

「それと夫婦揚げ焼きの方の凝った茄子のお料理、大殿様のご機嫌が悪い時、出されるとご機嫌が直ったものでした。色が似てるので琅玕（翡翠）茄子って呼んでました。剝き茄子のすべすべ感に似合わないコクが堪らないって大殿様は仰せでした。ぶすぶす穴を丹念に空けてじっくり揚げて皮を剝いて水で冷やすのって手間ひまかかるでしょ。ちょっと見には焼いた茄子の皮を剝いたのと変わらないんですけど、食べてみると大違い。焼いて皮剝いただけの茄子はさっぱり食べられるだけですけど、こっちはさっぱりとしてるのにじんわりとコクがある。涼みながら暑さに負けない力をいただけるって様子なんです。もちろん大殿様も翡翠茄子はおまえの柔肌のようだなんておっしゃって、わたしをおからかいになるほど上機嫌、身体もたいそうお元気になられましたっけ――」

そこでおもとはやや頬を染めた。そして、骨せんべいを見て、

「こればかりは厨では誰も作ることができずにわたしが作りました。大殿様がどうしてもわたしを見初めた花火の日に味わった骨せんべいをもう一度食べたいとおっしゃって。あれ、何の魚の骨だったかしら。覚えてません――」

悔しそうに首を傾げた。

「花火は夏ですから太刀魚の骨せんべいということにしてはいかがです？」

季蔵は微笑んだ。

「そうね。思い出の骨せんべいなのでしょう」

おもとは頷くと、

「わたしね、本当はもっともっと大殿様に市井の味を知っていただきたかったんです。でも、よほどのことでないとわたしが厨に立つことはできない決まりでした――」

おもとの顔が翳った。

――大奥はもとより、大名家の奥でも側室の挙動は周囲に警戒される。調理に携わっては毒を盛りかねないと思われる――

季蔵の心によぎった思いが通じたのだろう、おもとは、

「〝そち手ずからの料理を食べたい。だがあらぬ疑いをかけられるのは忍びぬ〟とおっしゃって大殿様はわたしに調理と厨への出入りを禁じました。ですからこの骨せんべい作りはここでの最初で最後のわたしの手料理だったんです」

と言って、頰を涙で濡らした。

第二話　涼み肴

一

おもとは切々と話し続けた。

「大殿様のところに上がる前のことは忘れることにしていました。というのはわたしは孤児で一膳飯屋の両親は養い親だったからです。朝から晩まで働かされづめでした。ですから大殿様はわたしのためにこの養い親たちに相当の金子を下されました。でも、二人はそれを元手に相場に手を出し、失敗して追われるように市中を出たと聞いています。それからどうなったのかは知りません。知りたくもありません。わたしのところに無心に来ましたが、会いませんでした。わたしは自分を捨てた親の顔も知りませんから、大殿様に可愛がっていただいて父親と愛しい男の二人が一度にできたような気がしていました。これほど幸せな時はなかったような気がします。ですから、入ってはいけない厨、大殿様のために作りたくても作れない菜や肴のことも一切忘れていました。けれどもこうして季蔵さんがわたしのために作ってきてくださっている菜の品々を味わっているうちに思いつきました。わたしが作ることのできる料理を供することこそ、亡き愛しい人への一番の供養ではないかと——」

話し終えたおもとの顔は満ち足りて穏やかであった。そして、

「わたしが得意だった太刀魚料理は酢の物と天ぷらだったのです。どっちもごく簡単なものです。お酒好きな養い親たちは怠け者でわたしが料理から客あしらいまで任されていました。ですから手のかかるものはできませんし、もとより一膳飯屋の肴です。でも大変な人気だったんです。それで太刀魚の時季は塩焼きの他はこの二品と決めていました」

と告げて作り方を話し出した。

酢の物はまず鍋に水、昆布、梅酢を入れて火にかけ、沸騰したら太刀魚を入れて、中まで火を通す。器に太刀魚を盛り、軽く水を切った夏大根のおろし、たたいた梅干を添える。好みで醤油をかける。

「大殿様は、ぴりっと舌にくる辛い夏大根の薬味がとてもお好きでした」

天ぷらにする太刀魚は大名おろしの半身の切り身を二つに分けて、酒と塩をふっておく。青紫蘇は洗って水気を拭く。小麦粉を水で溶いて天ぷら衣を作っておく。太刀

魚を布巾（ふきん）で軽くおさえて、余分な水分や臭みを取る。太刀魚に青紫蘇を載せて串（くし）に刺す。これを天ぷら衣にくぐらせて油で揚げる。

「串揚げなんてあまり品よいお料理ではないかもしれませんけれど、きっと喜んでいただけたはず――」

おもとは微笑（ほほえ）んだ。

季蔵はこうしたおもとの様子を烏谷（からすだに）に伝えていた。

「斉正（なりまさ）様にお話ししたところ、おもとのために急ぎ、専用の厨と料理手伝いを配された。以前、市井で作っていた料理を思い出して作ることができるようになったら、ふさわしい店を用意してやりたいとおっしゃっている。斉正様とて人の子、おもとを通じて亡き父君の供養は精一杯されたいご意向だ。そうすれば鍋島（なべしま）家に伝わる因縁（いんねん）の怪談話を払拭（ふっしょく）できるともお考えになっている。これでおもとは鍋島家に仇（あだ）をなす怨念（おんねん）に囚（とら）われた側室ではなく、主想（あるじおも）いの忠臣ということにもなろう」

そんな烏谷を、

「それは何よりです。化け猫の正体を見破られたお奉行様の慧眼（けいがん）の賜物（たまもの）です。そのおかげでおもと様はあれ以上の罪を犯すこともなく済んだのですから」

季蔵が讃（たた）えると、

「いや、本当の救い主はそちであろう。おもとに昔とった杵柄である料理による供養を思いつかせてくれたのだからな。ついてはちょっと困ったことが起きた」

相手は口籠った。

「何でございましょうか」

「そちの店塩梅屋の隣はまだ空家であったろう？　たしかツバメが毎年、巣を作る――」

「ええ。ツバメの親たちが夏空をよぎって雛のために餌を運んでくる様子は、この時季ならではの眺めですが、なぜか店の繁盛にはつながらないらしく、今のところ空いています」

「金運につながる縁起で知られているツバメは来るものの、財にはほど遠い場所があり、季蔵の店の隣だとわしがつい口を滑らしたところ、おもとはそこに店を開きたいと言い出した」

烏谷の童顔が困惑気味にしかめられた。

「口は禍の元よな」

とも言った。

「それは――」

季蔵は絶句した。

「大殿様はツバメもお好きだったからとツバメゆえのような物言いをしていて、当人はまだはっきりとはわかっていないようだが、そちの近くにツバメ付きの空いた店があると聞いて目が輝いた。若い女にありがちなことだ。おもとはどうやら亡き大殿様の他に好ましい男を見つけてしまったようだ」

「しかし、わたしには――」

今度は季蔵の方が困惑した。

「わかっておる。それはまずい。相手はおもと、おもとと呼び捨てにしておるが実はおもと様と呼ばねばならぬお方だ。品書きに一膳飯屋の料理があっても美味(うま)ければかまわぬが、裏店(うらだな)の木原店(きはらだな)では佐賀(さが)藩の体面を保てない。斉正様とて先代藩主の側室おもとを然(しか)るべき料理屋の女主になさるつもりのようだ。危ないところだった。おもとにはそちに対する気持ちに気づいてしまう前に手を打つ。ついては厨と手伝いが雇われたのをしおにそちにはこの件から退いてもらうことにした」

「わかりました」

季蔵は応(こた)えたものの、

――お大名の御側室たちは主君の死後、落飾し仏門に入るのが常だ。おもと様の場合は落飾同然に料理を読経（どきょう）に代えて、亡き大殿様への供養一筋、ようは生涯独り身を強いられることになるのだろう——

やはり武家の掟（おきて）とは温かみのない非情なものだと思わずにはいられなかった。

「ところで——」

烏谷は切り出した。

「まだ、何か——」

「これは武家の頼み事ではない。それに瑠璃（るり）にも関（かか）わることだ」

瑠璃に関わると聞いた季蔵は、

「何なのでしょう」

多少気色ばんだ。身体（からだ）の具合が優れないのか、それとも何か途方もない難儀が瑠璃に降りかかってきているのか——。

「気になります」

「頼み事と言ったであろう。瑠璃の世話をし、助けられてきた若い娘のことだ。祭りで知り合って将来を約束した相手ができたのだが、どうしても本両替屋の女主である先方の母親が縁組を承知しないという」

「それはおそらく——」

玉の輿の裏舞台にはとかく身分違いによる親の反対がありがちであった。

「当初わしはこれには段取りが肝要だと思った。相手の母親が気に入らないのはその娘お紀代が長屋住まいだからだろうと。ならば然るべき大店の養女にする労をわしが仕切って片が付くはずだとな。ところがこれが違った」

「相手の母親はご自分がたいそうなお店の出自なので、そうではない息子の嫁は断じて許せないのでは？」

商家の縁組は同程度の店構えの相手を選ぶのが普通であった。大店ともなれば猶更である。

「それはわからない。お紀代はわしが乗り出しても駄目だったと知ってからというもの、ぷっつりとその話をしなくなった。わしもお涼も日に日に元気を失くしていくお紀代が哀れでならない。瑠璃も案じているように見える。だが今のところ手立てはないように思える。そこで思いついたのがそちだ。そちならおもとに対したようにお紀代と話して、頑固偏狭な母親を説き伏せるいい案を見つけてくれるのではないかと――」

「わかりました。瑠璃が案じているのですからわたしも倣いましょう」

応えた季蔵は、

――それにしても従来のお役目とは違ったものが、こうも立て続けに降ってくるとは――

半ばこうした成り行きに呆れた。

お紀代が塩梅屋を訪れたのは翌日の昼前であった。三吉は使いに出ていたので季蔵は小上がりでお紀代と向かい合った。お紀代とは季蔵が瑠璃の元を訪れる折に顔を合わせ挨拶していたものの、面と向かって立ち入った話を聞くのは初めてだった。

「よくおいでくださいました」

意外にもお紀代は、季蔵にならばままならない話をしてもいいと烏谷に告げたのだという。

「相手のお母様のお実家についてお訊ねしていいですか?」

季蔵の問いに、

「勇助さんのお祖母さんを長く看ていた住み込みの看病女だったそうです。影日向なくつきっきりで世話をして、床ずれ一つ作らず、それはそれは献身的な看病ぶりが見込まれ、勇助さんのお父さんが是非にと自分の嫁に迎えたのだと聞いています。お祖母さんは家付き娘でしたし、お母さんを気に入っていたので親戚筋も含めて誰も反対はできなかったようです」

「大店のお嬢様ではなかった？」

これは意外だった。

「ええ、そうなんです」

お紀代は辛そうに頷いた。

二

「そのような事情ですと勇助さんのお母様はほぼ同じ身の上のあなたとのことを快く許されるように思いますが——」

季蔵は得心できなかった。

——せめてこういう時、看病女を嫁に選んだ勇助さんの父親がいてくれたら——

「お母さんが主だというからには本両替金銀屋の御主人はすでに亡くなられているのでしょうね」

念を押した。

「いいえ、勇助さんがまだ幼い頃、行方知れずになったと聞いています」

お紀代は言いにくそうに目を伏せた。

「あの大きな身代を置いて？」

「そのようです。詳しいことは勇助さんも知らないと言っていました。あたしがそれ以上訊けなかったのは、金銀屋に奉公していた知り合いから、他にいい女ができたからだという当時の噂を耳にしていたからです」

お紀代は目を伏せたままでいる。

――ようは勇助さんと母親は父親から大きな身代つきとはいえ捨てられてしまったのか。以来、母親は夫に見限られたのは自分の釣り合わぬ出自ゆえだと頑なになってしまったのだろう。そう考えると反対の理由の辻褄が合う。これはなかなかむずかしい――

しばらく季蔵が無言でいると、

「あたし、勇助さんに見初められない方がよかったって思ってるんです。実は勇助さんのお母さん、お妙さんとは以前からの知り合いなんです。お妙さんは瑠璃さんのお世話で伺っているお涼さんの長唄のお弟子さんなんです。あたしはお涼さんに勧められて一緒にお稽古させていただいてたんですけど、とっても親切で優しくて金銀屋の主だっていうのに形も地味で偉ぶったところの全然ない人でした。凄い人だなって思ってました。あたし、五年前におっかさんを流行病で亡くしてたんで、まるでお妙さんがおっかさんみたいでした。同じように親切にしてもらっても、粋で綺麗で垢ぬけてるお涼さんより、本両替屋の主じゃないみたいなお妙さんの方が正直ずっと親しみがありました。でも今度のことであたしのそんな想いも打ち消されてしまいました。こんなことになるんだったら勇助さんと会わない方がよかった——」

お紀代の声が掠れた。

「お疲れですね」

そこで季蔵はこの時季、気が向いた日の八ツ（午後二時頃）に拵える甘酒饅頭を振舞った。甘酒を小麦粉と合わせてこねてしばらく置いて膨らませる。餡はこのために作り置いてある。二倍ほどに膨らんだら平たくのして饅頭皮に整える。甘酒の匂いがする饅頭皮で餡を包み、表面が乾かないように水をふり、濡れふきんをかけて、またしばらく置いて膨らませる。二倍近くに膨らんできたところで蒸籠で蒸しあげる。蒸し上がりはさらにふっくらと膨らんで、ますます甘酒の香りが立つ。

「疲れた時は甘いものが何よりです」

季蔵は蒸し上がった甘酒饅頭を水出ししたとっておきの煎茶と共に勧めた。

「いただきます」

お紀代は添えられていた箸であつあつの甘酒饅頭を小皿に取ると、一箸一箸と口に運んだ。

「ああ、美味しいっ、ふう――」

ゆっくりとではあったが、お紀代は甘酒饅頭一個を胃の腑におさめて冷たい煎茶を啜った。

「冷めないうちにもう一ついかがです。これは熱くて、食べればますます暑くなるのですが蒸したてが最高です。手摑みであちちっ、あちちっと悲鳴を上げながら、追い立てられるように食べる塩梅屋の手伝いの三吉など、今の時季、口の中の火傷が治りません」

と季蔵が話すと、

「まあっ」

お紀代は思わず吹き出して、

「もう一ついただきます。今度はその三吉さんみたいに」

やはりあちちっ、あちちっと言いながら二つ目の方はあっという間に食べてしまった。

「あたし、甘いものには目がない上にこのところいろいろ考えて、あまり食が進まなかったんです。何だか落ち着いてきた気がします。お妙さんが猛反対している以上、勇助さんにはきっぱりお断りとしようと決めました。あれだけお妙さんに言われたら、これ以上、くよくよ悩んだところで出自なんて変えられるもんじゃありませんから所詮無理なんですものね」

やや自虐的な物言いとは裏腹にお紀代の顔は明るくなった。

「お妙さんはあなたに向かってどんなことをおっしゃったのですか？」

今なら話してくれるだろうと季蔵は思った。

「お妙さんには長唄の妹弟子として可愛がってもらっていたので、勇助さんが金銀屋の若旦那だとわかった時、これは玉の輿だなんて算盤、あたし弾きませんでした。ただただお妙さんと本物の親子になれるのがうれしかったんです。まさか、よりによってあのお妙さんにあんなことを言われるとは思ってもいませんでした。勇助さんに連れられて初めて金銀屋に行った時、あたしたちを迎えた金銀屋の人たちの様子はどこかよそよそしいものでした。あたしは勇助さんと引き離されて奥へ入ってすぐの布団部屋に案内されました。お妙さんはそこで待っていました。妙に思った勇助さんも後から布団部屋に来て、あたしと並んでくれました。そこでお妙さんははっきりこう言ったんです。〝この縁組は認めない。汚れた血が受け継がれてはならない〟と。これには頭をがんと殴られたような気がしました。にこりともしないで怒りと憎しみの籠った目であたしを見据えるお妙さんは、もはやあたしの知っているお妙さんではなかったんです」

話し終えたお紀代はもはや項垂れていなかった。

「もしやあなたの遥か昔の御先祖の血筋が武家で源氏の末裔、お妙さんのところが逆の平家だったりするのでは？」

武家では源平合戦の勝ち負けを未だに家系図に引きずっていて、これが婚姻の障害になることもあった。武家を先祖とする子孫たちの間でも起こり得る。

「いいえ、うちは信州から冬場だけ江戸に働きに来る椋鳥だった祖父ちゃんが江戸っ子の祖母ちゃんと出会って住み着いただけです。金銀屋さんの初代は権現様（徳川家康）に引き立てられた三河の名主の三男で、お妙さんのところも三河者でお百姓だったと勇助さんから聞きました。お武家などではありません」

お紀代は言い切った。

――何とも不思議な話だ――

「お妙さんはあたしたちの仲を裂こうと必死です。あたしに向かって言ったお妙さんの言葉に腹を立てた勇助さんは以後、お妙さんと話をしなくなりました。〝この家を出て行ったというおとっつぁんの気持ちがよくわかる。俺もいざとなったら覚悟はある〟などとあたしに言いました。花見の時にはこんなことがありました。あれはもう修羅場そのものです。当然のことですがお妙さんはすでにお涼さんのところへ通って来なくなっていました。店の人たちに勇助さんを見張らせていたのでしょう、お妙さんが大川堤で桜を愛でていたあたしたちの前に立ちました。強張った表情であたしの方は見ようともせず、〝勇助、帰るのよ。ったくおまえときたら子どもの時から手が焼けるったらない〟と言って勇助さんの手を引っ張りました。すると勇助さんは〝ご免だよ〟とその手を振り払い、お妙さんの平手打ちが飛びました。勇助さんはよろけ、あたしが花見のために用意したお重に足がぶつかりました。お重の中身の卵焼きやお握りが土の上に転がりました。すると勇助さんは〝お紀代がせっかく――〟と怒鳴ってお妙さんの頬を張ったんです。こんな話思い出したくもないのに誰にも言わずにいると夢にまで見てしまって――、季蔵さんにお話しできて何だかすっきりしました。真から諦めるためにはこれしかなかったんですね」

お紀代は自分に言い聞かせるように告げて、

「もう一つ、甘酒饅頭をいただきます」

皿へと手を伸ばした。

こうして大団円とはいかなかったものの、烏谷たちのお紀代の想いについての懸念はけりがついたように思えた。

ところが何日かしての早朝、

「季蔵さん、季蔵さん」

聞き慣れた声に季蔵は起こされた。

「いつも悪いね」

岡っ引きの松次が立っていた。

「少しお待ちください」

季蔵はすぐに身支度をした。

「どこです？」

そう訊いただけで話が通じる。

松次は大川堤の方へ向かって歩き出していた。

「堤から足を滑らして転び落ち、大きな石に頭をぶつけたのが不運だったな。まあ、殺しじゃあねえとは思うが、提灯を手にしてたのが気になった。桜はもうとっくに葉っぱだけだってえのに何で好き好んで真夜中にあんなとこに出かけたんだろうな。人目を忍ぶ相手と会うんだってちょいと寂しすぎるところだぜ」

「亡くなっていたのはどなたです？」

季蔵の問いに、

「金銀屋の女主だよ。供もつれずに一人で店を抜け出してきたようだ。ここいらもちょいとおかしい」

松次は首を傾げた。

三

――あのお妙さんが亡くなってしまったとは――

季蔵は複雑な思いで大川堤の斜面を下った。すでに北町奉行所同心田端宗太郎の後姿がある。下りてきた季蔵たちの気配に気がつくと振り返ってうんと大きく頷き、一言、

「ご苦労」

と労った。

季蔵はうつ伏せで死んでいるお妙の骸を検めた。これが松次や田端たちからの頼まれごとであった。本来は牢医を兼ねる骸医者の役目ではあったが、型通りにしか検めない。それでは死の因の真相を見逃すと気がついた松次たちは、何度も確かな骸検めで事件解決の糸口をつくってきた季蔵を頼っている。

「しかし、どうしてなんでしょうね。料理人の季蔵さんが骸検めの名人だなんて」

松次が素朴な問いかけをしてきたことがあった。

「何をおっしゃいます。医者ではないわたしはただ骸の傷や様子を観て気づいたことを申し上げているだけです。じっくり視なければならないのは料理に使う魚や青物と同じです」

　季蔵はそう応えていた。

　お妙の骸に手を合わせると、屈み込み、仔細に検めた。

「たしかに頭の後ろを石に強く打ち付けた痕はあります」

　季蔵は近くの大きな石にこびりついている血糊を指さした。石の近くの土の上に目を凝らした。気になる場所の土を指で掬って、掌の上にこすりつけて色を見た。

「ただし、周囲の土に血は流れていません」

「ということは――」

　田端の細い切れ長の目が見開かれた。

「いえ、まだ、それだけでは」

　相手の言葉を遮った季蔵はお妙の身体を視ていった。

「全身に打たれたような痕があります。堤を転げ落ちただけでここまで酷い痕はできにくいものではないかと――」

「なるほど」

松次が大きく頷いた。季蔵は視たてを続ける。

「それと素足だった足と足首にかすり傷と裂傷があります。堤の斜面は草地ですのでここまでの傷はつきにくいのではないかと見受けられました」

それだけ言い残して、

「ではわたしはこれで」

以前は番屋で詳しく骸を検めたこともあったが、骸医の面目、立場を慮り、控えている。

季蔵は店へと向かった。朝飯は食べ損ねたものの、そろそろ漁師が魚を届けに訪れる頃になっていた。すでに陽の光は空高くから注いでいて眩しい。

三吉と仕込みをほぼ終えたところで、昼近くに、

「邪魔するよ」

戸口から松次の声が聞こえた。

「いらっしゃいませ、お役目ご苦労様でした」

季蔵は松次と続いて入ってきた田端を迎えた。二人は床几に並んで腰を下ろした。

ここでたいていは疲れて腹が空(す)いた様子なのが常だったが、この日に限っては、

「気に入らねえなあ」

松次は握った拳(こぶし)をどしんと音を立てて床几に打ち付け、田端の方は、

「困ったものだ」

長身痩軀(そうく)に見合ったやや長めの腕を組んで考え込んでいる。

「早朝のことですか？」

季蔵は訊かずにはいられなかった。

「知れたことよ」

松次の金壺(かなつぼ)まなこは仏頂面になると一層目立つ。

「前代未聞だ」

常になく田端は大袈裟(おおげさ)な言い方をした。

その様子に、

「三吉」

季蔵は二人の剣幕に押されて固まっている三吉を促した。

「あ、いけねえ」

三吉は慌てて大酒のみの田端には湯呑(ゆのみ)の冷や酒を、下戸(げこ)の松次には甘酒を振舞った。

田端が一気に飲み干したので三吉はすぐに代わりを差し出し、松次は甘酒をふうふうと啜りかけて、

「たまには熱くねえ、冷えたのはねえもんなのかい」

初めて夏でも熱い甘酒に苦情を洩らした。

「あり、あります」

三吉は井戸端へとすっ飛んで行って、この時季には日々作り置いてある冷やし甘酒の入った鍋を井戸の中から引き上げてきた。田端はすでに三杯目の冷や酒を飲み干している。松次もこれに倣って冷やし甘酒を呷った。

「こりゃあ、飲まずにはいられねえよ、ねえ、旦那」

松次はさらに冷やし甘酒を三杯立て続けに飲んだ。

「金銀屋の女主お妙はあの場所で死んだのではないとおまえは見立て、こちらもそのように思った。死んだ真の場所をこれから探さねばならぬとな。ところが南町の年番与力の大倉主税様は〝それには及ばぬ、これは大川堤に赴いたお妙が間違って落ちて不幸な結果となった、そのように取り計らうこととなった〟とおっしゃった。大倉様は常から〝人の死のあくなき追及も供養のうちだ〟というのが持論だ。これは上に立つお奉行様の御意志でもある。そのお方のお言葉とも思えない。何かがおかしい」

田端は語気荒く言い放った。

「それにしても偉そうに威張り散らしてるだけのあのやぶ骸医も気に入らねえ。ろくに骸を検めようともしねえ。見かねた田端の旦那が全身の痣と足の傷についてどうかと訊いたら、〝骸の主は肌が弱いせいで転がっただけで痣になったのでしょうし、斜面に生い茂っている草には長くて鋭い棘のあるものだってあります〟とぬけぬけと言いやがった。斜面の草なんて見てやしねえのに、よくもそんな出鱈目がいけしゃあしゃあと言えるもんだと俺は腹が煮えくり返った。しかも、帰る時には〝何かあれば奉行所でお仲間に聞いてください。ただし聞けるものならばの話ですが〟なあんてぬかしやがった。今までもいろいろあったが田端の旦那まで骸医なんぞにコケにされたのは初めてだ。ったく許せねえよ」

松次は口角泡を飛ばして憤怒を露わにした。

「まだある」

五杯目の冷や酒を手にした田端はさらに言い募った。

「この一件は南町に代わる一日前に起きた。本来は一日前であっても我らが当番であったゆえ北町が調べるのだが、以後は南町が受け持つこととなった。これも解せん」

田端の言葉に、

「わかります」

季蔵は大きく頷いて、

――たしかに密(ひそ)かに検めたわたしも無念だ――

と思いつつ、

「こういう時はお飲みになるだけではなく、何か召し上がるのがよろしいと思います」

菜代わりにもなる肴を勧めることにした。ちなみに下戸の松次は美食家でもあり、肴を菜代わりに飯をたらふく食べる。一方の田端は酒一辺倒でほとんど肴には手をつけない。ところがこの日に限っては、

「頭がかっかしてるんで冷たい肴を頼む」

田端の言葉とは思えない注文が発せられた。

「焼きスルメは炙(あぶ)りですのでこの時季の品書きにはございません」

焼きスルメは田端が塩梅屋で食する数少ない肴の一つであった。

「この一件の扱いは理不尽極まる。これには断固負けぬつもりゆえ、精のつく逸品がいい」

これもまた田端らしからぬものであった。

「ちょうど今日は旬のアジが届いていますので何か拵えましょう。少し時がかかりますので、それまではさっぱりとこれを召し上がっていてください」

　季蔵は井戸に冷やしてある梅酢豆腐を三吉に運ばせて、まずは焼き枝豆を手早く拵えた。

四

　梅酢豆腐は四角い薄切り一切れの四方が濃赤桃色の目にも美しい逸品である。木綿豆腐を布巾で包んで皿を重石にし、井戸で冷やしながら水気を切る。半日ほどで水切り前の八割ほどの厚さになる。表面の水気を拭き、蓋付きの器に入れて被るくらいまで赤梅酢を注ぐ。梅酢は梅に塩を加えて梅干しを作る際に出る梅塩汁、白梅酢のことで、これに赤紫蘇を加えて発酵させたものが赤梅酢である。赤梅酢は白梅酢に比べて塩気が尖らず、まろやかな独特の風味がある。

　冷暗所で七日ほどこの赤梅酢で豆腐を漬けて仕上げる。薄切りにして供するのだが、酸味が強いので季蔵はこれに青紫蘇を添えることにしている。縁の赤と添えた青紫蘇の色味が目に鮮やかで、各々の紫蘇の微妙な香りの違いが楽しめる。紫蘇好きの松次は、

「こりゃあ、いいや。いっぺんに涼しくなってきた」

目を細めながら箸を動かした。

梅酢豆腐は作り置きだったが焼き枝豆の方は手早く拵える。

――たしか田端様はこれには手を伸ばされたことがあったな――

季蔵は枝豆をぱちぱちと音を立てて素早く枝から離し、さっと洗って水気を拭き取った後、丁寧に優しくもみ込むように塩をまぶした。少し時を置いて平たい鉄鍋に枝豆を重ならないように並べ火にかけ、両面に焼き目が付き、さやが少し開いて豆が見えている状態になるまで焼く。

季蔵は田端のために胡麻油(ごまあぶら)を小皿に入れて添えた。添えた胡麻油に枝豆を浸して食していた田端を覚えていたからである。

「ほう――」

田端は焼き枝豆を箸で摘まんで胡麻油にくぐらせてから口にした。松次も見倣(みなら)って、

「これほど憂さが晴れる食いもんはありませんよね、ねえ旦那。ああ、でも胡麻もいいけど塩だけもいけますよ」

などと言った。

「それにしてもどうして茹(ゆ)でるのと焼くのとじゃ、こうも味が違うんだろうかね？

うま味は焼きの方がぐんと上だ。甘く感じるほど味が濃い」

　松次の問いかけに、

「枝豆はたとえ枝付きの採れたてでも、茹でるとうま味が水に出ていってしまいがちなのです。ですが、これを茹でずに生のまま焼くとうま味は増すんです。焦げないようじっくり火を通すことになることもあって甘みが強くなるんです。どうかお試しください」

　季蔵は応えた。

「俺は料理は好きな方なんだが、菜になんねえせいか、こいつだけは季蔵さんの真似(まね)はできねえ。買った枝豆をざーっと鍋で茹でて、飯が炊けるまで腹の空きを我慢する。そんな案配だよ」

　松次の言葉に、

「うちは子どもが茹で枝豆好きだ。今更焼いてくれとは言いだしにくい」

　珍しく田端は家族の話をして、いつしか二人の憤怒は収まってきていた。

「いよいよ、本命だね」

　松次は目を和(なご)ませて飯の炊(た)ける匂(にお)いに鼻をひくつかせている。

　今時分に喜ばれるアジを使った菜は三枚におろし、皮目に十字に切れ込みを入れ、ややたっぷり目に酒をふりかけ少し置いて、しっかりと水洗いをして水気を拭き取る。ここで酒を使うのは臭みを抜くためである。このアジにすりおろし生姜、醤油、味醂をすり込み、冷暗所でしばらく寝かせる。一方、梅干しの種を取り、削り節と一緒に包丁で糊のようになるまで叩く。寝かせておいたアジの身側に青紫蘇と叩いた梅をのせて半分に折り、皮側に白胡麻をふりかける。白胡麻を指で押さえるように付けるとはがれにくい。平たい鉄鍋をあたため、菜種油をひき、焼いて返して、蓋をして蒸し焼きにして仕上げる。

「こいつは菜にも肴にもなるな。脂の乗った旬のアジのトロッとした食感、梅と紫蘇の爽やかさ、胡麻の芳ばしさが合わさってもう最高だ」

松次は炊き立ての飯のお代わりをしつつ、アジを堪能した。

――親分と田端様の憤懣の行方が気になる。どうして、おっしゃっていたような常では考えられにくい方針がとられたのか？――

季蔵は金銀屋の女主の死の顛末を二人同様理不尽に思った。

それからしばらく過ぎたある夜、三吉を家に帰して、売り切れてしまった梅酢豆腐を作り置きしていると、

「いたな、よかった」

伊沢蔵之進が油障子を開けて顔を出した。

――例のことを訊いてみるにはいい機会だ――

お妙の死は足を滑らせてのことと見做されたせいか、瓦版にも載らずにしめやかな通夜、葬儀が行われたと聞いている。

「とにかく腹が空いてな、たまらん」

蔵之進は大仰に腹を押さえて見せた。

「お嬢さんが首を長くしてお待ちになっておられるでしょうに」

蔵之進の妻は先代長次郎の娘おき玖であった。

「我が家は子どもで回っているのでそうでもない」

蔵之進は苦笑いし、どこかで聞いた話だと思いつつ季蔵は微笑んだ。

「それは何よりです」

「何でもいいから早く食べさせてくれ。たまらん。よくわからぬ豆腐だがそれでもいい」

蔵之進は季蔵が仕込んでいる梅酢豆腐をちらりと見た。

「これは今はまだ召し上がれません。それに本当に何もないのですよ」

仕込んだ梅酢豆腐を井戸で冷やした後、季蔵は胡瓜のかつら剝き涼味を拵えた。

これは一見、簡単な料理に見える。すでにこれにかけるタレも作り置きしてある。煮切り酒、醤油、酢、味醂、砂糖、胡麻油、生姜の絞り汁に干柚子粉を混ぜたものである。このタレで刻んだ葱とかつら剝きの胡瓜、白胡麻を和えるだけのものである。ただし胡瓜のかつら剝きが肝になる。胡瓜は大根ほど太くないのでかつら剝きの難易度が上がる。かつら剝きが巧みでないとこの一品は逸品にならない。ただの薄切りでは涼味感を味わうことなどできないのだ。

「少し涼しくなってきたな」

すっかり平らげた後で蔵之進はふうとため息をついた。

「酒を飲んでもいい気がしてきた」

「それではどうか、お飲みください」

季蔵は湯呑に冷や酒を満たし、

「代わり映えのない品ですが」

素早く豆腐料理を拵えた。何の変哲もない冷奴である。絹ごし豆腐を薄藍色のギヤマンの皿に移して、鰹節、刻み細葱、おろし生姜の順にのせる。

「醤油かすましかはお好みで」

季蔵は醤油とすましの入った各々の小皿を添えた。

「すましとは?」

早速冷や酒を呷った蔵之進は不思議そうに訊いてきた。

「豆味噌を使った味噌醤油のことです。先代の日記にあったので拵えてみたのです」

長次郎の日記には以下のようにあった。

醤油が造られるようになる前には煎り酒が代用されていたのだが、煎り酒以外にも醤油代わりにされているものがあると八戸藩の江戸詰めのお侍より聞いた。まずは玉味噌が造られる。味噌に使う麹を造る技がなかった昔からの作り方が玉味噌だそうだ。大豆と塩を混ぜて玉にして吊るして吊るしておくと豆味噌になる。この味噌を溶いて煮詰め、布袋に入れて吊るし、滴り落ちる味噌醤油がすましである。すましには濃い味の醤油とは異なる独特のうま味があるのだという。

「いかがですか?」

季蔵は醤油とすまし、両方で冷奴を味わった蔵之進に訊いてみた。

「今日の勝ち負けはこちらに軍配をあげる。今の時季、すましでは味がちと薄すぎる」

蔵之進は醤油の小皿を指さした。

「涼風が吹く頃になればきっとこっちだろう。これでうどんを食したいものだ。江戸人好みの濃い醤油味でも上方仕込みの薄口醤油味でもない、すっきりした汁の風味ある素うどんを味わえるだろう。まるで煮物上手の女房のようだ」

すましを見て、小指を立ててみせた。ちなみに蔵之進もまた松次や烏谷同様たいした食通であった。

「これだけではお腹が膨れませんでしょう。代わりにお酒を過ごさせてしまうから身体に悪いと後でお嬢さんに叱られてしまいます。今、すましをお褒めいただいたことですし、これを召し上がってください」

そこで季蔵は冷やしすまし素麺を拵えることにした。素麺を茹でて水に取って笊に上げて丼ぶりに盛り、水で薄めたすましを張り、生卵を割り入れてもみ海苔と青葱を散らした。

「これは美味そうだ」

箸を取った蔵之進は、

「豆腐でなく細い素麺ともなると、すましの深い風味がしっかり麺に絡みついてきて、何ともいえない」

　息もつかずに汁の一滴まで平らげた。

五

「ところで本両替屋金銀屋の女主お妙の死だが、骸が見つかった大川堤に駆け付けたのは北町の方だった――」

　切り出した蔵之進は季蔵をじっと見つめた。

――蔵之進様とてここにおいでの折はたいてい夜半で、空腹を満たすためもあるがそれだけではない。いよいよ来たな――

「常のように松次親分に呼ばれました。田端様もおいでになりました。わたしはお妙さんが亡くなったのはあの場所ではないと見立てました」

　季蔵はその理由を話した。

「やはりな」

　蔵之進は大きく頷いて、

「北と南、双方の奉行所は交替で市中の事件を調べているが、とにかく市中見廻りの我ら定町廻りは忙しく、事件の調べが日をまたぐことがあっても先に駆け付けた方の役目となる。今回のように日付で調べが移るなどということは俺の知る限りでは今までにない。しかも、堤から足を滑らせ運悪く石に頭をぶつけたとして調べを終えている」

知らずと唇を尖(とが)らせた。

「蔵之進様はお妙さんの骸をご覧になっていないのですか？」

「そうだ。形だけ番屋に運ばれて骸医が事故と見立てた後、金銀屋へ帰された。俺たちが知ったのは通夜の日で寝耳に水だった。聞いた時すぐにこれはおかしいと思った。だがなす術(すべ)などもうなかった。つくづく養父が生きていてくれたらと自分の不甲斐(ふがい)なさが嫌になった」

蔵之進の亡き養父は南町にこの人ありと言われた与力、伊沢真右衛門(しんえもん)で烏谷椋十(りょうじゅう)郎(ろう)とは親しい間柄にあった。堤や橋の修理や市の繁盛等現実的な町運営こそ、奉行の使命であると心得るのが烏谷なら、伊沢真右衛門の方は将軍がおわすこの江戸の町で悪は断じて許すまじという強い正義感の持ち主であった。

「とかく骸医は長い物に巻かれてしまうゆえ、困ったことだ」

伊沢真右衛門は密かに気がかりな骸を空家に移して、念入りに死の因(もと)を追及していたこともあった。時に疑いを抱くと烏谷とよしみであったことから、北町の事件の骸を引き取って調べてもいた。冤罪をつくってはならぬというのも伊沢真右衛門の正義の一環であった。

「しかも、お妙の骸はもうない。野辺の送りが済んでしまったからな。俺は養父の目の代わりは今やおまえさんだけだと思っている。おまえさんはどんな骸医よりも信じるに足りる」

　蔵之進の目がやや潤んだ。

「ありがたきお言葉です。とはいえ、そうおっしゃってくださっても今のわたしにできることはありません。お妙さんのことは気にはなっていましたが。それと――」

　言いかけて季蔵が言葉を止めたのは、

――お奉行が何ともこれについておっしゃらないのはおかしい――

　いつか、いつかと烏谷の訪れを待っていたからだった。

「お奉行から何か聞いていないか？」

　蔵之進は核心を突いてきた。

「いいえ」

「本当か」

　蔵之進は探るように季蔵を見据えた。

「真（まこと）です。お妙さんの死やその後のことは全くお話しいただいておりません。ただお妙さんのことは存じておりました。それというのは実はお奉行様に頼まれまして——」

季蔵は瑠璃の世話をしてくれているお紀代から聞いた話として、金銀屋の若旦那勇助とお紀代の身分違いの縁談話に、死んだお妙が猛烈に反対していたことを伝えた。

「そろそろその事情をお聞きにおいでになるだろうという矢先に、お妙さんがあんな形で亡くなったのです」

「その経緯（いきさつ）は少しおかしくはないか？　あのお奉行はたしかに地獄耳で千里眼だが、人の恋路にそこまで親身になるお方とは思えない」

蔵之進は言い当てた。

「たしかに」

——それはわたしも実は思っていた——

「場所がどこであれ、お妙さんが誤って亡くなったのでなければ、金銀屋とお妙さんに何かあるのか、あるいは——」

続けかけて季蔵はふっとお紀代の顔が浮かんだ。

——まさか、思い詰めてあの娘が——。いや、違うな、そんな弱虫であってほしくない。甘酒饅頭を食べて、今までのことは忘れて前を向こうとしていたはず——

蔵之進は季蔵の胸中を察した様子で、

「怪しいのはお紀代だけではないぞ。親子で殴り合うほどの沙汰に及んでいたとしたら、そして執心しているお紀代にお妙のせいで夫婦になることを諦めると伝えられたとしたら、勇助が母親さえいなければと思うこともあり得る。現に今、二人は誰にも邪魔されずに夫婦になれる」

と呟いた。

「金銀屋の跡継ぎである勇助さんの罪を南北の奉行所が庇い立てしたということも考えられるわけですね」

この季蔵の言葉に、

「相手は金銀屋だ。もちろん両奉行所には相当の金子が積まれたことだろう。もとより親殺しは死罪だがこれぞ、まさに地獄の沙汰も金次第だ」

蔵之進はさらりと言ってのけ、

「金銀屋は江戸一の本両替ゆえ、ここが栄えて役目を果たしてくれていなければ、流行風邪禍で弱り切ったこの江戸城下の立て直しが遅れる。あのお奉行ならばそこまで考えておられて不思議はない。これはこれでよしとするべきかもしれぬが、亡き養父が生きていれば必ずや真相を突き止めたように思う。方便ばかり通していては、いずれ守るべき御定法がなし崩しになり、弱い者たちが虐げられる冤罪だらけの世になると言っていた。だから俺も微力ながらこの件は調べを止めない。力になってはくれないか」

と続けた。

「わかりました」

季蔵も蔵之進と同じ思いであった。

「俺とお奉行は養父が存命の頃から親しく、今でも内密につながりがある。互いに知り得ている事柄の貸し借りだ。とはいえ俺はおまえさんほどお奉行との絆は強くない。この話、場合によってはお奉行を裏切ることになりかねぬのだが、それでもいいのか?」

蔵之進は念を押して迫ってきた。

「その心配は無用です」

季蔵は言い切って、

「お奉行様はどんな時でも人と命を大事にされています。流行風邪禍の折、あのお方がどれだけ孤軍奮闘されたか、わたしはよく存じています。そんなお奉行様が人殺しの罪を見逃してまで市中の復興を優先させるお方だとは思っておりません」

と半ば自分に言い聞かせるように告げた。

蔵之進が帰った後、季蔵は離れに赴いて先代の仏壇に線香を上げた。手を合わせて瞑目すると、

「馬鹿野郎、一度信じた人を信じ通せねえでまともな料理なんぞできねえぞ」

そんな言葉は聞いたことなどないはずなのに、瞼の中の先代は真っ赤な顔で怒っている。

「とっつぁん」

季蔵は亡き長次郎に話しかけた。

「わたしはあなたが信じ続けたようにあのお方を信じます」

いつしか夜がふーっと白く明けてきていて、目を開くと、

「そうだ、そうだぞ。人も料理も同じ、しっかりやれ」

そこに笑顔の長次郎が立っているかのように見えた。

烏谷から言伝が届いて水茶屋の二階に呼ばれたのは、三日後のことであった。常と変わりなく烏谷は先に訪れていて上座に座っている。

「報せておかねばならぬことが起きた」

そう告げて烏谷は意外な身軽さで立ち上がった。階段を下りた烏谷は勝手口に向かった。裏手には駕籠が二丁待っていた。市中の辻駕籠の類とは異なるその駕籠は大名家の家臣が許される権門駕籠であった。乗り口には引き戸があり、屋根、腰、扉窓の下は黒漆塗りで仕上げられている豪華さである。

「そちも乗れ」

「何事でございましょう」

しばし躊躇していると、

「とにかく乗れ、乗らぬと大事に至る、いいな」

烏谷は凄みのある声で季蔵の耳元に囁いた。

「わかりました」

先に烏谷が乗り、季蔵の乗った権門駕籠はぴったりと付いていく。

――いったい佐賀藩下屋敷で何が起きたというのだろう――

黒漆塗りの一角に金で彫り込まれていた杏葉紋を季蔵は見逃していなかった。杏葉紋は、武具や馬具の金具を元にした紋である。藩祖鍋島直茂が今山の戦に勝って、敵将大友親貞の紋を自己の紋としたと伝えられている。

――もしやおもと様の身に何か――

役目を終えて訪れることのなくなった佐賀藩下屋敷に住む、先代斉直の愛妾おもとのことが季蔵は気になってきた。

六

烏谷と季蔵を乗せた権門駕籠は佐賀藩下屋敷の裏手に止められた。

「お待ちいたしておりました」

中肉中背の若い侍が待っていた。

「いつぞやお目にかかった斉正様小姓の松江にございます」

松江は烏谷の方へ頭を垂れた。

「どうぞ、こちらへ」

先に立って歩きだした松江は裏門を通り過ぎそのまま左手に進み、突き当たるとそこを曲がった。重なり合っている木々に遮られ、白壁を見上げて歩く道は昼間でもほの暗い。

――裏手にこのような出入口があったとは――

ちなみに季蔵が通ってきていたのは今通り過ぎた裏門であった。

「ここよりお入りください」

松江は言われなければそれとわからない扉の前に立った。錠前を開けて二人を招き入れた。

「ほう、三十六万石もの天下の鍋島様ともなるとたいしたご準備でございますね」

はじめて烏谷は口を開いた。

「お奉行も人が悪い。支藩を多く抱える上に長崎警護のお役目を担う当藩の禄高(ろくだか)は実質六万石ほどであるのだぞ」

扉の向こうには、麻織物仕立ての小袖(こそで)である上布(じょうふ)を身に付けた一人の侍が待ち受けていた。

「御当主斉正様であられる」

烏谷が素早く季蔵に耳打ちした。

斉正は松江と共に先を歩いていく。驚いたことに中は長い通路になっていて、かろうじてではあったが、大八車が通ることのできる広さもあった。

「このまま進むと米蔵と酒蔵、味噌や醤油、海産物を貯(たくわ)える氷室(ひむろ)に行き当たるのだが――」

そう説明した斉正は右手に続く通路を曲がった。暗く長く進んだような気がした時、季蔵はぱっと明るい光に導かれた。

「ここだ」

斉正は灯りが煌々と点されている蔵の中ほどに立っていた。

「あちらで」

蔵には三十畳ほどの座敷が設えてあった。斉正は草履を脱いで畳に上がると床の間を背にして座った。松江は脇に控える。

「それでは」

鳥谷も倣って上がり斉正と下座で対峙した。季蔵は末席に座った。松江も季蔵も頭を垂れたままである。

「斉正様、奥方様、鍋島家ご一同様におかれましてはご健勝のこととお慶び申し上げます」

深々と頭を垂れた鳥谷はしごく当たり前の形式ばった挨拶をした。

すると斉正は、

「実はおもとが下屋敷からいなくなって十日になる」

と単刀直入に告げた。

「それはご心配なことではございますが――」

頭を上げた鳥谷は間を置いて、

「おもと様は町方の出と聞いております。大殿様亡き後、市井がなつかしく思い出され、料理作りを兼ねてそこで暮らしたくなったのではありませんか」

含みのある物言いをした。

――鍋島家にとっておもとさんは厄介者だったには違いない。姿が消えたのは幸いだったのでは？――

季蔵は斉正の表情を伏し目がちに窺った。

「今後おもとがどのようにして暮らすかは当人から直に聞いている。暇を取って市井に戻り、亡き父に見初められた時のような生業をしたいと申していた。〃秋風が立つ頃には大殿様が生きておられたらお喜びになりそうな料理を拵えて供養とし、暮らしの糧にもしたいと思っています〃と申したのだ。そこで、おもとの門出を祝って大川での涼み船の催しを行った。これが十日前のことだ。奥向きの女たちと共に誰の目にもおもとはとても楽しんでいるように見えたという。ところが、終わってみるとおもとの姿は見えなくなっていた。周囲をいくら探しても見当たらない。家臣たちの間では、誰ぞが件の鍋島化け猫再来の騒動の決着をつけたのではないかと囁かれ始めている。困った」

斉正は思い詰めた口調で言った。

「それはまた難儀なことでございますね」

烏谷の顔にも緊張が走った。

「急ぎおもと様を探し出さねばなりませんな」

烏谷は察して先を急いだ。

「そのためにわたくしだけではなく、この者もお呼びになったのでしょう」

烏谷は季蔵の方を振り返らずに言い添えた。

「季蔵だな。苦しゅうない。面を上げよ」

斉正に促された。

「はい」

季蔵は斉正の方を見た。

「そなたのことはおもとから聞いて知っている。そなたの料理のおかげで生きていく支えができたと申していた。礼を言うぞ」

「勿体なき仰せにございます」

季蔵は平伏した。

「おもとは料理の腕を上げてそなたのようになりたいとも申していた。そなた、おもとの行き先に心当たりはないか？」

斉正の問いに、

「心当たりとおっしゃられても――」

季蔵が言葉に詰まると、

「斉正様はおもと様がそちを好いている様子であったゆえ、居場所を知っているのではないかとおっしゃっておられるのだ」

烏谷が相手の真意を伝えた。

「むしろそなたとそのようであれば何よりと思っている。おもとが暇をとるに際しては相応の手順やしきたりを踏まねばならぬが、これらは何とでもなる」

斉正の声は澄んでいた。

「恐れながらわたくしはお奉行様からのお役目を果たさせていただいただけでございます。ここへのお出入りを止められてからは一度もおもと様のお顔は拝しておりません」

季蔵は言い切った。

「するとやはり神隠しか――」

斉正はため息をついた。

「何としてもお探しいたします」

烏谷は励ますように声を張った。

「そうであれば見ておいてほしいものがある」

再び斉正は立ち上がると仕切っていた襖を開けた。そこもまた三十畳ほどの畳の間で、まずは大きな姿見が目に飛び込んできた。

「何とも豪華絢爛な眺めでございますな」

所狭しと豪奢な着物や根付け類、髪飾り、化粧道具が並んでいる。金襴・銀襴をあしらった男物の小袖や袴、羽織の他に太めの金糸で鶴が模された総模様の十徳まであった。

「これらは今は亡き大殿斉直様のものと大殿様がおもと様に与えられたお品です」

松江が説明した。

おもとの夏着と秋冬着が畳まれてそこにあった。夏着はどれも麻地に金銀糸で模様が施されており、裏地に紅の生絹が用いられている。秋冬の方は絹地の打掛けが主で白、黒、赤、桃色など様々な色合いがあり、金銀糸がふんだんに使われている。模様は総模様、半模様、裾のみの裾模様とさまざまであった。三十畳の大半はおもとの着物で埋め尽くされている。

——たいした衣装道楽ぶりだ。斉直様のおもと様への御寵愛のほどがよくわかるが斉正様は――

季蔵は妻の実家である徳川家を頼るほどだったという窮状に陥っていた斉正の方を窺わずにはいられなかった。

「常から亡き父上の浪費ぶりには呆れ果てていたが、隠居の身となってからもなかなか言うことをきいてはいただけなかった」

斉正は苦渋を刻んだ横顔を見せた。

その他の化粧道具も紅を塗り付ける紅猪口、白粉を保存して溶くための道具である白粉段重や白粉溶碗、お歯黒道具一式にも金粉で菊や牡丹、松の木が描かれている。

着物に次いで圧巻なのは簪や髪をまとめる役目も果たす笄、櫛であった。これらはどれもそう大きくないので場所こそとってはいなかったが、数えれば着物にも増してその数があるように見える。簪は平打ちと呼ばれる銀製から、真珠等を用いてのびらびら簪と呼ばれる飾りつきのものまで多種多様で、髷の中に挿して使うほか、髪をぐるぐると巻きつける際の笄は琅玕（翡翠）や胡渡りと呼ばれる赤珊瑚でできている。櫛は髪をとかす梳櫛や解き櫛は柘植であったが、髪を飾ることを目的として作られた飾り櫛には鼈甲が選ばれていた。

――平打ち簪一本の値で、一人なら三月は暮らせるものを――

斉正同様季蔵も呆れた。

七

「父上はおもとほどではなかったが、余が暇を出した他の側室たちにも気前がよかった。父上から買い与えられた品々はどんな些細な物でも記されるのが奥向きの決まりなのだが、側室たちの中には値の張る品々をねだり、隠れて売って金子に替える者もいた。だが誰よりも多く父上から買い与えられていたおもとはこれをしなかったようだ」

そこで斉正は後ろに控えていた松江を振り返った。

分厚く綴られた帳面を手にしていた松江は、

「こうしておもと様の持ち物を全て並べて確かめましたが、何一つ帳面と違ってはいませんでした」

と告げた。

——おもと様から大殿様にねだったことなどないのではないか？——

季蔵は豪華絢爛な衣装や化粧道具、髪飾り品に混じって味噌汁の具にもなる〝布海苔〟、料理に欠かせない〝うどん粉〟と書かれた袋が並んでいたのを見逃していなかった。

——おそらく〝布海苔〟も〝うどん粉〟も熱湯に溶かして洗髪に用いたのだろう。こればかりはこのようなところでも市井でも変わらないとみえる。おもと様はこれらを使って髪を洗いながら、大殿様のために手ずから拵える布海苔入りの味噌汁やうどん、饅頭を想い描いていたような気がする——

「先のことを考えての神隠しならば残らず置いて姿を消すわけがない」

斉正は言い切り、

「奥の女たちは財布を持たぬのも決まりゆえ、おもとは身一つでいなくなった。金子を持たずでは宿にも泊まれまい」

一段と表情を翳(かげ)らせた。

察した烏谷は、

「どのようなお姿になっておられても必ず探してここへお連れいたします。どうかご安心ください」

と励ました。

「そうしてくれ、助かる」

斉正は瞬きで礼を伝えて、

「このままではあの世で亡き父上に顔向けができない」

と続けた。

「そうでございましょうとも」

烏谷は言い、

「わかってくれるか」

相手は声を詰まらせた。

――将軍家の姫を御正室に迎えるのは支度で金がかかり、たいそう骨が折れ心労も伴うと聞いている。亡き大殿様が音頭をとられたこともあって、佐賀藩の上屋敷の大改築は相当な大盤振る舞いだったと知らぬ者はいない。盛姫様の御尽力による将軍家からの貸付金で相殺できる額であったとしても、家中の者たちの風当たりは常に盛姫様に強いはず。なにぶん斉正様はお若い。おもと様の一件が引き金になって、家臣たちへの求心力が削がれることを斉正様は案じておられるのだ――

季蔵が察していると、

「余の代になってから緩みきって窮迫した藩政の立て直しにと、まずは藩士たちの数を大幅に減らした。家禄が無くなった者たちの憤懣は依然として止むことがない」

と斉正は洩らし、

「将軍家からの嫁入りは外様潰しとも言い換えられておりますからな。斉正様は島津の斉彬様とお従兄弟であられ、佐賀、薩摩、どちらも大藩ながらまごうかたなきご立派な外様大名――」

烏谷はあけすけな物言いをして、

「お悩みはこれだけでございますかな」

じっと相手の苦悶の滲む横顔を見つめた。

「実はまだある」

再度斉正は切り出した。

「どうかお聞かせください」

烏谷は改めて頭を垂れて季蔵も倣った。

「松江」

斉正の命により松江は広がっている豪華絢爛の一角から、薄桃色の根付けと簪を選び出して斉正に渡した。

「亡き父上の根付けとおもとの簪なのだが珊瑚だそうだ」

斉正は苦い顔で烏谷の様子を窺っている。

「あまり見かけぬ珊瑚の色ですな」

烏谷は驚いていなかった。

季蔵の方は、

――これが珊瑚？　何とまさに清らかな桜の花のようではないか。珊瑚とは女たちが得意げに髪にさす赤い丸玉ではないのか？――

見慣れぬものの奥ゆかしく美しい珊瑚の色に目を瞠った。

「そなたはどうじゃ？」

斉正に問われた季蔵は、

「見たことのない珊瑚でございます。わたくしの存じている珊瑚は簪で朱色に近い赤ですので」

と応え、

「あれらは南蛮から陸路を経て幕府が清（中国）からもとめているものでございましよう。たしか五島沖での商いのお役目は佐賀藩が担われておられましたね。ほう、このような品位のある胡渡りも清からもたらされるようになったのですね」

烏谷はなかなか如才なかった。胡渡りとは中国北西部の胡を経てもたらされる珊瑚のことであった。

「そうだ。珊瑚は全て異国から入ってきている。それゆえに胡渡りとも呼ばれている。

そして色は朱赤。あの色以外の色は見たことがない。あまり見かけぬというからにはそなたは見たことがあるようだ」

斉正は烏谷に迫った。

「ええ、まあ、何しろわたしは地獄耳、千里眼でございますからね」

ははははと大仰に笑った烏谷は、

「とある骨董屋から相談を受けたことがございました。見せられたのは見事に大きな桜色の木でした。太い幹から左右に枝が何本も伸びていて、桜色の霞が木になったかのような美しさでした。丈は半間（約一メートル）余り、目方は十貫（約三十七・五キロ）ほどはあったでしょう。骨董屋は〝今まで見たことのないもので、値打ちの見当もつかないのですが、我が国の南の海の漁で時折網にかかるという珊瑚の様子に似ているそうなんです〟とやや声を潜めて言い、その時、わたくしは〝出どころが言えぬものなら店に出しては売らぬことだ。あらぬ疑いがかかる〟と忠告しました。その骨董屋は開府の頃から主に大名家に出入りを許されてきた老舗中の老舗でした」

と告げた。

「〝あらぬ疑い〟とは何か？」

斉正は顔を青ざめさせた。

「五島の海では遠い国から運ばれてくるゆえ、たいそう高値で取引されている珊瑚が獲れるという話がございます。与太話かもしれませんが異国渡来の珊瑚とは色が違う、よほど五島の海のものの方が気品高く美しいとも聞き、現に先ほどお話しさせていただいたように、あの桜色の珊瑚を目にしましたので、これは真実であろうとわたしは思うようになりました」

　烏谷は淡々と話した。

「ではこの根付けや簪もそなたの見た珊瑚の木と同じ五島の海の珊瑚なのか？　五島の海では桜色の珊瑚が密かに獲られていると？」

　斉正の切羽詰まった言葉に、

「密かにとは言い切れませんが、たまたま漁の網にこのような珊瑚がかかることもあり得ますでしょう――」

　烏谷は逃げ道を示したが、

「そのような貴重な品は藩主を通じて幕府に献上しなければならない。大村藩の真珠のように」

　相手は硬直した面持ちでいる。

　一方の季蔵は、

――たまたま網にかかった桜色の珊瑚はどこへ運ばれて根付けや簪になったのだろうか？　まずは藩主だった斉正様のお父上のところのはずだ――

気になってきて、

「わたしは丸い形の簪しか見ておりませんが、珊瑚とやらはどのような形をしているお宝なのですか？」

季蔵は珊瑚が海の中でどのような姿をしているのか気になった。

「木々のようだと言われているが骨董屋の蔵で見たあの桜色の木が珊瑚なら、まさにその通りなのだろう」

烏谷が応えた。

「ということは貝に宿る真珠とは異なり、大きなものなのですね。そして木々の形のお宝は人の命よりも寿命が長いのでしょうか？」

「そうだ、そうだ。だから尊い物なのだろうが――」

慌てた様子で烏谷は困惑気味に首を縦に振った。その目は〝そち、いったい、何を考えている？〟と珍しく怯えていた。

――だとすると大きなお宝はここのどこかにあるはず――

季蔵は姿見のある着物等で埋まった部屋の畳と床の間のある方を見比べた。

——姿見のある畳の間は着替えたり、衣装合わせをするためのいわば控えの間で、床の間のある方に比べて畳もかなり黄ばんでいる。あまり畳替えをせずにいる。あの美しさを好み贅沢三昧であったはずの大殿様がなにゆえ、ここの畳替えを命じられてこなかったのか？——

季蔵は姿見のある部屋に屈み込んだ。置かれている豪華な着物等を除けながら、黄色い畳の縁に目を走らせ続けた。僅かではあったが姿見をずらすと畳の縁が盛り上がっている場所が見つかった。

——大きなお宝の隠し場所はおそらくここに間違いはなかろうが——

「何か——」

不審そうに松江が訊いてきたが、季蔵は、

「あまりに見事な姿見でしたのでつい灯りの方へ向けてじっくり見惚れたくなりました。申しわけございませんでした」

姿見を元に戻した。

駕籠で水茶屋の裏手に戻って二階で向かい合った烏谷は、

「はらはらしたぞ。全く冷や汗ものとはこのことよな。あの場所の畳を上げれば今頃、桜の木が出てきてしまっていて、二人とも斬られてあの屋敷の庭に埋められていてもおかしくなかったのだからな」

と言い、

「ご心配をおかけしました」

季蔵は相手の掻いた大汗が引くまで団扇であおぎ続けた。

第三話　夏まかない

一

「腹が空いた。冷や汗を掻かせられると腹の虫の機嫌まで悪くなるようだ。今宵少し遅くなるがいつものようにそちのところへ行く、よいな」

水茶屋を出た烏谷は季蔵にそう言い渡して奉行所の方向へと辻を曲がった。

この日は珍しく客の持ち込んだ鯛があったが、献立を鯛尽くしにしたのでほとんど使い切ってしまい、残ったのはあえて残しておいた少量の刺身と造る時にでた切れはしだけであった。

――あれしかないだろう――

仕方なく季蔵はこれで烏谷のために鯛の刺身の白味噌和えを拵えた。

これは白味噌を使った和え衣が決め手となる。当たり鉢で煎り胡麻を当たり、白味噌、練胡麻、砂糖、塩、濃口醤油、味醂を混ぜ合せて和え衣を作る。刺身と落ちを薄く切って合わせた和え衣で和え、脚のついたギヤマンの器に盛り、刻んだ葱をかけて供する。

――これだけでは到底足りないだろう――

訪れた烏谷は、

「客が持ち込んだ鯛の裾分けでは致し方なかろう。今日日、とにかく何もかも値が跳ね上がっている。魚とて同様であろう。好物の鯛ゆえ有難くいただくとしよう」

冷や酒の入った湯呑を片手に珍しく時をかけてこれを味わった。

「腐っても鯛というのはこの料理のためにある言葉かもしれぬな。品書きを変えてはどうか？」

などと相変わらず口は悪かったが――。

「お奉行様のお身体を案じておられるお涼さんからお褒めの言葉をいただけるものなら、あと一品、二品お作りできます」

「それで結構、頼む。とにかく今日は緊張した。大名家はただの武家ではない。わしはそうした決して外には出せない諸事情に通じているゆえ、かくも頼られるのだが相談事は難儀で疲れる」

「そうでございましょうね」

相づちを打った季蔵はさらに何品かの料理を拵えた。一品目は鯛そぼろの和え物である。鯛そぼろはすでに三枚におろした際の中骨に残っていた鯛の身で拵えてあった。鉄の平鍋に身のついた鯛の骨と酒を入れて熱し、白っぽくなったらいったん火から下ろし、骨から身を外して細かくほぐす。酒、味醂、醤油を加えて後、火にかけ、汁気がなくなるまで混ぜて炒り煮にした後、火から下ろし、粗熱を取ってそぼろに仕上げた。

胡瓜と皮を剝いた長芋を当たり棒で叩いて、胡麻油、醤油、酢を入れて軽く混ぜ、皿に盛りつけて、鯛そぼろと鰹節を載せた。鰹節を足したのは鯛そぼろがやや少な目だったからで、これを切り身から同様に贅沢に拵える時には鰹節は好みに合わせる。

「鰹節は醤油さえかけなければ鯛そぼろの風味を消しはしない。むしろ鯛と鰹の両方を豪華に味わっているようだ」

烏谷は鯛と同じくらい鰹も好物であった。

二品目は夏厚揚げである。これは暑い時の厚揚げ料理の一つであった。厚揚げは一口大に切り、平たい鉄鍋に胡麻油をひいて表面がこんがりするまで焼く。ここに千切りにした夏大根を加えてさらに炒める。やや多めの梅肉と胡麻油で調味する。醤油や塩は使わない。梅肉と胡麻油がよく絡んだら火を止めて、千切った青紫蘇と海苔、さらにすり胡麻を加えてさっと混ぜて供する。

「夏大根のぴりっと辛いのが何とも言えない。これは良き菜にもなるな」

烏谷は飯を欲しがった。

「そのくらいで飯のお代わりはお止めください。本日は汁代わりがございますので」

季蔵は烏谷の飯を三杯で止めた。

「汁か。汁などよほど腹がくちくとも口に入れれば胃の腑に流れるものぞよ」

止められて不服そうな烏谷に、

「なかなか飲みごたえのある汁でございます。しかもお涼さんが案じられることなど決してございません。是非召し上がってください」

季蔵はかぼちゃのすり汁を供した。これは亡き長次郎の遺した日記から想を得た変わり汁であった。


かぼちゃは煮ても天ぷらでも美味いものだが暑い時は南蛮の冷やしかぼちゃ汁が何よりだと長崎にくわしい食通の客から聞き及んだ。どんな汁かというと牛出汁（コンソメ）で煮たかぼちゃを潰して、牛の乳（牛乳）、牛酪（バター）をたっぷりと加え牛出汁で伸ばした滋養豊かなもので、暑さで食をなくした時に打ってつけだという話だった。ただし、これで南蛮人は暑さに負けない元気を取り戻せるのだろうが、我らはどうか？　牛の乳と牛酪、牛出汁の掛けあわせでは、弱った胃がもたれてしまわないかと気にかかる。いつか我らの身体に合ったかぼちゃ汁を試みてみたいものだ。

以上のように長次郎は書き残したが、とうとうかぼちゃ汁は拵えられることはなかった。これを読んだ季蔵は暑い時季に、するりと喉を通って胃の腑に優しく滋養のつくかぼちゃ汁を拵えたいと思案して仕上げてみたのがかぼちゃのすり汁であった。

まずはかぼちゃの種とワタを木匙でかきだす。皮つきのままざっとおおまかにいくつかに切り分け、鍋に入れて出汁を加え柔らかくなるまで煮る。竹串がすんなり刺さるようになったところで、粗熱が取れるまで冷ます。

皮は取り除かずに木べらと漉し器を使って丁寧に漉す。滋味溢れる涼し気な黄緑色に仕上げたいので皮ごと使う。好みのとろみ加減に水と豆乳で伸ばして味見をし、足りなければ砂糖、塩で調整し、井戸で冷たくひやして供する。

「何だ？　胡瓜の汁か？」

烏谷は訝しげに黄緑色のかぼちゃのすり汁を見て呟いたが口にすると、

「おう、かぼちゃではないか。かぼちゃの本来のうま味だ。これは美味すぎる」

ずずっと一気に啜り込んでしまった。

「ふーむ、もう少しじっくりと味わうのだった。勿体ないことをしたな」

と言って三度ほど代わりをもとめて、

「ああ、やっと冷や汗がおさまったわ」

膨れた腹をぽんぽんと叩いた。

「そろそろよろしいでしょう？」

季蔵は烏谷を促した。

「おもと探しのことか？」

「斉正様にお約束なされましたでしょうから」

「案じておるのか？」

「おもと様探しは斉正様直々の密命と心得ます」

「そうよな」

「ならば――」

――奉行所を主とする町方には知らせられないし動かすこともできない――

「こんな時にわしの地獄耳と千里眼、足で稼いだ人との縁が役に立つ」

烏谷は囁くように言って、

「蛇の道は蛇よ。どんな商いにも表があれば裏もある。そして商いを束ねる頭が各々に居て裏を牛耳って束ねと秩序をもたらしている。そんな頭たちとわしのつきあいは長い。頭たちを一堂に会させたこともある。だからわしにとってこの江戸の町は広くはない。そこを見込まれてわしにこのお役目は降ってきている。すでに絵師を呼んでおもとの顔の様子を伝え、似顔絵を描かせて数多の頭たちに配ってある。豪勢な着物ではなく粗末な縞木綿姿であるかもしれないとも書き添えた。わしの力をもってすればおもとの一件はそう難儀せずに解決できるはずだ。わしを見くびるでない」

にやりと笑った。

――たしかに頭たちとつながりがあるお奉行がこのように一声かければ、おもと様の行方は知れるだろう。そしてこうした動きをなさった以上、おもと様はご無事だとお奉行は確信されてもおられるのだろう、よかった――

季蔵はほっと安堵して、

「要らぬ心配でございました。申しわけございません」

知らずと頭を垂れていた。

すると烏谷は、

「そちには明日、外桜田の平川天神近くの山田浅右衛門屋敷へ行ってもらいたい」

有無を言わせずに命じた。

「あの山田浅右衛門様のところへでございましょうか？」

季蔵は一瞬冷や水を浴びせかけられたような気がした。

――まさかお奉行はおもと様がもうこの世にいないと――

「あそこには大きなきも蔵があるゆえな。きも蔵に運ばれるのは罪人ばかりではなく、行き倒れの者たちも多い」

と烏谷は応えた。

山田浅右衛門は将軍家の御様御用という刀の試し斬りを罪人を使って行う職にある、山田家の当主が代々名乗っている名である。首切り浅右衛門、人斬り浅右衛門とも呼ばれていた。身分は浪人であったが、刀の鑑定、人の肝臓、胆嚢、脳などを原料にした高額な特効薬を作って売る特典を与えられてきている。

「明日朝には頭たちからわしのところへおもとの行方が告げられるものと思う。昼時になってもわしから何も文が届かぬ場合は八ツ（午後二時）に浅右衛門のところへ行って、おもとの骸の有無をきも蔵で確かめてくれ。浅右衛門の方にはわしから話を通しておく」

烏谷は淡々と指示を伝えてきた。

二

翌日は朝から照りつく暑さであった。季蔵は八ツを待って、

――やはりまだ見つかっていないのか――

「仕込みは終えた。少しの間出てくる」

三吉に留守を頼んで平川天神へと足を向けた。

季蔵は山田家の門前に立った。

試し切りを兼ねた処刑という御様御用の役目自体は、腰物奉行の支配下にあったものの、山田浅右衛門家は旗本や御家人ではない、浪人とは信じ難い豪壮な構えの屋敷である。

「ごめんください、北町奉行烏谷様の命にて参りました。塩梅屋と申します」

声をかけると弟子の一人と思われる髭の濃い屈強な大男が走り出てきた。

「今しばらくお待ちください」

四半刻（約三十分）ほど待たされた後、三十代半ばの精悍な印象の男が現れて長江与八郎と名乗り、高弟であると言い添えた。

「ご案内いたします」

　季蔵を客間へと案内してくれた。狩野派の襖絵などある優美な印象の部屋には年代物の見事な紫檀の机が置かれていて、当代の山田浅右衛門がその前に座っていた。御首斬り、人斬りと異名をとっている浅右衛門は商家のおっとりした若旦那を想わせる、小柄でややふくよかで白く丸い童顔の持ち主であった。

「きも蔵をご覧になりたいとのこと、懇意にさせていただいている烏谷様より伺っております。その前に一つ当家についてお話ししておくことがございます。神君家康公の御側室阿茶局の縁戚につながる三河者であるわたしどもが浪人を通しているのは、死の穢れを伴う役目のためではありません。有徳院（徳川吉宗）様の時には強く幕臣になるようにとのお勧めもあったと先祖から聞いています。それをあえてお受けしなかったのは、世襲の家系では腕の落ちる者が現れかねぬゆえ、充分なお役目が果せぬかもしれぬと先祖が危惧したからです。試し切りの絶妙な技のある者たちによってのみ後継させようという決意の表れが浪人の身分でいつづけることにあったのです。以来この山田家は多くの弟子を取り、当主が役目を果たせない時には弟子が代行してきました。また当主に男子がいてもこれを跡継ぎとせず、弟子の中から腕の立つ者を跡継ぎに選んできたのです。ちなみに実子が跡を継いだのはこの山田家の歴史の中でただ一人だけです。これは山田家の誇りです」

と当代の浅右衛門は告げて、

「それではご存分にきも蔵をご覧ください」

季蔵を促した。

「ではまいりましょうか」

控えていた長江が立ち上がり、廊下を歩き始めた。季蔵はすぐ後ろをついていく。長江は先を歩きながらほどよく後ろに聞こえるようやや声を張って、以下のように洩(も)らした。

「浪人の身で幕府から禄(ろく)を食(は)むこともないというのに裕福なこの山田家は、世間からとかくの妬(ねた)みそねみを受けています。お役目であるご公儀や大名家から頼まれた処刑を行って金銀を拝領するだけでなく、罪人や市中の行き倒れ等の骸を集めて、大名家や大身旗本家に試し斬り用に売り渡す便宜も役得として認められています。加えて諸侯、お旗本、富者の愛刀家から頼まれての刀剣の鑑定料、さらによくご存じの骸由来の万能薬人胆丸(にんたんがん)の独占販売も許されているからです。山田家の財は三万石、または四万石の大名家に匹敵するともいわれていて、たしかにここまでの役得があると妬みそねみを受けるのも仕方がないことかもしれません。先ほど山田先生はあのように浪人の身を説明されましたが、〝山田浅右衛門〟の名が代々、技のある弟子に継がれていくのは技だけの問題ではありません。おわかりになりますか？」

そこで長江は季蔵を振り返った。

「もしや、たとえ実子が技に優れていたとしても、罪人とはいえ人の首を斬る仕事を我が子に継がせることへの嫌悪と躊躇があったのではありませんか？」

季蔵の応えに頷いた長江は、

「きも蔵にご案内する前に手を合わせていただきたい場所がございます」

きも蔵の裏手にある小さな石の塚へと誘った。

「小石川戸崎の祥雲寺には山田家のご先祖のお一人が建てられた髻塚と呼ばれる供養塔がございますが、ここにあるのは毎日参るための小髻塚にございます。また、歴代の山田様もこのわたしたちも罪人の今際の際の辞世の句を解することこそ、真の供養と考え、俳諧を学ばせていただいているのです」

と長江は言って小髻塚の前で瞑目して丁寧に手を合わせ、季蔵もそれに倣った。

きも蔵は骸置場と隣接していた。周囲は絡みつくような異臭に包まれていた。脂臭さの加わった異臭はきも蔵に近づくと一層強く感じられた。きも蔵に案内された季蔵は当代浅右衛門の妻女と見受けられる、縞木綿に姉さん被りをしている女性があれこれと弟子たちに指示している様子を見た。

大柄な妻女は凛々しい面立ちと四角い顔の持ち主で、てきぱきと人胆丸を丸めさせている。

「人胆の次は滋養肉の干し上げですからね」

妻女はしきりに作業を急かしている。

「このところの暑さじゃ、生ものは早々に駄目になりかねません。作りは技あってこそ、しっかり作ってきてくださいね。それからこれはおまえを見込んでの力仕事です。骸が腐って駄目になる前にさっさと集めてきてくれないと。お願いしますよ」

「はい」

応えたのは季蔵を出迎えた髭面男であった。

「あの男は新入りなんです。ここの弟子になってまず初めに割り当てられるのはお客様のお出迎えとこの役目なのです。このような役割分担はあちらで指図なさっていた先生の奥様がお決めになります。お客様には大名家の偉い御家来衆が刀の鑑定依頼だけではなく、人胆丸や滋養肉目当てでおいでになります。ちなみに滋養肉というのは肝薬ではなく、ももんじよりもよほど身体に効き目のある肉です。生まれつき身体のお弱い若君、姫君には命の肉です。ですので新入りに大名家の偉い御家来衆の接客をさせるのは、人胆丸や滋養肉作りは人の死肉漁りなどではないという誇りを持たせるためです。何ともうがったお導きでしょう？」

長江はそっと季蔵に耳打ちしてきたが、そんなことより、

「薬や干肉になってしまっては骸の主はもうわかりませんが――」

季蔵が確かめなければならないのは骸の中に、おもとの変わり果てた姿があるかどうかであった。

「そうでしたな」

隣の骸置き場の扉に手を掛けかけた長江は、

「とはいえ、ここをお見せしても骸の主はもうわかりますまい。朝一番で骸用の氷室から運んできた骸はそろそろ人胆丸や滋養肉用に刻まれておりますから。ここではなく氷室にご案内いたしましょう」

と告げて、

――獣や魚は平気で切り刻んで食しているではないかと言われそうだが、人ともなるとたとえ罪人でも見ていられそうにない――

「よろしくお願いいたします」

季蔵は幾分ほっとして付き従った。

骸専用の氷室の扉が開けられた。

「ここで骸の主がわかるのは首のあるもの、首だけを集めた大桶です。ご覧になってください。探しているのは男ですか、女ですか？」

長江は訊いてきたが、

――お奉行は伏せておられる――

「それはまあ――」

季蔵は濁して指差された場所を見た。もとより刎ねられた罪人の首が重ねられているとわかっている大桶に用はなかった。首のある骸は土間に一体ずつ間を空けて横たえられている。ほとんどが痩せ衰えて行き倒れた旅人や老いた物乞いではあったが、

「これは皆、行き倒れの骸ですか？」

季蔵は頭部に打撲の痕がある上に首を絞められて死んでいる若い男の骸を見つけた。

――何と殺された骸もある――

もっとも幸いなことに並んでいる骸の中におもとの姿はなかったが――。

「このような骸も集められるのですか？」

季蔵は訊かずにはいられなかった。

「ご存じのように奉行所はたいそうお忙しい。それもあって市中の骸集めを我らに課

して来られた。中には何らかの理由で殺されながら、誰も探さず、誰にも骸が見つけられない場合もある。公にはできぬがそのような骸も我らが回収する流れとなって久しい」

「殺されたと言うのに誰も探さず、誰にも骸が見つからない骸は詮議無用というわけですか?」

季蔵は手抜かりな御定法に怒りを感じた。

「そうは言っても詮議もされない上に放って置かれて野ざらしになるよりは、ここに集めて役目を果たした後、罪人たちの骸と一緒とはいえ、葬られた方がよほど供養になると思います。罪人たちとて仕置きを受けて罪を償えば皆仏ですからね。ところが昨今、骸屋なる稼業が現れて、殺された骸を我らに先んじて回収、結構な商いをしているのです。殺されて見つけられにくい骸は若い無宿者や出稼ぎ者、田舎からの家出娘等が多いのでこれはかなり痛い。下世話な物言いをすると縄張りを荒らされて利を掠められているのですよ。若い者の肝や肉は男女を問わず活きがよくてたいした効き目がありますからね」

山田家の内証に通じているだけではなく、商いにも長じている長江はつい本音を洩らした。

三

「すると市中の骸集めは山田様のところだけのお役目というわけではなくなっているのですね」

「お上の許しを得ていない闇の骸集めが、上野にある廃寺をねじろにしているという噂は聞いたことがあります。それと——」

長江は一瞬口ごもったが、

「闇の連中はあえて身寄りのない者に目をつけて狙って殺して骸を得ているという噂もあります。これなら活きのいい肝や滋養肉を商いにできますからね」

と続けた。

「上野ですね」

季蔵は山田家を辞すと早速、上野へと向かった。

——闇の骸集めの連中におもと様が狙われた可能性は捨てきれない——

季蔵は上野とその近くの廃寺を無我夢中で廻った。夕暮れが近づいて来た頃、はっと気がついて、三吉宛に〝急用にて帰れないので今晩はよろしく頼む〟という文を塩梅屋に届けるよう手配して、おもとを探し続けた。

仏具が全て持ち去られ荒れ果てている破れ寺がほとんどで、ぽつぽつと物乞いや食い詰めた輩が住んでいるところはあった。だがどこにも骸はなかった。

すっかり辺りが夕闇に包まれてもなお季蔵は探し続けた。とある荒れ寺の境内を歩いて本堂へと向かっていた時、本堂の戸が開いて出てきた姿に驚愕させられた。向こうもあっと目を瞠った。

「季蔵ではないか」

「これは蔵之進様」

二人はしばらく互いに見据え合った挙げ句、

「どうせまた、お奉行から秘しての調べを請け負ったのであろう」

蔵之進の目が笑った。

「蔵之進様はここに何用で？」

「この辺りにお上も知り得ない闇の骸屋のねじろがあるというのでどんなものなのか、調べに来たのだ。殺された骸の拾い集めだけではなく、あえて殺して骸にして、許しもなく薬や肉の闇商売をしているとなれば放ってはおけまい」

「ご存じでしたか」

「奉行所の者なら誰でもその噂を知っている。だが闇商売のこれだという証は今のところない。当然誰が関わっているかもわからない。とすると、ただでさえ忙しい奉行所が調べることは到底できぬ。それで俺はこうして時を見つけては一人で調べているのさ。それと俺は本当にそんな闇商売などあるのだろうかという疑問がある。それを見極めたい。おまえさんもそうか」

「ええ、まあ――」

季蔵はまたしても濁した。おもとのことはたとえ相手が蔵之進でも口にはできまいと思った。

「おまえさんが調べようとしているこの荒れ寺には何もなかった。目についたのは白蟻の大軍だけだった。ここは調べても無駄だ」

言い切る蔵之進の言葉に、

「そのようです」

季蔵はどっと疲れを感じながら、

「それでは」

今日のところは不毛な調べを切り上げて塩梅屋へと戻ることにした。

塩梅屋には珍しく船頭の豪助が訪れていた。

「世話になっている」

季蔵は豪助に礼を伝えた。毎朝安価な魚が届けられてくるのは豪助の漁師たちへの口利きあればこそであった。季蔵は今時分は空腹なはずの豪助の小腹の足しにと、甘辛味のおかかとしゃきっとさせた白髪葱、天ぷらを揚げた際に残しておいた天かすを芯にして大きめでふわりと仕上げた握り飯を拵えた。品書きにはないがたぬきうどんにちなんでたぬきと呼んでいる。

「このたぬきってもう最高だよ」

豪助は夢中で食べ終えて茶を啜ったところで、

「実はちょっと伝えておきたいことがあってさ」

「ほう、何だ？　物の値が上がっている昨今、毎朝届けてくれる魚の値も変わるという話なら、致し方ないと思っている」

これはすでに覚悟済みであった。

「そいつは違うよ。今のままで何とかなってる、漁師たち、充分有難いってさ」

「それを言うのはこっちだ」

「まあ、多少言いにくいことなんだが――」

豪助はなかなか切り出さない。

「いったい何なんだ？　おしんさんとよほど酷い喧嘩をしたのか？」

　豪助の妻で漬物茶屋の女将のおしんはやり手だが芯も向こうっ気も強く、豪助のところは絵に描いたようなかかあ天下で喧嘩となるとなかなかの迫力であった。

「いつも心配かけてるけど今回はおしんとは関わりがねえ」

「大事な一粒種の坊やもそろそろ生意気盛りになったのかな？」

　季蔵はさらに言い当ててみようとしたが、

「うちの話なんかじゃないんだって。兄貴のことだよ」

「俺のこと？」

「ん、十日と少し前のことだったかな。この木原店の近くで〝塩梅屋さんはどこですか？　主人の名は季蔵さんっていうんです、是非、お店に行って季蔵さんのお料理を食べてみたいんです〟って誰かれなく話しかけてた若い女がいてさ。その女、昔、俺が稼いだ金、ありったけ使ってた水茶屋の女に似てて、当然俺を捨てたおっかさんにも似てんだ。だもんだから、俺、なーんか、昔のこと思い出しちまって、おしんには言えねえことだし、ここいらが痛くなってきてさ、さっぱり落ち着かないったらないっ――」

　豪助は胸の辺りを押さえて、

「それもあってその女にはとうとう塩梅屋の場所は教えなかった。ちょいと妬けたんだよ。それに兄貴には瑠璃さんって女がいるだろう？」

――十日ほど前といえばおもと様が涼み船に乗られた後、行方知れずになってしまわれた頃だ。そのおもと様がわたしを尋ね歩いてこの近くにおいでだったとは――

「何だ、それならやっぱりおまえんとこのことじゃないか？　おおかた俺を探してたなんていうのはおまえが考えついた戯れ言だろう？　いいのか、おしんさんと可愛い坊やがいるっていうのに、今更――。とはいえ、こうやって相談に俺のところへ来たんだから、まだ深みに嵌まっているとは思えないがな」

季蔵の方は笑い飛ばして内心の動揺を隠すのに腐心した。

――おもと様の一件はたとえ弟分の豪助でも言えない。報せたらどんな禍が降りかからないとも限らない――

「違う、違う、ほんとだよ。道行く人たち、皆に聞いてた。そいつらをここに連れてこられねえのが残念なくらいさ」

「わかった、その話は真だと信じる。だが言っておくがわたしに心当たりはないぞ」

季蔵は言い切った。

「そうはっきり言われちまうと空耳だったのかもしんねえ気がしてきた。たしかにその女、やけにご大層な形だったしね。見たことのねえ、桜の花がいっぱい付いたびら びら簪を挿してた。綺麗で清々しいその色が惚れ惚れするほど似合ってたけど、今時あんな形、歌舞伎のお家騒動ものの側室役でしか見ねえよ。ひょっとしてあれは新顔の女形が町中で芝居の稽古をしてたのかも。兄貴の名を出したのは瓦版に始終、美味くて安い店ってことで塩梅屋と季蔵が書き立てられてるからかな」

豪助はこちらに都合のいい解釈をしてくれたのでひとまず季蔵はほっとした。

──びらびら簪、桜を模した桜色の珊瑚、間違いなくおもと様だ。しかし、おもと様の問い掛けを多くの人たちが聞いていたとなると、その中には邪な企みを思いつく者がいたとしておかしくない──

「ところで、おまえ、胸の辺りがざわついてその女を後を尾行ていったのだろう?」

そうあって欲しいと季蔵は思った。

──おもと様がその後どうなったかの手掛かりになる──

「俺をみくびっちゃいけねえよ。その言葉だけはいくら兄貴でも許せねえ」

豪助は目を剝いた。

「こう見えても今の俺はおしんと子ども一筋なんだから。いくら気になった女でも後を尾行て口説こうなんぞというふざけた気持ちなんてあるわけねえだろうが」

　豪助の叩きつけるような口調に、

「悪かったな。案じただけだ、許してくれ」

　季蔵は詫びて、

「ということはその女を見かけたのはその時だけか？」

　と念を押した。

「もちろんさ。その日はおしんに言われての用足しをして同じ道を帰ったけど、もう影も形もなかった」

「噂を聞くこともなかったのか？」

「なかった。それにしても兄貴はその女のこと気になってるんだね。もしかして、ほんとは兄貴その女と知り合いで――」

「馬鹿を言うな」

　珍しく大声を出して季蔵は豪助との話を終わらせた。

四

　翌日の夜、長屋に帰った季蔵は烏谷に向けて以下のような報せの文を書きかけた。

おもと様の行方、山田浅右衛門宅では相当する骸は見つかりませんでした。浅右衛門門下の者から骸を集める闇稼業骸屋が繁盛していると聞かされて、ねじろがあるという噂の上野界隈の荒れ寺を探してみましたが、今のところそれらしき場所は見つかっていません。

知り合いからおもと様らしきお方を市中で見かけたという話を聞きました。涼み船に乗られた日のことです。お屋敷におられた時と同じ華やかなお姿であったようです。その後どうなされたのか気掛かりです。もしや、見かけられた後、骸屋に拐されてしまっていたら――。浅右衛門門下の者の話では骸屋は活きのいい若い骸の調達には殺しも厭わないとのことですし――

どうしてもおもとが塩梅屋を名指しで探していたことは書けなかった。

――わたしが一膳飯屋を商っていることをほのめかさなければおもと様は涼み船を下りられた後、お探しになろうなどとは思われなかったのではないか？――

迂闊だった己が責められた。

――ということはもしかして――

季蔵は寝静まっている長屋から塩梅屋へ夜道を急いだ。

——うっかりはまだある。たしかおもと様は毎年ツバメが巣作りをする空いたままの店のことをお奉行がお話しすると、是非ご自分の店にしたいとおっしゃっていた——

新月であった。昼間の暑さが残る夏の夜更けは浅い闇が肌に粘りついてくる。ある種の油断のならなさを季蔵は感じていた。

——おもと様の口から塩梅屋やわたしのことを洩れ聞いた相手が悪い奴であったとしたら——

季蔵は塩梅屋の勝手口へと廻って中へと入った。ここも闇であるが灯りは点さない。厨の窓からは隣の空家が見渡せる。季蔵は隣家を窺い続けた。闇夜が過ぎていく。季蔵は見張り続けた。闇に目が慣れてくると隣家の戸口に黒い影が見えた。人の形をしている。

季蔵は勝手口から飛び出すと足音がしないよう下駄を脱いで隣家へと走った。戸口から人影が走り去って行く。全力で走って追いかけたが相手の速さには敵わずとうとう追いつけなかった。

——戸口に見えたのでてっきり中へ入るものとばかり思っていたが違った。厨の窓からは死角になる隣家の勝手口から入ったのだ。こんなことなら外へ出て裏手から見張っていればよかった。馬鹿をした――

そう悔やんだ季蔵は心のどこかで訪れるのはおもとで、そうなら表の戸口から入るはずだと思い込んでいた自分に気がついた。

――おもと様がいなくなって十日以上も過ぎてここを訪れるはずもないのに――

それでも季蔵はおもとが囚われていたとしても、何とかして逃れ、闇に紛れてここを訪れることを期待していたのだった。

――俺としたことが何とも甘すぎる――

この時、隣家の戸口に立っていた季蔵は中から洩れてくる異臭を嗅いだ。

――これは――

季蔵は中へと飛び込んだ。そこには最も想像したくなかった現実があった。涼み船から下りた時の形をしたおもとの骸があった。空家の梁にかけられた帯からだらりとぶらさがっている。頭と顔の上を蛆と思われる白いものが這い回っているのも見えた。

季蔵はすぐに走り出した。向かうは烏谷のいる南茅場町のお涼の家であった。

――朝になるまでには何とかしないと――

あれだけの異臭ともなれば誰かが気がついて大騒ぎになる。木原店は食物商いが多いので骸の発する死臭はたとえそれが鼠であっても忌まれる。

　――それが見慣れない形の女ともなればすぐに役人を呼ぶだろう。そうなればこの件を隠し通すことができない――

お涼の家に着いた季蔵は烏谷とお涼の部屋の前でひゅーっ、ぴーっと口笛を吹いた。これは季蔵が緊急時、ここを訪れた時の合図として取り決めてあったものだった。

「何用か」

ほどなく寝巻姿の烏谷が季蔵の後ろにぬっと立った。

「わかった。そちは骸のある場所へ戻れ。万事わしが取り計らうゆえ案じることはない」

「わかりました」

言われた通りに戻って待っていると、

「引き取りに来ただよ」

大八車を曳いた物乞いの老爺がやってきた。黄色い乱食い歯を剝きだしてにっと笑いながら、

「あんたも一緒に付いてきなさるようにってさ」

と促した。

こうして季蔵は老爺とは思えない速さで進む大八車を追いかけるようにして同行した。

着いた先は驚いたことにあの場所だった。

「ご苦労」

迎えたのは蔵之進であった。

あの場所とは蔵之進の養父伊沢真右衛門が不審死の究明のため、秘して借りていた家であった。

「知っての通り、お奉行は強引なお方でなかなか嫌とは言わせない。話のおおよそを聞かされたことでもあり、これは仰せの通りにするほかはないと思った」

「なるほど」

「さあ、時がない。済ませよう」

おもとの骸は大八車から土間の上に横たえられ、季蔵と蔵之進は手を合わせた後、屈み込んで検めた。おもとの頭と顔はすでに蛆で覆い尽くされている。

「高位の女人がこのような形でこうした姿になってしまうとは無残だ」

と蔵之進はまず洩らし、

「骸の傷みが酷い。涼み船に乗っていた時の形をしているところを見ても、これは船を下りてそう時を経ないで亡くなったのだろうな。果たして死の因はこれだろうか？」

蔵之進は首が吊られた痕を見据えた。

「ここまで骸が傷んでいると自害か殺しかの判別はむずかしいが――」

蔵之進の言葉に季蔵は骸の両目から詰まっている蛆を取り除いた。

「締め殺した時には必ず見受けられる白目の細かな赤い斑点がない。目を見る限りは殺しではないな」

――これは何としても――

蛆は全身への侵略をはじめている。季蔵は足袋から食み出ている足首にとりついている蛆を払い落して、骸の裾をまくり上げた。

「両足に打ち身の傷があります」

同じように両袖を調べた。同様の傷が見受けられる。

蔵之進の目が頷いて二人はおもとの骸から着物を取り去った。裸の全身に死ぬ前に負ったと思われる打ち身があった。

――もしや――

季蔵は盛り上がるように貼りついている蛆の塊を頭から握り取った。打ち付けて出血した傷痕が見えた。

「これは自害ではない。死の因も首を絞められたからではない。絞められかけて抗ったものの、頭を殴られて絶命したのだろう」

蔵之進は断じたものの、

「ただし、全身の打ち身がなにゆえなのかわからない。このような骸がなにゆえ塩梅屋の隣の空家で見つかったのかも不可解極まりない」

同時に首を傾げた。

「申し上げられるのは、この骸をあの場所に置いたのは先ほどわたしが見た人影に違いないということです。今の時季、ここまで傷んだ骸が置かれ続けていれば臭いで気づいていたはずですから」

季蔵も言い切った。

――それと気になるのは――

季蔵は豪助が見たという、珊瑚と思われる桜色のびらびら簪をおもとの頭部に探していた。

――無いのはおそらく、骸を見つけた不埒者たちに奪われたのだろうと思った。

「後は任すぞ」

蔵之進は外で控えていた老爺に声をかけた。

「まずは綺麗に始末してやってくれ」

「へい」

老爺は水の入った大桶と白装束一式、一抱えの草束を抱えている。

「よろしく頼む」

季蔵は蔵之進に目配せされて外へ出た。

「あの者は養父の代からこのような時に役目を果たしている。蛆は顔や頭にだけ涌いているわけではない。だから身体をすみずみまで清めた後、蛆が嫌うマンネンロウや薄荷をよくよくこすりつけ白装束に着替えさせて供養する。待つ者がいる骸は先方まで送り届けなければならない」

蔵之進は説明した。

しばらくして老爺が戸口から出て来て、白装束の骸を大八車に乗せ、筵をかけた。

「よくやってくれた」

蔵之進が駄賃を渡すと、

「ありやす」

礼を言って老爺は大八車を曳いて行った。

五

「さて、我らにも明日はある。少しは眠っておかなければな」

蔵之進は大きな欠伸(あくび)をした。

「そうですね」

相づちを打った季蔵は、

――このような非常に慣れておられる――

蔵之進の今まで知らなかった一面をかいま見たような気がした。

「腹が空いては眠れぬ」

蔵之進の呟きに、

「簡単な汁かけ飯なら何とか拵えられます」

季蔵は塩梅屋の厨に残っている材料を思い浮かべながら言った。

「それは有難い」

にっこり笑った蔵之進は常と少しも変わらなかった。

「それではまいりましょう」

二人は塩梅屋のある木原店へと戻った。

季蔵は、いりこ飯を拵えた。その名の通りいりこ（煮干し）の風味が肝となる。いりこは焦がさないように炒（い）っておく。これを当たり鉢で当たって白い炒り胡麻を加えてさらに当たり、味噌、砂糖で調味する。この濃厚なタレを当たり鉢の内側に薄く伸ばして七輪に伏せて軽くあぶり焦げ目をつける。火傷（やけど）をしやすいので注意する。

これに水か出汁を少しずつ加えて、混ぜ、好みの濃さにする。炊きたての飯に細切りの蒟蒻（こんにゃく）、小口切りの青ネギ、みじん切りの生姜（しょうが）をのせ、タレをかけ、干したミカンの皮をぱらぱらと振って供する。焼いたアジや鯛のむしった身を使うと滋養があり美味でもある。

「さっぱりしていて何よりだ。腹は空いているが胸のつかえは下りない。このような時はこういうものに限る」

蔵之進は、いりこ飯を丼（どんぶり）三杯ぺろりと平らげた。季蔵の方は空腹さえも感じていなかったが蔵之進に倣って食べてみると、同様にするすると胃の腑におさまった。

蔵之進は役宅へと帰り、季蔵は塩梅屋の小上がりで泥のように眠った。

「おはようっ」

元気な三吉の声で目を覚ますと、昨日、山田浅右衛門宅で見聞したことやその後、隣家で目にしたことが悪夢であったかのような心の平穏を得ていた。

――それゆえあの蔵之進様も御養父の信念を継がれたとはいえ、時に苛酷なお役目に耐えられるのだろう。それにしてもあのいりこ飯は胃の腑だけではなく心にも優しかったな――

しみじみとそう思った季蔵は、

「賄いは食欲がない時でも箸の進む丼ものを幾つか考えて、中の一つ二つを品書きに加えることにする」

三吉に告げた。

――どんなことがあっても人は生きて行かなければならず、その命を支えるのは食なのだから――

まずは先代長次郎の十八番だった焼き茄子飯を拵えてみた。これはいりこ飯同様、一緒に和える薬味が恰好の脇役になる。茄子は七輪に載せた丸網の上でこんがりと焼いてから皮を剝き、青紫蘇と合わせて細かく叩く。そこにすりおろした山葵、塩を加えて混ぜ合わせる。丼に炊きたての飯をよそい、千切った海苔を載せて供する。

「これは上方から来たお客さんに聞いて、とっつぁんが拵えた丼飯だそうだ。塩の味付けなのでさっぱりしている。これでは濃い味好きの江戸者には物足りなかろうと、とっつぁんは新牛蒡(しんごぼう)の醤油漬けを必ず合わせていたな」

季蔵は新牛蒡の醤油漬けも拵えた。これは縦に四つ割にした新牛蒡を昆布(こんぶ)と醤油に四半刻ほど漬けて供する。簡単で誰にでも好まれ何にでも合う。

「おいら、汁のかかった飯も好きだな」

季蔵が最初に拵えた汁飯は茗荷(みょうが)汁飯であった。これは小口切りにした茗荷と千切りにした生姜を胡麻油で炒め、火が通ったら出汁を加えて片栗粉でとろみをつける。塩と醤油、酒で調味し溶き卵をまわしかけて火から下ろす。これを丼によそった飯にかけて色どりに木の芽を載せる。

「こいつもさっぱりだよね。さっぱりもいいけどおいらとしては、もうちょっと食べた、食べたっていう感じがあった方がいいな。それにお客さんたち、皆がみんな疲れてへろへろってわけじゃないし」

三吉の理のある言葉に、

「たしかにそうだな」

なるほどと得心した季蔵は、

「それではまず、とっておきの穴子(あなご)汁飯を作るぞ」

たまたまこの日の朝、漁師から穴子が届けられていたのだ。

三枚に下ろした穴子は塩を振って七輪にかけた平たい鉄鍋の上で両面を焼き、食べやすい大きさに切っておく。

「えっ？　これに鶏出汁なんて使うの？」

三吉が首を傾げた。鶏出汁は二日前に鳥屋からつくね用のもも肉をもとめた際、三吉贔屓の主から貰い受けたガラを煮てとった出汁で井戸に保存されていた。

「これもとっつぁんから習った。今のように国が閉じられる前、伝えられていたという一種の南国料理だそうだ」

そう告げた季蔵はこの鶏出汁を鍋に充たして火にかけた。ここに魚と塩を発酵させて作られた魚醤、酒、少々の砂糖を加える。これにみじん切りにした小松菜を入れて火から下ろす。丼に飯を盛り、穴子を載せ小松菜入りの調味した鶏出汁をかける。この上に、白胡麻、小口切りの青葱、千切った青紫蘇、みじん切りの茗荷、ざく切りの三つ葉を載せ、黒胡椒、菜種油とニンニクを炒めて寝かしてあるニンニク油、干しミカンの皮のみじん切りを散らして仕上げる。

「こいつは香り高い青物のさわやかさとあっさりした穴子のうま味とが相俟って、どっしりとした食べ応えが感じられながらも、胃もたれ等は起こさない。とっつぁんは〝暑い時の薬要らず〟なんて呼んでたな」

呟いた季蔵は、

「最後は定番で締めることにする」

先を急いだ。

「おいら、わかっちゃった。それ、まご茶だよね。おいら実はあれ、だーい好きなんだよ」

嬉々とした三吉に、

「ならば拵えてみろ」

季蔵は包丁を置いて俎板から離れた。

「合点承知」

季蔵の代わりに三吉が俎板に向かった。

まご茶は三枚に下ろしたアジの刺身で拵える。今朝、穴子と共にアジも届けられていた。それで三吉が当て推量したのである。

俎板にアジの刺身、味噌、青紫蘇、生姜、青葱を載せて包丁で叩きながら、全体が混ざるようにする。アジの味噌変わり叩きができる。これを丼に盛りつけた飯に載せて熱い番茶をたっぷりとかける。番茶は高価なものほど風味がいいので、まご茶の肝は番茶の良し悪しとも言える。とはいえ、まご茶は典型的な漁師めしで、船の上でまごまごしていたら揺れで器の中身が舟板に跳ね落ちてしまい、結果、食べ損ねるという謂れからまご茶と名づけられたものではあった。このまご茶もまた新牛蒡の醤油漬け同様、醤油と同じくらい味噌好きの市中の人たちからの人気は高い。

「品書きに入れる丼ものはおまえが選べ」

季蔵に促された三吉は、

「うーん、焼き茄子飯と穴子汁飯に決まりっ」

即座に答えて、

「まご茶はいつでも食えるけど、茄子や穴子に合わせる青紫蘇や茗荷は今だけだからさ」

と言い添えた。

この日、夜更けに珍しく前触れもなく烏谷が塩梅屋に立ち寄った。

「おいでになるだろうと思っておりました」

三吉を帰しているので店には二人きりである。

「小腹の空く頃合いだ。何を食わしてくれるのかな」

烏谷は小上がりに座った。

「このところ、ありあわせのものばかりですみません」

季蔵は品書きに加えた焼き茄子飯と穴子汁飯に新牛蒡の醬油漬けを添えて供した。穴子汁飯には長次郎が言い残した謂れを話した。

「焼き茄子飯は親しみ深く当たり前に美味い。穴子汁飯の方は何とも変わり種で見たことのない遠い南の海が見渡せるようだ。それにしても穴子に鶏の汁とはな、この取り合わせにも驚いた。それゆえ不思議な美味さなのだな。これには何とも病みつく。穴子汁飯では当たり前すぎて面白味がない。南国の料理だというのならばいっそ、南国汁飯としたいところだな」

烏谷はそう言ってから、

「しかし、昨今、近海に出没する異国船のせいでその手への取り締まりは殊の外厳しい。南国とはどこか、どうしてそんなところの料理を知っているのかなどと言われて、あれこれあらぬ疑いをかけられてはそちも困るだろう。奉行のわしが命名したとあってはこちらも困る。だから、仕方ない、穴子汁飯のままでよしとしよう」

いよいよ本題に入る構えを見せた。

六

「ところでこともあろうにこの店の隣で見つかったとはな」

烏谷の声が低められておもとの骸の話が切り出された。

「驚きました。隣でのことゆえ、町方が動いていれば最初に見つけたわたしが疑われていたかもしれません」

季蔵も呟くように言った。

「蔵之進はこのような時は奉行所役人であっても役人ではない。内密に動いてくれる。それゆえおもとと関わったそちが疑われることもなく、おもとが何者だったのかも一切詮議されない。公になれば元は一善飯屋の養女だったおもとの場合、鵜の目鷹の目の瓦版屋が嗅ぎ付けてきかねない。世の中には知らなくてもいいこと、知れば自分の身を滅ぼすことをあえて知りたい輩がいるものだ。そうなったら大ごとになる。あくまでも亡き大殿斉直様御側室のおもとは佐賀藩下屋敷にて骸になっていなければならぬ。死の因は斉直様を追っての自害というのが相当だろう。そしておもとは現当主の斉正様が決められた寺に葬られ供養される。おそらく斉直様同様、火葬されて骨となりこの江戸を離れ、おもとにとっては見たこともない佐賀藩国元の菩提寺へと運ばれるだろう。このような時にはこうした経緯が痛くもない腹を探られたくない大名家の定めだ。この定め通りに運ぶ手伝いをするためにこのわしがいるのだ」

「そうなのでしょうね」

季蔵はふっとため息を洩らした。

「わしは将軍家と大名家、または大名家同士との間が平穏であり続けるよう助けているつもりだが、それに何か不服でもあるのか？」

烏谷は、ほんの一瞬季蔵が浮かべた嫌悪の表情を見逃さなかった。

「滅相もない。ただ先ほどおっしゃった痛くもない腹というのが気になっただけです。真に痛くもないのでしょうか？」

「ふむ」

烏谷は丸い顎をしきりに片手でしごきながら、

「正確に申すと常にお上は大名たちの痛くもない腹を探り、大名たちの方は徹頭徹尾痛くない腹の持ち主でなければならぬということだ。これで将軍家と大名家の秩序は保たれる」

「ということは時にお大名様方は痛い腹をお持ちだというわけですね」

「まあ、そういうことになる。大名家の痛い腹は本音で、痛くもない腹はたてまえよ」

「一つ気になっていることがございます」

季蔵は切り出した。

「申してみよ」

そこで季蔵はおもとの髪に挿されていたと豪助が言っていた、桜の花が舞っていたというびらびら簪の話をした。

「骸の髷には挿されていませんでした」

「その話、見たという者の見間違いにしておきたいものよな」

烏谷はやや苦い表情になった。

「斉正様にご案内いただだいた蔵と関わりがある。そちが見つけかけた珊瑚のお宝隠しともな」

「やはり、そうでしたか」

「骸になっていたおもとの髪から、誰の目にも美しい珊瑚の簪が盗まれたとでもしておきたいところだがな、ははは」

烏谷は口元だけを寛げて笑った。その目は笑っていない。

「だとしたら、どうしてわざわざその盗っ人はこの店の隣におもと様の骸を運んだりするのですか？　それとも怪談話さながらに骸が勝手に歩いて隣まで来てもう一度縊れて死んで見せたとでも？」

季蔵は毅然とした面持ちで言った。

「まさか、そちは大殿斉直様から贈られた珊瑚の簪絡みで、おもとがあのような目に遭ったのだと思っているのではあるまいな」

「口封じであってもおかしくはないでしょう。珊瑚のようなものはお上の許しなく藩主が我が物とするのはご法度でしょうから」

「そうでもない」

　烏谷は首を横に振って先を続けた。

「たとえ桜色の珍しくも美しい珊瑚が佐賀藩内の浜に打ち上げられたり、底引き漁で網にかかったとしてもその全(すべ)てをお上に献上せずとも実は咎(とが)められない。全部を差し出せというのは公儀のたてまえにすぎぬ。多少は秘密裡(り)に商いして藩政の助けにしてよいことになっているはずだ」

「まあ、お上にも本音とたてまえがおありなのでしょうね」

「その通り。こうした本音とたてまえの危うい均衡の上に大名家の存続と将軍家の繁栄がもたらされている。この図式は各藩各々の特産品の扱いに適用されてきている。ことに大村(おおむら)藩の真珠は清(しん)国等との交易により大きな利益を生むとされ、幕府は藩の商人(あきんど)たちに密(ひそ)かな交易を推奨する代わりに見返りを供出させているのだ。真珠のような小さなお宝は目立たず利の多い商いゆえな。こうした図式は同様に糸魚川(いといがわ)で拾われる琅玕（翡翠）にも用いられ、そちらも幕府との間にまた本音とたてまえが取り交わされているはずだ」

「だとすれば何も藩邸の蔵のあのようなところに隠す必要はございますまい」

「佐賀藩では代々、長崎警備の労がねぎらわれて出島での阿蘭陀交易の折、なんなりと買い求める役得を得ている。買い求めることはできるが只ではない。相応の対価は支払わなければならない。一方、五島沖では清相手の交易が課されてきた。たてまえは幕府の代行で行われてきているので、もちろん表向き、これによる利得が佐賀藩にあってはならない。だが本当のところは幕府は佐賀藩に秘密裡に取り決めた利得は許している。派手好きで優雅な暮らしぶりを好まれた大殿様は、この取り決め以上の利得を得ていたのではないかと思われる。清では珊瑚が好まれる。ただの赤ではなく珍しい桜色となれば猶更であろう」

「お上のお許しや取り決め以外の交易となるとこれは密貿易ですね」

季蔵はいよいよ声を潜めた。

「亡き父上、斉直様が間違いを犯していないと信じたいのだが、隠居の身となっても蔵に贅沢な品々を集めておられたとなると、そうであったのではないかと斉正様は疑われ悩まれているのだろう。上杉鷹山様を見倣っての質実剛健を貫くことしか、弱体化した藩政を改革し佐賀藩士の誇りを取り戻す道はないと覚悟なさり、日々研鑽を積まれている斉正様にとっては頭の痛い事柄だ。ことに長崎警備を充足させるために研究、実践されている西洋砲術の導入が幕府に弓引く危険行動と見做されかねない昨今にあってはな。これはもう化け猫騒動どころの話ではない」

「斉正様がそのような取り決めに従っておられなかったとしたら、関わる商人たちも知らずと重罪をおかしているのでは？」

「なかなか鋭い」

烏谷は、ほおという顔で感心してみせて先を続けた。

「佐賀藩の珊瑚は打ち上げられたり、底引漁網にかかったものだけではあるまいとわしは思っている。五島の海では珊瑚用の底引漁網が仕掛けられ、木々の形をした珊瑚は原木のまま清に売られているのではないか。大殿様が亡くなられて後は一層、商人たちの商魂は大きくなるばかり、歯止めがかからなくなっていてもおかしくない。そしていずれ全ては佐賀藩の悪事と見做されてしまう。斉正様が案じておられるのはたぶん、これよな」

「それゆえ、亡き大殿様に愛でられていたおもと様が何か知っていると疑われ、粛清も兼ねて佐賀藩の者に口封じされたのかもしれません」

季蔵は幕府への忠義のたてまえを貫き、藩政のための方便である本音を隠す大名家の実情に正直辟易していた。そのために命を奪われたおもとのことを思うと胸の中が憤怒で満ちていた。

「それであればけりはついた。だがあれほど大殿想いであったおもとはただ漠と知っていただけではなかったのではないか？」

「どういうことです？」

「おもとは大殿の命でしばしば寺参りをしている。鍋島家の菩提寺の宗派は禅宗の曹洞宗なのだがおもとが足を向けているのは上野の名刹ではあっても禅宗ではない」

「名刹に珊瑚の抜け荷の商人が集まっていておもと様も関わっていたとでも？」

「そちは佐賀藩の者によるおもと殺しを疑っているようだが、斉正様にとってはずっとこちらの方が深刻だ。おもとの口を封じたところで珊瑚の抜け荷は止まらない。すでにもう底網をたぐって珊瑚を引き上げる者たちを束ねている黒幕がいて、密かに商人たちとの取り引きも行われているだろうから。斉正様が恐れているのはいずれこれが発覚すれば、亡き父上斉直様のみならず斉正様の悪行と見做されて厳しく処罰されることだ」

「佐賀藩の珊瑚の闇がここまで深いとは――」

「斉正様は暗にこのわしにこうした連中の始末をつけてほしいと頼まれておられるのだ。わしはおもと殺しは連中の仕業ではないかと思っている。おもとさえ殺してしまえば自分たちと桜色の珊瑚を結びつけるものは何もなくなり、しばらくは安泰だからな。わしは佐賀藩がおもとの口封じをするよりも、悪人どもが邪魔になったおもとを殺したと考える方がよほど理に適っていると思う。それと亡き斉直様はたいそう用心深かったはずだ。だから、珊瑚の抜け荷の話を知る者などまずおるまい。あの蔵にいた斉正様とお傍にいたあの者以外はな。おもとは涼み船から自ら落ちたか誰ぞに落とされたのではなく、大殿の死の悲しみがやはりまだ癒えておらず、正気を失って市井を彷徨った挙句、屋敷に帰り着き、一瞬正気に戻って後を追って果てたとした方が家臣たちも得心する。この筋書きの仕立てもわしのお役目よ。まあそここは真実だしな」

烏谷は淡々と告げた。

七

それから何日かして昼過ぎて長崎屋五平が塩梅屋を訪れた。

「大変だったですねえ。これは気持ちばかりです」

五平は季蔵に鰻の蒲焼の包みを渡した。ちょうど折よく三吉は使いに出ていていなかった。

「よくご存じで」

季蔵はどきっとしたが、考えてみれば五平が父親から受け継いだ長崎屋は江戸で三本の指に入る大店で家業は廻船問屋であった。

「廻船問屋は諸国に通じていますから、まあ蛇の道は蛇みたいなものですよ。北町のお奉行様からお呼びだしを受けていろいろ聞かされた上、珊瑚の抜け荷について心当たりはないかと訊かれました。わたしの方は商人たちとの間で、たとえば日の本内での珊瑚商いはたいした儲けで垂涎ものだという程度には聞いておりますが、あくまで噂話ですからね。誰がどこで誰に幾らで商ったなぞいう証ではありません。ですので噂話にも人の名は上りません。お奉行様にお話ししたのはこれだけです」

「お奉行様が話されたいろいろの中にこの隣でのことがあったのですね」

「ある程度手の内をさらしておいて訊くのがあの方の得意技ですからね」

「案じていただいてありがとうございました。ところで昼餉がまだならこれを召し上がりますか？」

季蔵が甘辛味と鰻の脂の匂いが絶妙な蒲焼の包みを開こうとすると、

「それは陣中見舞いですから。腹は空いています。けれどもむしろわたしは、いつものをいただきたいです。こちらへ来て蒲焼なんぞじゃつまらないですよ」

「いつもぶらりとおいでになるのでたいしたおかまいができません。今も賄いのようなものしかできませんがよろしいですか？」

「結構、結構、大いに結構」

五平は言葉にふしをつけてはしゃいだ。五平は長崎屋の跡取りながら、噺家（はなしか）になりたくて勘当の身となり、松風亭玉輔（しょうふうていたますけ）と名乗り、一時は二ツ目にまでなった。が、店に戻って跡を継いだのは父親が殺され、店を乗っ取ろうとした大番頭が下手人だったとわかって長崎屋の行く末が危ぶまれたゆえであった。今でも噺は趣味で続けていて、時折知人を集めて噺の会を開いたり、頼まれれば人前で噺を披露することも厭わない。五平には洗練された粋（いき）と洒落（しゃれ）の香りがそこはかとなく漂っていた。

――何でもいいと言われても豪助とは違う。天かすとおかか、葱を芯にして握ったたぬきなんてものは五平さんには似合わない――

そこで季蔵は裏手に生えているメボウキ（バジル）を摘まみ、ちくわの変わり夏炒めを拵えた。

まずは縦半分に切ったちくわをさらに斜め切りにする。深鍋で油を熱してニンニクの薄切り、赤唐辛子の輪切り、ちくわを炒め、さらに千切ったメボウキを加え、魚醤と残っていた鶏出汁を入れて照りが出てくるまで炒りつけて仕上げる。

「どうぞ」

季蔵は冷や酒と一緒に供した。

箸をとって口にした五平は、

「これがあのちくわとはねえ——」

感慨深げにちくわを見つめて、

「すがすがしくも重ための芳醇(ほうじゅん)な風味と香り、そしてやはり不思議な柔らかさと歯ざわり、ちくわ様、すっかり御見それいたしておりました」

深々と頭を下げてから、

「ここはもう、お返しに噺をさせていただくほかはございません」

噺家だった頃のきらきらしていた目を季蔵に向けた。

「待ってました」

掛け声をかけた季蔵もまた五平の噺が聞きたい気分だった。ちなみに五平は滑稽(こっけい)話(ばなし)が特に上手(うま)い。聴くとしばしの間、この世の憂さが晴らせて笑うことができる。

「今日は上方落語の〝天下一浮かれの屑(くず)より〟を松風亭玉輔流に〝紙屑屋〟に変えて

噺させていただきます。何せ腐った豆腐を天下一の絶品と思い込んだ〝酢豆腐〟のあの勘違い若旦那ですからね。紙屑屋でもどんな珍騒動を起こすことやら、どうかお楽しみに」

五平が噺しはじめた。

——〝酢豆腐〟なつかしいな——

勘当の身で松風亭玉輔だった五平と季蔵が初めて会ったのはこの塩梅屋で、その時、噺してくれたのが酢豆腐であった。

——あの頃、三度の飯を一度にしていたほど苦労していた五平さんは、自分と馬鹿旦那こと若旦那を重ねて笑い飛ばしていたのかもしれない。五平さんの若旦那ものには今も昔も大笑いの中に悲哀がある——

〝紙屑屋〟では世間知らずと放蕩三昧が過ぎて、とうとう親に勘当されて居候の身となった若旦那の笑える奇行の一端が噺される。

「勘当された若旦那は仕方なく熊さんの家の二階に居候してたんですがね、日々かみさんに迷惑がられるんです。まあ、当たり前なんですけどね。若旦那としては、〝居候三杯目にはそっと出しどころじゃなく、一杯目からぶつぶつ嫌味を言われて肩身が狭いったらない。せめてかみさんが鬼瓦のような顔でなく美形ならば、居候亭主の留守にし候なんだがな、俺は美女好み、鬼瓦では願い下げだ〞などと、如何にも若旦那らしい我儘な不満を抱くわけです。これですからとかく若旦那はいけません」

そこで五平はやや苦い表情を作って噺を続けた。

「熊さんはかみさんからもがみがみ言われていることもあって、若旦那には退屈しのぎ、暇つぶしにと紙屑屋の選り分けの働き口を世話するんです。若旦那には屑を選り分け、出て来たものが赤く綺麗で高価な珊瑚の五分珠（十五ミリ）であっても、お礼で貰っていいというんです。働くなんてことを知らない上に高くていい物好きの若旦那を動かすにはこれぐらいは言わないと。若旦那は楽で実入りもありそうだと喜んで、紹介状を持って浮かれながら紙屑屋へ。世間を知らないというのはお気楽で結構ですな」

五平はやや突き放した物言いになった。

「さて紙屑屋の方は人手がなく困っていたところなので、なんとなくおかしな男だとは思ったものの文句は言えない、もう誰でも構わない、すぐに働いてもらえるなら猫の手よりはまし、我慢、我慢とばかりに、すぐに屑の選別の仕方を教えます。〝えーっと、綺麗な白紙はこちらの籠、汚れた紙はこちら、煙草の紙はここ、ミカンの皮は陳皮と言って唐辛子や薬の使い途があるのでこの籠へ、髪の毛はかもじや人形の髪になるのでここの籠に入れてるんだ。こんな風に調子よく、ちんとんしゃん、白紙は白紙ぃ、ちんとんしゃん、陳皮は陳皮ぃ、ちんとんしゃん、毛は毛ぇ、ちんとんしゃん、なんて鼻歌まじりにやると早いよ〃なんてね」

五平は鼻歌に口三味線を交えた。

「早速若旦那も〃ちんとんしゃん、白紙は白紙ぃ、ちんとんちんとん〃と選り分けを始めたんですが、すぐに珊瑚の五分珠を見つけたと思いきや何と梅干しの種。都々逸の本が出てきて開けると、一生懸命走っちゃみたがとあって、好きな男のもとへ走って行く一途な女心の歌かと思えば、やっぱり早駕籠にはかなわない――とあってすっかり興ざめしてしまいます。この若旦那、実は吉原に通い詰めてて大盤振る舞い、それが元でいよいよ勘当になったんですけど、女にぞっこん好かれたことなんてありゃしないんです。だからねえ、都々逸には憧れてておかげでこの場でもすっかり嵌まってしまいました」

男女の恋愛を題材として扱った情歌が都々逸であった。

「若旦那の屑の選り分けは都々逸の本に目を走らせぶつぶつ呟きながら続きます。向こうのひさしにブリがぶら下がっているよ、これが男女のほんとの久しぶりなんて洒落にもならない。向こうのタライに鴨が一羽、こちらのタライにも鴨が一羽、互いに見かわすカモとカモ、なあんて自慢はいい加減にして欲しいね、まったく。そう言い散らしながらも不機嫌ではありません。何しろこの手のことが楽しみなんですから。もっとも仕事が一向に進まない紙屑屋の方は〝しっかりやってくださいよ〟と仏頂面です。仕方なく若旦那は本に目を据えたまま屑を選り分けはじめ、〝臭い！　臭って来るよ、勘弁してよ。なんだよ、この屑っ〟とわめいた後、わたしゃお前に火事場の纏、振られながらも熱くなる、出たあ、出ましたあ、本日の秀逸都々逸ぅ、ちんとんしゃん、ちんとんちんとん、やっと唄えたぞ、最高に秀逸な俺の都々逸、火事場の纏が緋色に染まって熱い暑い珊瑚の五分珠、すっかり浮かれきる若旦那なのでした」

　五平はやはりまた口三味線で若旦那の浮かれぶりを囃し立てた。

「とはいえ、紙屑屋にまた〝屑の選り分けと宴会の稽古は違います〟と注意された若旦那は、思い出したように屑を選り分け始めて、〝白紙は白紙、おぉ、今度こそ珊瑚の五分珠か、いや、やっぱりまた梅干の種だ。つまらない。おや手紙が出て来ましたよ。なになに、一筆しめし参らせ候。御前さまのお姿を一目、好いたお方と思い初め、湯島天神に願掛けし、長く待つ身は辛きもの、寝ても覚めてもお姿が、眠れぬ夜が続いておりますか、ようは珊瑚の五分珠は身も心も捧げようとしているのだな。俺と一緒になりたいのだな。よしよし、今すぐ叶えてやるぞ〟と感極まった若旦那は珊瑚の五分珠をごくりと飲み込み、梅干しの種に喉を詰まらせて大往生。これで度外れて世間を知らず馴染まず、とかくこの世を生きにくかった若旦那にやっと平穏が訪れて極楽浄土行きが叶ったわけです。紙屑屋での大往生、めでたし、めでたし。お後もよろしいようで」

と締めくくった。

――この噺はまるで斉直様ご自身とおもと様への想いそのものではないか。この一件をお奉行から聞かされた五平さんの感慨でもあるのだろう。斉直様が若旦那、おもと様が梅干の種にして珊瑚の五分珠。しかし、果たして斉直様はこれほど身分の違うおもと様の幸せを、その心や願いも含めてどれだけわかっておられたのだろうか？片や化け猫騒動さえ起こしたおもと様が、斉直様の死後もその想いに応え続けて命さえ落としたというのに――。おもと様、ご自分のために生きていていただきたかった――

季蔵は笑いながらも複雑な想いで切なく目頭が熱くなった。

第四話　供養菓子

一

蔵之進が以下のようなものを届けてきたのはその翌々日のことであった。自身の文が添えられている。

例の老爺が役得で骸が着ていた着物を古着屋へ売ろうとした時、食べ物に関わる書きつけが出てきた。俺に届けてきたものなのだが、おまえさんにも見せたくなった。

蔵之進

書きつけにはよくよく稽古を積んだ女文字で次のようにあった。

手打ち冷やしうどん

――梅ねぎうどん、油揚げと納豆おろしうどん、わかめとごまのうどん、千切りきゅうりと唐辛子油のひたひたうどん――

甘酒餅

水だんご

長寿ミキ

――おそらくこれはおもと様が市中に戻られて店を出される時の覚えだろう。斉直様に見初められる以前、養女で遠慮はあったとはいえ、看板娘のおもと様は店で活き活きと働かれていたのではないだろうか。そしてこれらはわたしに思い出して話してくれた養家の店の品書きなのだろう。そうだ、よしっ、これらを拵えてわたしなりの心ばかりの供養としよう――

そう決めた季蔵は早速手打ちうどん作りに取り掛かった。まずは極上の地粉（小麦粉）を用意した。

「うどんの手打ちなんて季蔵さんが拵えるの、おいら、はじめて見るよ」

三吉が目を丸くした。

実は季蔵は蕎麦を含む手打ち麵を封印してきた。烏谷からの指示であり五平の命もかかっていた時の苦肉の策とはいえ、自身で打った蕎麦を主とした料理膳に毒を混ぜ、御定法では裁くことのできない相手を始末したことがあったからである。以来季蔵は、

――今後、食べ物を使っての始末は決してするまい――

と決めて麵打ちをも避けてきたのだった。もっとも全くうどんを供さなかったわけではなく、

「塩梅屋のうどんって、いつもは干しだったよね」

と三吉が言うように、塩梅屋では名高い干しうどんである稲庭うどんが供されてきていた。

「素麵なら買い置きがあるが、あいにく稲庭はない。打てば、稲庭を買うよりも安く上がるしな」

そう言って季蔵はうどん打ちを続ける。用意をした地粉を小盥に入れて空気を含ませるように手で全体をかき混ぜる。粉を持ち上げて落とすと空気を含みやすく、ダマがなくなって温度が上がり、熟成しやすくなる。

こね水を作る。ぬるま湯に塩、酢を入れて溶け残りがないようによく混ぜる。ぬるま湯の量や温度は時季によって異なる。夏よりも春、秋の方が気持ちぬるま湯の量を

増やし、冬はちょうどいい風呂の湯加減程度に温めたぬるま湯を春、秋よりもさらに増やす。

粉に水を馴染ませる。地粉にこね水を三回に分けて入れる。こね水と粉が完全に均等に混ざるよう、指を広げて小盥の底の粉をこすり落とすようにしながらよく混ぜる。一回、二回、三回とこね水を分けて入れながら、粉っぽさがなくなるまで揉み込む。決してこねたり、まとめたりしない。その後、濡れ布巾をかけて寝かせる。

「でもさ、年季の入ったうどん屋でもない限り、暑さ寒さとか雨とか晴れとかで思うようにならない時あるんじゃない？　手打ちうどんってむずかしすぎるよ。おいらにはきっと無理」

三吉は不安そうな顔をした。

「そんなことはない」

言い切って季蔵が黙々とうどん生地をこねたり濡れ布巾をかけて寝かせたりを繰り返すと、生地の丸い表面に艶が出てくる。そこで、また濡れ布巾をかけて、六百数え終えるまで寝かす。これで伸ばしやすくなる。

俎板に載せ、四隅を押さえてから麺棒で全体を伸ばし、打ち粉を振り、生地を屏風たたみにし、両手で包丁の柄と背を持って小指の先ほどの幅に押し切る。折り畳まれた麺を開いて折り目に打ち粉をする。

一本ずつほぐし、揃えたら俎板に叩きつけるようにして皺を伸ばし、ざっと余分な打ち粉を落とす。

「ここからの茹ではおまえがやってみろ」

「わかった」

三吉は、たっぷりの湯を大鍋に沸かし、打ち粉をよく払って生うどんを入れた。生うどん全体に火が通り、透明感が出てきたら菜箸で混ぜる。

「くっついちゃうんじゃない？」

三吉は菜箸を使って混ぜたくてうずうずしながら訊いた。

「入れてすぐ混ぜるとうどんが切れてしまう。だから騙されたと思って、まずは生うどんが入って一時沸きが静まった大鍋がまた沸き上がるのを待て」

大鍋の湯が沸騰してくると、

「このまま四百二十数えるんだ」

三吉が数え終える頃、浮き上がってきたうどんを冷水に取り出させた。水が濁らなくなるまでしっかりと三吉に洗わせる。

「食べてみろ」

「ん」

三吉は嬉々として試食したが、

「なーんかざらついてておかしい。これなら稲庭うどんの方がよっぽどすべすべして美味しいっ」

知らずと眉を寄せていた。

「そいつは茹でる時おまえの打ち粉の払いが生半可だったからだ」

季蔵に言い当てられると、

「見てたんだったらおいらに教えてくれればいいのに」

三吉は恨みがましそうな目をした。

「せっかく拵えたうどんなのにさ」

「うどんは茹であげるまで一切気が抜けないってことだよ。そいつを身をもって知らないと一人前にうどんは茹で上げられない。わたしも今のおまえみたいにああ、もうできた、茹でるだけだと気を抜いてとっつぁんに叱られたことがある。まだ拵えたうどんは残ってる。今日の賄いぐらいにはなるだろう」

季蔵は諭しつつ相手を励ました。

うどんを食べるにはつゆが必要である。酒と味醂、細切りの昆布を小鍋に入れて四半刻（約三十分）以上置いたら火にかける。表面がぶつぶつしている状態でアクを除きながら三百数え終えるまで加熱する。醤油を入れて一煮立ちしたら火から下ろす。粗熱がとれたら昆布を取り出して保存の器に移す。

「おいら、鰹味の方がいいんだけど、こっちも拵えていい？」

「いい」

季蔵は微笑んだ。

うどんつゆは昆布を鰹節にかえてもいい。昆布のうどんつゆはあっさりしていて、鰹節を用いると濃厚な味わいとなる。半々で使って両方の風味を楽しむ向きもある。ともあれこれらを好みの濃さに水で割って冷やしうどんのかけつゆにする。

「さてっと。最初は梅ねぎうどんだよね。梅ねぎはおいら拵えるよ」

三吉が梅ねぎに取り掛かった。

二

梅ねぎだれを作る。粗みじんにした葱と梅干しの種を取り叩いた果肉とを合わせて、たっぷり目の油でよく炒め、しんなりしたら酒と醤油を加えて味を調えて作る。梅ねぎうどんはこのたっぷりの梅ねぎだれと冷水を切った打ち立てのうどんとを合わせて供する。

「梅ねぎだれ最高。おいらだったら、これに千切った青紫蘇(あおじそ)やもみ海苔(のり)を薬味にするよ」

三吉は夢中で椀(わん)のうどんを掻(か)き込んだ。

油揚げと納豆おろしうどんはさっと焼いて細切りにした油揚げと納豆、下ろした夏大根で食す。わかめとごまのうどんに欠かせないのは胡麻(ごま)だれである。

「胡麻だれも任せといて」

胡麻だれは味噌(みそ)と白練胡麻、梅酢、黒砂糖と昆布出汁(だし)を合わせて仕上げる。これに水で戻して一口大に切ったわかめとうどんを和(あ)えるとわかめとごまのうどんとなる。

これらを試食した三吉は、

「どっちもあっさりしてお茶漬けみたいにさらさら食べられちゃうけど、おいら納豆好きだから油揚げと納豆おろしの方がいいかな。あっ、でもどっちかというとわかめとごまの方がお江戸の粋(いき)ってやつかもしんない」

などといっぱしの口を叩いた。

「千切りきゅうりと唐辛子油のひたひたうどんはどうする？」

季蔵に促されると、

「このうどん、どんなんだか見当がつかない。そもそも唐辛子油って何なのかな？」

三吉は首を傾げた。

「塩梅屋のあれじゃないかと思う」

「あれって、変わり菜種油のこと？」

変わり菜種油については長次郎の日記に以下のようにあった。

> 菜種油に飽きることがある。あの匂いが鼻につくこともある。そんな時に唐辛子を菜種油に長く漬けて辛味を出す唐辛子油に想を得て拵えてみた。拵え方を記す。
> 鉄の平たい鍋に葱、新牛蒡、ニンニク、生姜、一味唐辛子粉とたっぷりの菜種油を入れて表面に泡がしゅわしゅわ立つまで煮る。ここで火から下ろして粗熱をとる。仕上げに胡麻油、黒砂糖、赤穂の塩、白炒胡麻を加えてひと混ぜして瓶に保存する。夏場でも井戸で半月ほどは保つ。

「あれで拵えたら、より美味いのじゃないかと思う。取ってきてくれ。それから豆乳も一緒に頼む」

三吉を井戸へ走らせた季蔵は素早く胡瓜を千切りにした。茹でて冷水でしめたうどんを汁をひたひたに張れるほどの深みがあるギヤマンの丸平皿に盛りつける。三吉が井戸から取ってきた豆乳でうどんつゆを伸ばし、塩梅屋特製の変わり菜種油をかけて千切り胡瓜を散らして供する。

箸をとった季蔵は、

「滋養のある豆乳が変わり菜種油の深い辛味をまろやかにしてくれている。食のなくなった時はこれに限るな。それと今はもう固くなってしまって駄目だが、胡瓜をニラのざく切りに変えるのも悪くないと思う」

と洩(も)らし、

「おいらはこれやってみたい」

三吉はそう言うなり、うどんと千切り胡瓜をたっぷりの変わり菜種油で和えて掻き込んだ。

「元気な時はこの方がいいよ、きっと。変わり菜種油の青物やらいろんなもんの混ぜこぜのいい風味がぴりっと美味い。胡瓜と変わり菜種油のすごくいい相性だもん」

ここまではしごく順調に進んだ。後は甘酒餅、水だんご、長寿ミキとなった。

「わあ、お菓子、お菓子ってはしゃぎたいけどおいら、一つもわかんないよ。お菓子屋の嘉月屋(かげつや)の旦那(だんな)さんだって知ってるかどうか。季蔵さんは拵え方知ってるの？」

季蔵は、

「甘酒餅は何とかなるだろう」

と応えた。

――豆乳を切らしていなくてよかった――

実を言うとこの甘酒餅は季蔵の生家でよく母親が拵えてくれたものであった。餅代わりとも呼んでいたようにもとより餅ではない。甘酒と豆乳、片栗粉と甘さを引き出すための塩ひとつまみを小鍋に入れ、火にかける。だまにならないようにへらでかき混ぜ続ける。表面がふつふつしてきたら百八十数え終える間よく煉り、火から下ろす。

器に小鍋の中身を空け、平らにして粗熱をとる。井戸で冷やすのは一刻（約二時間）まで。冷やしすぎるとせっかくのぷるぷるの弾力がなくなる。餅を想わせる仕上がりの甘酒餅を好みの大きさに切って黒蜜をかけて食する。

――そうだ、うちでは砂糖と混ぜた黄な粉を平たい器に敷いておいて、熱い生地を流し、さらにまた砂糖入りの黄な粉をかけることがあったな。特別の日のおやつだったが――

なつかしさに動かされて季蔵はさらにこれも拵えた。菓子楊枝を放さずにいる三吉

は、

「見た目はちょっとだけど上も下も砂糖黄な粉っていうのはいいよね、これなら冷やさなくても美味いっ。黒蜜だけじゃ、物足りないもん」

などと言い、

――まあ、たしかにそうだな。それに何よりこれだけじゃあまりに華がない――

清楚にして艶やかだったおもとを思い出して、

――そうだ――

時季の西瓜と真桑瓜を添えることにして、残りの甘酒餅を井戸で冷やし青物屋へと三吉を送り出した。

「西瓜も真桑瓜も極上を頼む。ついでに水だんごについて嘉月屋さんに聞いてきてくれると有難い」

「合点承知」

それから一刻ほど過ぎた頃、三吉は嘉月屋嘉助を伴って戻ってきた。三吉は大の菓子好きであり、好きが高じて嘉月屋に出入りするうちにすっかり嘉助になついてしまっていた。

人気のある嘉月屋の主である嘉助は、菓子だけではなく菜や肴にも造詣が深く、季蔵とは湯屋で知り合い長きに渉る、情報、意見交換を主とするつきあいが続いていた。

「そもそもね、その昔々は菓子なんてものはなくて、人は日に一度か二度お腹を満たすのがやっとだったんですから、菓子は甘くもなくて料理の一部だったはずなんです。切り離すなんてことはできっこないんです」

というのが嘉助の持論であった。

独り身である。いつだったか、

「よほどの相手でないとね、女はあれこれうるさいですから」

などとも洩らし、商いに関わる菓子や料理を女房、子ども代わりにしている感もあった。

「わざわざおいでになってくださるとは恐縮です」

季蔵は頭を下げた。

「季蔵さんの頼みとあっては是非一肌脱がせていただかないと――」

嘉助は笑みを向けながら言った。

「まあ、一つ召し上がってください」

季蔵は井戸でいい具合に冷えた甘酒餅を餅のように切り分けて、透明のギヤマンの小皿に盛りつけて黒蜜をかけ、

「青物屋が冷やしてたのを売ってくれたのです」

よく冷えた西瓜と真桑瓜を割って甘酒餅の大きさに合うようにこれらの一片を添えた。

「いやはやなつかしいですよ」

嘉助はため息をついて、しばし感慨に耽ると、

「西瓜と真桑瓜を添えるとまるで別物ですね。実に綺麗で豪華絢爛、まさに菓子の美の極みです」

と讃えて菓子楊枝を手にした。

「なつかしくも高貴な味です」

などとも言い、

「西瓜と真桑瓜が立役者ですかね」

とも洩らした。

――赤い西瓜はおもと様、緑色の真桑瓜は亡き大殿様のようだ――

「どなたかの御供養ですかな」

嘉助は勘が驚くほど鋭かった。

「まあ、そんなようなものです」

季蔵が曖昧に応えるとそれ以上は訊かず、

「水だんごのことでしたね」

相手は菓子楊枝を置いて本題に入った。

「ようは白玉の一種です」

「一種というと？」

「まずは白玉についてお話しします。市中で売られている白玉には白玉粉が使われています。白玉粉はもち米を精白し、水洗いした後、水と一緒に石臼で挽き、沈んだ細かいもち米の粉を乾燥させたものです。寒い時に作られるのでまたの名を寒晒し、もしくは寒晒し粉とも言われています。白玉はもちっとした舌触りで喉越しがつるんでしょう。あれほどの繊細にして洗練された白玉の食感は、こうして丹精して作られる白玉粉ゆえです。白玉粉は白玉のほか他に柔らかな大福の皮にも使われています」

三

「水だんごにも白玉粉を使われるのですか？」

季蔵は訊いた。

「いいえ、水だんごに使うのは上新粉と片栗粉です」

　上新粉はうるち米を精白、水洗いし、乾燥させてから粉にしたものである。うるち米とは、普段炊いて食している白米のことで、つぶつぶとした食感を楽しめるきりたんぽや五平餅に使われる。このうるち米が粉状になった上新粉は粘りがなく、歯切れのいい食感が楽しめるので団子、草餅、柏餅、ういろう等に使われている。

「水だんごが白玉の一種なのに、上新粉と片栗粉を使うのはなぜですか？　白玉にはない水だんごならではの格別な美味さを求めてのことでしょうか？」

　季蔵はさらに突っ込んだ。

「そうじゃありません。そもそも白玉粉に使われるもち米はうるち米より値が張ります。上新粉よりも白玉粉の方がずっと手間がかかりこれまた高値だからにすぎません。それで白玉粉の上新粉に片栗粉を加えて白玉粉の代りにしたのが水だんごなのです」

「それで白玉の一種だとおっしゃったのですね」

「そうです。好みもありますがなかなか面白い食味ですよ、水だんごは。厨をお借りできれば、作らせていただきましょうか？」

　嘉助は手にしていた風呂敷包みを脇に置くと、紐と前垂れを懐から取り出した。

「それはまた——ありがとうございます」

　嘉助は、まずは上新粉九に対して片栗粉一の割で粉をよく混ぜ合わせ、熱湯を少しずつ加えながら耳たぶぐらいの固さになるまで煉った。

煉りあがったものを千切って蒸籠で蒸す。四半刻弱蒸して、刺した菜箸に何もついてこなければでき上がっている。これを当たり鉢に移して当たり棒でつるんとしてくるまで搗く。搗きあがったら、別にとり分けてあった上新粉と片栗粉の混ざっている打ち粉の上に取り、温かいうちに中指の先の太さぐらいの棒状に伸ばし、一寸弱（約二センチ）の長さに包丁で切る。ここで、嘉助は三吉に井戸水を汲んでくるように指図した。四角い棒状の形に仕上がった水だんごをよく洗って打ち粉を落とし、冷水でよく冷やして食する時に水気をきる。

黄な粉に砂糖、塩を混ぜておき、よく冷えた水だんごにかけて供する。

嘉助が風呂敷を解いてギヤマンの器を出した。そのギヤマンの器にはところどころに筋模様の細工があった。

「これは清流を模したものだそうです。水だんごの味の決め手はもちろん上新粉と片栗粉の質にかかっていますが、それだけではありません。混ぜる熱湯にした水、蒸し上がった水だんごをよく洗う水、冷やしの水にかかっています。この水だんごは越中（富山県）の夏場には欠かせない涼味で、立山連峰の地下の水が湧き出た清水が使われるのだと聞き及んでいます。江戸の井戸水が立山の清水に敵うかどうかはわかりませんが、まあ、召し上がってみてください」

勧められた季蔵は三吉とともに菓子楊枝を手にした。

「えっ？　これ、もちっといい感じでつるんと喉に来た。まんま白玉じゃない？」

一つ食べて三吉は叫び、二つ目を口に入れると、

「もちもち感は白玉よりこっちのが断然あってほんとの餅みたい。なのにやっぱり喉にはつるん。白玉よか美味しいかもしんない」

目を瞠った。

「嚙むうちにうるち米ならではの甘さが広がって、味わい深い冷たさとの相性が群を抜いていいます。素晴らしい菓子だったのですね、この水だんごは――。水だんごと言われてきたのに得心がいきます」

季蔵も感激した。

――そういえば、おもと様の養父母は越中者だったとおっしゃっていた。たとえ家族で使う水は長屋の井戸水ではあっても、時に伝えられてきたこの水だんごを味わっていたのかもしれない――

「越中の水だんごは主におやつになりますが、他にも味噌汁やお粥にも入れて食されると聞きました」

ここで嘉助はやはり、菓子と菜は別物ではないのだという顔で片目をつぶって見せた。

「後一つ難物が控えておいででしょう?」

嘉助は先回りしてくれた。

「水だんごに続いてお恥ずかしい限りなのですが、長寿ミキなるものが何なのか皆目わかりません。ミキとあるので御神酒(おみき)のことかとも思いましたが、そうだとしてもどんな御神酒なのか――」

季蔵は首を傾げ続けた。

するとそこへ嘉月屋の手代が大きな風呂敷包みを抱えてやってきた。中身は白く濁った汁の入った細長いギヤマンの瓶であった。

「これは〝薬酒に等しいが酒にあらず〟で生まれて間もない赤子でも飲めます」

そう説明した嘉助は薩摩(さつま)藩邸に出入りした時の話をはじめた。

「かるかんという島津(しまづ)様由来のふんわりした軽い舌ざわりのお菓子を、是非とも江戸で流行(はや)らせたくて人を介してお願いに伺ったことがあるんです。作り方が書かれた本が出たばかりの頃でした。かるかんは長芋(ながいも)と卵の白身と水、砂糖、上新粉でも代用できるかるかん粉を使った蒸し菓子で、菓子に適した匂いの薄い長芋を使ったら絶対売れると思ったものですから。その時、お台所方の方が茶の代わりにミキでもてなしてくださって、このミキについても教えていただけたのです」

「茶の代わりに御神酒とはまた豪勢ですね」

藩主の息女を将軍家の正室に嫁させている薩摩藩は、抜きんでて裕福な外様（とざま）大名であった。

——とはいえお台所方にそのような勝手が許されるものなのか？——

季蔵の怪訝（けげん）な面持ちに嘉助は、

「ミキは御神酒ではありません。奄美（あまみ）の島の長寿者たちが好んで飲んでいる飲み物で、うるち米と唐芋、奄美ならではのきび砂糖で作られる薩摩の甘酒のようなものです」

とまずは一言で言い切って、

「きび砂糖とは、さとうきびから作られる砂糖の一種で、さとうきびの汁を混じりものを除かずに煮詰めて作るため色が薄茶色をしていて、交易で入ってくる白砂糖よりも薬効が優れているとのことです。味にはきび砂糖特有の風味とコク、まろやかな甘みがあります。これを唐芋やうるち米と合わせておくと次第にさわやかな甘味とほのかな酸味がつきます。奄美の祭りには欠かせない飲み物で、飲んでいると長寿につながるという言い伝えが信じられているとのことです。これを知った薩摩でも藩主様が率先して飲まれているということでした。嘉月屋でもその頃から拵えてわたしが飲んでいます。腹痛がなくなり疲れも以前ほどではありません。まずは飲んでみてください」

用意してきたギヤマンの湯呑を並べた。

「それは何とも結構なものですね、いただきます」

季蔵は湯呑を手にし、

「おいらも」

恐々と三吉も見倣った。

「へええっ」

三吉は意外そうな顔になって、

「砂糖入りの梅酢よかまろやかでイケる」

と洩らし、季蔵は、

「たしかにこれは夏負けで食が進まない時や熱がある時などに、特に効き目がありそうです。飲む特効薬なのに少しも薬臭くないのがいいですね。その上とても美味しいです」

感じたままを口にして、

「そうなると拵え方が知りたいところです。是非教えてください」

嘉助に乞うた。

「そうくるだろうと思っていました」

笑って頷いた嘉助はミキの作り方を記した紙を渡してくれた。それには以下のようにあった。

うるち米は一晩水につけておく。これを笊にあげ、当たり鉢にとって水、できれば清水に近い良水を加えて当たる。

鍋にきび砂糖と水を入れ、当たったうるち米を入れて煮る。焦がさないように木べらで混ぜながら沸騰から四百八十まで数えてうるち米に火を通す。うるち米が煮えてくるとだんだん混ぜる手が重くなり、全体が透明になってくる。

唐芋は皮を剝きみじんに切って、うるち米同様水を加えて当たり鉢で当たって晒してしぼる。煮えたうるち米汁が人肌に冷めたら唐芋のしぼり汁を加える。瓶に入れて保存する。瓶の蓋はせず、紙を蓋代わりにする。夏場は一日、冬場でも二日で酸味のあるさわやかな飲み物に仕上がる。二日、または三日で飲みきらないと酸味が強くなりすぎてさわやかな甘味が減じる。

四

「結構大変なんだね」

　呟いた三吉に、

「美味しい上に身体（からだ）にいいものとなると、これぐらいの手間などどうということはない」

　季蔵は言い切った。夏の間だけでも夏瘦（なつや）せしたり、夏風邪（かぜ）などひかぬよう瑠璃（るり）に拵えて届けようと決意していた。

　またしても察した様子の嘉助は、

「言い忘れていました。唐芋のしぼり汁は煮えてまだ熱いうちにうるち米汁に加えては駄目ですよ。さわやかな甘味も程よい酸味もつかず、米と芋のおかしな風味でとても飲めた代物にはなりませんから」

　と注意を忘れなかった。

　そして最後に、

「ミキという名の由来は薩摩の台所方も知らぬようでした。なのでわたしは御神酒とは聞いていません。ノロ（女性祭司）が司（つかさど）る豊穣（ほうじょう）祭に欠かせぬ飲み物となると、御神酒代わりといったところからついた名のような気はしますが確かではありません」

と言い添えた。

こうして独特な供養膳が調えられた。

――さまざまな冷やしうどんや甘酒餅、水だんごはおもと様の養家の品書きか、賄いの思い出だったのだろう。長寿ミキは先代の鍋島様と島津様のご正室様方が姉妹であられることから、斉直様が壮健であるためにと、特別に台所方に作らせお飲みになっていたものと思われる。おもと様は長寿のために斉直様が好まれている飲み物、いわば斉直様だけのものと、是非ともお勧めしたい、市井の食べ物との両方で供養なさりたかったのだろう。もちろんこれには藩邸に起居していた、今はもう亡き斉直様の魂に市井で生きてきた自分を知ってもらいたいという、おもと様ならではの深い想いが込められていたに違いない――

そんな感慨に囚われつつ、季蔵は盆に入ると、おもとが書きつけた手打ち冷やしうどんや、聞き慣れない名の菓子を作り続けて客たちに振舞った。常にはない品書きだと指摘されると、

「盆ですから。新盆の御霊への供養に限らず、誰かれということなく供養できたらという想いで拵えてみました」

とだけ応えた。

「お涼(りょう)さんのところへ届けてくるので留守を頼む」

季蔵は甘酒餅と水だんごの重箱、長寿ミキの瓶を持って南茅場町(みなみかやばちょう)のお涼の家へと向かった。

「お邪魔いたします、季蔵です」

と訪(おとな)いを告げると、

「よくおいでになってくださいました」

出迎えたお涼は島田(しまだ)の髷(まげ)に一糸の乱れもなく、藍(あい)色の絽(ろ)の着物に黒い羽織を身に着けて涼し気に立っていた。常と変わらぬ元辰巳(たつみ)芸者のたしなみであった。

「瑠璃は元気にしていますか?」

やはり訊かずにはいられない。

「今年はいつまでも暑いですからね」

お涼の言葉は暗に瑠璃の食欲が減じていることを伝えてきている。

「これを皆様で」

季蔵が重箱と瓶を渡すと、

「でも、季蔵さんが手ずから作られたお菓子を召し上がったら、きっといい顔色になられることでしょう」

お涼は励ますように微笑んだ。

瑠璃は虎吉と一緒に風通しのいい部屋で軒先の風鈴を見て音を聞いていた。虎吉は黒と赤茶色の錆びついた色合いの毛に顔まで全身が被われているサビ猫の雌である。野良猫だったのが瑠璃にいたくなつくようになり、いつしか飼い猫になってこの家におさまっている。雌なのに虎吉と命名されているのは毒蛇に瑠璃が襲われかけた時、命を賭してこの毒蛇を食いちぎったという武勇伝に基づいている。その他にも人の言葉を解しているかのような素振りがあったり、猫の習性では遠出をしないのだが、虎吉に限っては必要とあらばそれさえも厭わない。季蔵も危ういところを虎吉に助けられたことがあった。

「御主人様はいかがかな」

この日も季蔵が話しかけると、虎吉はにゃあとため息をつくような鳴き声をあげて瑠璃の方を案じるように見た。

「たしかにそうだな」

横になるほどではなかったが瑠璃は元気がなかった。元気な時の瑠璃は紙や布で花やお手玉、面白いところでは大福等の菓子を拵えて時を過ごしている。

「瑠璃、俺だよ、季之助だ」

そう話しかけても応えはない。季之助というのは季蔵が侍で主家に仕えていた頃の名で、ある時から心が閉ざされている瑠璃には、季蔵の身の上が変わった今がわからない。ただし加減のいい時には季蔵を季之助と呼んで微笑みかけてくることがあった。

「さあさ、お持たせのお菓子ですよ」

お涼が甘酒餅と水だんごを白地に藍の涼し気な有田焼の皿に盛りつけて運んできた。

「瑠璃さん、召し上がれ」

瑠璃はお涼に渡された菓子楊枝をすぐに膝の上に置いた。

――よくないな――

気が気でない季蔵の前を虎吉が通り過ぎかけて振り返ると、黒と赤茶のシミだらけに見える顔で季蔵をじっと見つめた。

――わかったよ――

季蔵は立ち上がると前を歩き出した虎吉を追った。虎吉は夏でも長火鉢のある座敷へ入るとにゃあと鳴いた。お涼が座っていて虎吉に目で頷いた。

「お話ですか？」

季蔵は虎吉と並んでお涼と向かい合った。

「瑠璃さんの具合がこのところ目立ってよくないのはおわかりですよね」

「ええ」

「お紀代ちゃんをそちらへ行かせたので話は聞いてらっしゃいますよね」

「はい」

「あたしが長唄の稽古をつけていた本両替金銀屋の女主お妙さんが亡くなったことも――」

「もちろん」

「実はあの後いろいろあったんですよ」

「そうでしょうね」

――お妙さんがあのように亡くなった後、お紀代さんとの縁談に猛烈に反対していた勇助さんとの仲がどうなったのか、気にはなっていたがお奉行に聞きそびれてしまっていた。何せおもと様のことで大変だったから――。それにしてもお奉行の口からも一言たりとも出なかった。おそらくお奉行もおもと様の件にとらわれていたのだろうが、関わって結構お目にかかっていたのだから、一言ぐらいあってもよさそうなものだった――

「お妙さんが亡くなった後、南町のお役人が突然おいでになって、お紀代ちゃんを取り調べたんです。お紀代ちゃんは玉の輿に乗れそうになったんで、お妙さんさえこの世にいなければと思い詰めて手に掛けたんじゃないかって――」

聞いた季蔵は一瞬言葉を失い、

――こんな大事なことをお奉行が教えてくださらなかったなんて――。蔵之進様もご存じだったはずだが、わたしには話されなかった。そもそもお妙さんの死は誤って落ちて石に頭を打ち付けてのことと断じられていたはず。これはいったいどういうことなのか？――

不穏な思いで不信感を募らせた。

「まさか、お紀代さんがお縄になってしまっているのでは？」

季蔵の言葉に、お涼は青い顔のまま黙って首を縦に振った。

「連れて行かれたきりです」

「お奉行様は何と？」

「すでに南町の差配になってしまっているゆえ、自分にできることはせめて、有象無象がひしめく女牢ではなく、揚がり座敷にて静かにお裁きを待つ身に計らうことぐらいだとおっしゃいました」

――〝静かにお裁きを待つ〟などまるで死罪を暗示しているようではないか。しかし、揚がり座敷はお紀代さんのような身分では叶わない格上の牢だ。お奉行が横車を押して何とかできるとは思い難い。それこそお立場上、南町の差配への大いなる因縁つけになってしまうだろうから――

お涼も同じ想いでいるのだろう、

「今度ばかりは何も話されない旦那様の心の裡をあたしもはかりかねているんです。もちろん、お紀代ちゃんになついていた瑠璃さんも、心を病まれているお方特有の繊細さで感じるところがおありのようで、心と身体の調子を崩されてしまっています。あたしと虎吉はお紀代ちゃんと瑠璃さんを案じるばかりで――ねえ、虎吉」

お涼に相づちをもとめられた虎吉はにゃあと鳴いて季蔵の方を見た。救いをもとめるかのように――。

「お妙さんの息子で今は金銀屋の主となった勇助さんはどうされているのでしょう?」

――母親に反対されても添い遂げようとした相手が罪に問われようとしているのだ。案じていないわけはない――

「さあ――、あたしまだお目にかかったことがないんです。いても立ってもいられず、お訪ねしようかとも思ったんですが、風の便りで遠出の商いでたいそう忙しくなさっているると聞きましたし、お紀代ちゃんの身内でもないあたしが出しゃばりすぎるのもどうかとも思いましたし——」

伏し目がちになったお涼は珍しく歯切れが悪かった。

「もしや、お紀代さんと勇助さんの仲はお紀代さんがわたしに話していた通りのままなのでは？　あの時のお紀代さんはわたしに別れるつもりだと言っていました——」

「ええ、ええ、その通りなんです。ですからあたしたちの知る限り、もう金銀屋も玉の輿もあの娘には一切、関わりなんてなくなってたはずなんですよ。なのにこんなことになって。ああ、でも男女の仲は当人同士じゃなきゃってこともありますよね。お紀代ちゃんと勇助さんとの間に、あたしたちが知らない何かがあったのかもしれないし。そう考えると何もかもわからなくなってしまって——ただただお紀代ちゃんのこれからが案じられて。きっと瑠璃さんも同じ想いだと思います」

お涼はがっくりと頭を垂れてしまい、虎吉はひたすらにゃあにゃあにゃあと鳴き続けた。

五

——お紀代さんがこのまま罪に問われ戻って来ないようなことにでもなれば、瑠璃は――

季蔵は先行きを案じた。心の病を得てからの瑠璃はなぜか、心眼とでもいうべきか、物事を見通せる人智を超えた力を持つようになっている。

――そんなことにでもなればどう隠しても瑠璃には知れてしまう。それにお紀代さんが捕縛された理由がうがったものなのかどうか、どうしても確かめたい――

気が気ではなくなった季蔵は瑠璃の元を去ると店へと一度戻り、夕刻近くに三吉に後を任せると、瑠璃のところへ携えていったのと同じ菓子や飲み物を持って八丁堀の蔵之進の役宅へと向かった。

「あら、珍しい」

出迎えたおき玖が目を丸くした。

「こちら様の御供養もさせていただければと思いまして」

季蔵は蔵之進の亡き養父伊沢真右衛門の仏壇に線香と持参した供物を献じた。

「明日はあたしも、しばし帰ってきたおとっつぁんに会いに必ずそっちへ行きますからね、今年はこれを食べてもらうつもり――」

おき玖は自分たちの夕餉の膳に載っているうっすらとした桃色の刺身と唐揚げらし

きものの方を見た。

「今年は馴染みの魚屋さんによくよく頼んでおいたワニが手に入ったのよ」

ワニとはサメ肉のことで傷んでさえいなければ刺身はやわらかくあっさりしていて、唐揚げにすると鶏肉のような食味になる。新鮮な魚介が手に入らない山間部では鮮度が長持ちするワニは祭りの御馳走ではあるが、江戸で入手できないものはほぼ無い。娘であるおき玖は季蔵の知らなかった先代の好物をまだまだ知っている。

「それがね、旦那様のお養父さんも大のワニ好きだとわかったの。それで今年のお盆は奮発しちゃったのよ、両方のおとっつぁんの供養になるようにって」

おき玖の言葉に、

「それは何よりの供養ですね」

季蔵は微笑んだ。

蔵之進はすでに帰っていて、むずかるすみれを膝に抱きながら夕餉の膳に向っていた。我が子を愛おしむ父親の幸福そのものの穏やかな表情であった。

――骸を前にしていた時のこのお方とはまるで別人のようだ――

「うちの人ったらもう、子どもに甘くて仕様がないのよ。二言目には父親になれてうれしい、家族を持てて天にも昇る気分だって――、大袈裟でしょ」

おき玖がふと洩らすと、

「それはそれは御馳走様です」

季蔵は真顔で返した。

――よかった、お嬢さんもたいそうお幸せなのだ――

蔵之進とおき玖はともに血を分けた肉親に先立たれていた。

「季蔵さんもいかが？」

頰を染めたおき玖に勧められたが、

「いや、おかげさまで腹がいっぱいです。わたしはこれでお暇いたします」

と断って席を立ちかけると、

――わかっている――

蔵之進の目が頷いた。

「養父仕込みで俺もワニ好きゆえ、今日の夕餉はよう食った。腹ごなしがてらに季蔵を送っていく」

蔵之進は抱いていた我が子をおき玖に託すと、先に玄関を出ていた季蔵の後を追った。追いつくと並んで歩き続ける。

「お紀代のことではないか？」

図星だった。

「お紀代さんは瑠璃には欠かせない人でもあります。どうか、どうしてこのような事態になってしまっているのか、包み隠さずにお聞かせください」

季蔵は迫った。

「俺が知ったのはつい何日か前のことだ」

蔵之進は言い切ったが、

「御冗談を」

季蔵は信じなかった。

「信じ難いことかもしれぬが本当だ。お奉行が訪れて南の年番与力大倉主税(おおくらちから)様と話されているのを洩れ聞いた。〝金銀屋の女主殺しのお紀代は揚がり座敷送りのままで気の毒だが仕方がない〟と。後ほどお奉行に問い詰めたところ、〝この一件についてはわしは石になる。てこでも話さぬ。そちたちも要(い)らぬ詮索(せんさく)をするな〟の一点張りだった」

蔵之進の目は真から憤っていた。

――そちたちとおっしゃったのはわたしのことも含まれるからだろう――

「それでお紀代さんが嫌疑をかけられた理由は？」

「それは訊いた。お奉行は〝金銀屋の女主お妙はお紀代と後継ぎ息子の勇助が夫婦になるのに反対だった。となれば言うまでもなかろう。誤って石にぶつかったように見せかけたのも自分に罪過が及ばぬようとの企みだろう〟とおっしゃった。たしかにお妙が死ねば、お紀代ば玉の輿に乗れる。うがった殺しの理由だ」

——お紀代さんはお涼さんのところへ通ってきていて、お奉行とも親しんでいたというのによくもこのような冷淡な物言いができるものだ。そもそも、お紀代さんと勇助さんの恋路の行く末を案じていたのはお奉行であったはずだ——

季蔵はかつてない不信を烏谷に覚えて、

「わたしはお紀代さんの口から〝もう勇助さんと夫婦になることは諦めた〟と聞きました。お妙さんが殺されたのはこの後です」

と蔵之進に告げた。

「それはどうかな。仮にお紀代の方がそうでも相手あってのことだ。勇助はまだ諦めずにいて——」

蔵之進はそこで言葉を切り、

「たしかに勇助にもこの母親さえいなければとお妙さんを手にかける理由はありますね」

季蔵が頷くと、

「あるいはお紀代がおまえさんを欺き、勇助と二人で一芝居打ったのかもしれぬ」

さらに言い募った。

――そうは信じたくはないが燃え上がってしまった男女の恋の炎は消し難く、あり得ぬことではない――

「勇助さんには会ったのですか？」

季蔵は訊かずにはいられなかった。

「会いたいとは思っている。しかし、金銀屋ではたとえ奉行所の者であっても、年番与力大倉様の書きつけがなければ取り次がないと言って強気だ。これは何かあるな」

――またしても南町奉行所のあってはならない、秘されている罪科か――

蔵之進の養父伊沢真右衛門はこれ以上はないと思われる厳しさで悪行に立ち向かい続けた。そして〝清廉潔白とは罪を憎んで人を憎まず〟というのが座右の銘であった。そんな真右衛門亡き後の南町奉行所はたがが外れてしまい。とうとう奉行夫婦までもが不正を行い、奉行が妻を殺して果てるという事件まで起きていた。

「気が重いことですね」

頷いた蔵之進は、

「それはおまえさんもだろう？」

暗に烏谷の不正への加担を仄めかした。

「大倉主税様はどんなお方です？」

季蔵は烏谷がお紀代のことを話していたという相手が気にかかった。

「婿入りした婚家の出自が松平家の遥か遠縁とのことで、異例の出世を遂げ皆から仰ぎ見られているお方だ。年齢は俺とそうは変わらない。威張り散らすことなどなく誰に対しても礼儀正しくそつがない。腹の知れない相手だ。それに、大店の商人たちとのつきあいが取り沙汰されていて金の匂いがする。もとより一緒に酒を酌み交わそうとは決して思わない相手だ。もっとも向こうも俺など眼中になかろうがな。こともあろうにそんな相手とお奉行は親しく話をされていた――」

蔵之進は憤怒の面持ちになったが、

「お奉行はそんな相手だからこそつきあわれているのでは？　わたしはお奉行様を信じます」

季蔵はそう言い切ったものの、

――そうでも思わなければこれ以上お奉行からのお役目を果たすことなどできはしない。だが、今お奉行は流行風邪禍の後始末に入用な金子集めに奔走されておられる。

そのために大目付様の使い走りさえ厭わずにいる。そんな立場なら、持ち前の計算された陽気さで大倉様に近づいたとしてもおかしくない。この一件の真意を探ろうとしておられたとして、ミイラ取りがミイラ、逆に罠に嵌められたりせねばいいが——

烏谷の身を案じていた。

「そうか、おまえさんはお奉行を信じるのだな」

蔵之進はふっと表情を緩めると、

「ならば俺もあのお方を信じよう。おまえさんを信じているがゆえにな。覚えておいてくれ」

と念を押しておき玖と我が子の待つ家へと踵を返した。

——お奉行について蔵之進様に引導を渡された形になったな。これは何としてもお奉行に金銀屋の女主殺しの真相を暴いていただかねばならない——

季蔵は店へと戻り、三吉に暖簾をしまわせて帰した後、しばらく長寿ミキ造りで時を過ごした。店で振舞うようになってからというもの、長寿という名づけがよかったのか、欲しい、持ち帰りたい、贈りたいという客たちが増えた。三吉に手伝わせて作り方を書いた紙を店に置いてあるのだが、〝塩梅屋の飲んで美味しい薬湯〟と瓦版に書き立てられてからというもの、塩梅屋特製の現物が欲しいということなのだろう、このところ毎朝、列ができる有様なのだった。

造り続けて夜が更けてきた頃、

「お邪魔いたします」

男の声がして油障子が開けられた。

六

「夜分に申しわけございません」

入ってきたのは年齢（とし）の頃は二十歳（はたち）そこそこの町人で切れ長の目が、身につけている藍色のめくら縞（じま）と相俟（あいま）って涼やかであった。

「わたしは金銀屋勇助と申します」

——向こうから訪ねてきたとは——

一瞬季蔵は当惑したが、

「お運びいただき恐縮です。実はわたしも一度お目にかかりたいと思っておりました」

勇助に小上がりを勧めて、

「何かさしあげましょうか？」

と訊くと、

「ここで売られているという長寿ミキをお願いします」

相手は緊張した面持ちで注文した。

「わかりました」

季蔵は長寿ミキを薄青いギヤマンの湯呑に注いで勧めた。

「ここでいただく長寿ミキは極上だと聞いています」

そう告げて勇助は目を閉じて一口啜り、

「さすが本家本元、疲れが吹き飛ぶいい酸味ですね」

と感嘆した。

「長寿ミキの拵え方は書いた紙を市中に配っています。うるち米と唐芋さえあればどなたにでも美味しく拵えることができますよ」

そこで季蔵はじっと相手を見つめた。

——勇助さんは長寿ミキのためだけにここへ来たのではない——

「実は季蔵さんのことはお紀代から聞いていたんです」

相手は切り出した。

「お奉行様に頼まれて行き詰まっているあなたとの縁組についてお紀代さんから話を

聞きました。お紀代さんが病人の世話で通っているお奉行様のご家族も皆さん、たいそうご心配だということでしたので」

「それも聞きました。どうしても母が縁組を許さないのでわたしは駆け落ちまで考えていたんですが、お紀代の方は季蔵さんと話して別れたいと言って譲らなくなりました」

　勇助は憤然とした表情を隠さなかった。

「わたしはその時、もしや、お紀代はあなたに心を移したのではないかと——」

「そんなことあり得ません」

　季蔵は笑い飛ばして、

「お紀代さんはあくまであなたとお妙さんの母子（おやこ）の間をご自分が裂くのが嫌だったのだと思います。それから金銀屋の女主人が息子の縁談話に大反対しているという話は、市中の噂（うわさ）になっていたのでそのようなどろどろした渦中に身を置きたくなかったのでしょう。わたしにはわかるような気がします。ところでお紀代さんとは別れを告げられてからそれっきりですか？」

「ええ。わたしはどうしても諦めきれずにお紀代の長屋に足を向けていたんですが、とうとう会ってはもらえませんでした。そんな折に母があのようなことに。そしてお上は当初、誤って堤から足を踏み外して落ち石に頭をぶつけて亡くなったとしていたのに、急にそうではないと言い出して、あれよあれよという間にお紀代が下手人扱いに。わたしがいくら会わせてくれと言っても役人たちは一切取り合ってくれません。お紀代のことが案じられて案じられて。わたしはもうどうしたらいいのか――」

――勇助さんが頼んでも会わせてくれない、取り合ってくれないとなると、勇助さんの願いでお紀代さんが揚がり座敷に囚われているわけではない。やはり南北のお奉行が仕組んだことだろう。そして――

季蔵は勇助を見据えて言い放った。

「あなたとお紀代さんだけの取り交わしは無かったとここで言い切れますね」

「それはどういうことでしょう？」

勇助は鼻白んだ。

「自分たちの恋路のために、あなたとお紀代さんでお妙さんを過ちと見せかけて手に掛けたということが、あったかなかったかです」

季蔵のこの言葉に、

「そんなことあるはずありません」

立ち上がった勇助は今にも飛び掛かってくるのではないかと思われたが、

「そんなことをしなくてもわたしにはすでに駆け落ちの覚悟がありましたから」

拳を握りしめてやっとのことで堪えた。

「あなたにそんな気がなくてもお紀代さんにはあって、あなたを唆した結果があれだったと、世間や奉行所は考えないとも限りません。他の人たちはあなたやお紀代さんの人となりは上っ面だけ知っていて、心の裡となるとわかってはいませんからね」

嫌な話だと思いつつも季蔵は最後まで続けた。

——勇助さんの想いだけではこの深刻な場は乗り越えられない——

「何とこのわたしも疑われているのか」

勇助は頭を抱えた。

「ですからあなたはあまり、役人たちや奉行所に近づかない方がよろしいかと思います」

季蔵のこの忠告に、

「もしやお紀代はわたしのことを言わせようと、それはそれは酷い取り調べを受けているのでは？　ああ、そんなこと——」

勇助は頭を抱えたまま崩れ落ちかけた。

「大丈夫ですか」

季蔵は相手を支えて、

「どうかしっかりなさってください。揚がり座敷にそのような調べはほとんど無いと聞いておりますから。お気持ちは重々わかりますが、あまり思い詰めないでください」

精一杯励ます一方、

——とはいえ、どうしてお紀代さんはこのような罪状で揚がり座敷に囚われているのか？ 南北両奉行所は本気でお紀代さんを金銀屋お妙殺しの下手人に仕立て上げるつもりだろうか？ だとしたら今この目の前にいる勇助さんが真の下手人で、新しい主である勇助さんを庇（かば）い続けるためなのか？ 金銀屋ともなれば当分の間、勇助さんは主の座に座っているだけで、力のある大番頭や番頭たちで店が回る。となるとこれはすべてそれらの奉公人たちの描いた絵図なのか？ 蔵之進様等の役人たちに勇助さんを会わせないのもそれゆえでは？ それとも目障りな母親を亡くしてまで早く店主となりたかった勇助さんは、母親殺しの大罪から逃れるために恋心を装ってお紀代さんを嵌めた？ そしてこうしてここへ来てお紀代さんを案じるふりをしつつ、わたしにお紀代さんが何か自分に不利なことを、言い置いているのではないかと探っているのだろうか？——

疑念を捨てきれずにいた。

畳にへたり込んでしょんぼりと肩を落とした勇助は、

「わたしの気持ちは変わりません。とにかくお紀代に元気でいてほしいんです。差し入れだけはやっとお許しが出たのでわたしに長寿ミキを買わせてください」

と季蔵に頼んできた。

——あと何本かは作り置きはあるが、もしものことがあっては困る——

そこで季蔵は、

「当店の長寿ミキはちょうどあなた様にさしあげて切れてしまいました。後ほど拵えて、あなたの名でお届けいたしておきます」

と伝えた。

「お願いします」

勇助は懐から財布を取り出して過分に対価を払った。その時ふと、

「母の形見なのだと思いますがこんなものがありました」

金子と一緒に財布にしまわれていた薄桃色の丸い珠を取り出して見せてくれた。

——それは佐賀藩下屋敷の蔵で見た土佐や五島、奄美等で採れるという珊瑚ではないか。根付けや、おもと様が挿しておられたと思われるびらびら簪と同じ桜色の珊瑚。

これは――

季蔵は思わず息を呑んだが、

「美しいものですね」

動揺を隠して、

「簪になさったらたいそう見事でしたでしょうに――」

相手の様子を窺った。

「母の持ち物を整理していてこの珠を見つけました。肌触りが赤玉珊瑚と似ているのでどうやらこれも珊瑚の一種のようです。母は珊瑚が好きで常に赤玉の簪をさしていました。この桃色玉をどうして簪の細工に出さなかったのか不思議です。お紀代とのことでは鬼のようでしたが、本来の母はこの清らかな桃色玉のように穏やかで思いやり深く優しい女でしたから。母が生きていて嫁になったお紀代にこの珠を送る場面をこの間夢で見ました。そんな夢が真で今の事態が悪夢であったらと思わない日はありません」

勇助は目を瞬かせた。

「夜分遅く失礼いたしました」

挨拶をして帰っていく勇助を見送った季蔵は、しばし不可解な気持ちに陥った。

ないどうして金銀屋の女主がこともあろうに、胡渡りの赤玉と違って出回ることのない薄桃色珊瑚玉を持っていたのか？　しかも簪にも作らせず隠すように——、これはいったいどういうことなのか？——

季蔵は混乱して疲れた頭をすっきりさせようと長寿ミキをがぶりと飲んでみた。するとほどなく以下のような考えに行き着いた。

——今まで佐賀藩下屋敷の蔵の秘密、おもと様の死の真相と、金銀屋女主の死に繋がりがあるなどとは思ってもみなかった。だが桜色の珊瑚玉を目にした今は違うように思われる。これらは繋がっている。しかし、どのように繋がっているのかまでは皆目見当がつかない——

この時季蔵の頭に骸屋という言葉が浮かんだ。烏谷の命によりおもとの骸を探すべく赴いた山田浅右衛門の高弟が洩らした言葉であった。その際、季蔵は骸屋のねじろを探し当てようとして見つけられず蔵之進と共に中断していた。

——なぜかあの言葉が気にかかる——

七

季蔵は残っていた長寿ミキを湯呑三つに注ぎ分けると離れへと運んだ。灯りを点けて仏壇に線香を上げた。長次郎の位牌のほかに、桜色が目に飛び込んでくる。位牌を挟んで仏壇用の一輪挿しに活けられているように見えるのは一見、しだれ桜に見えるが紙と針金で拵えてあるびらびら簪であった。季蔵が訪ねた後ほどなく瑠璃が拵えたからと言ってお涼が届けてきたものである。

「今度は何の意味があるかわからないんですけど、心の奥深くにあって当人さえも気づいていない、瑠璃さんの季蔵さんへの気持ちだと思うの。瑠璃さんの千里眼花簪だわね」

　とお涼は言った。

　瑠璃が拵えた紙簪の桜の花は桜色ではあっても珊瑚ではない。もとより、おもとが挿していたであろうびらびら簪に似てはいるのだろうが同じものではない。にもかかわらず季蔵にはその瑠璃の作った簪を通して生きていた頃のおもとの顔が見えた。

――新しく生きる道を見つけてお別れした時にはあんなにも明るいお顔だったというのに――

　季蔵が嘆息を洩らしたのは、紙のびらびら簪から見えるおもとの顔が、大殿斉直を失って化け猫騒動を巻き起こしかけていた時の暗く沈んだ怨念の表情に彩られていたからであった。美しいだけにまがまがしくもあり、それがまた無残な死に顔に変わると切なさと痛ましさが季蔵の胸に迫った。

――何としても下手人を探し出して仇をとってさしあげなければ供養にはならない――

そう思いつつ季蔵は湯呑の長寿ミキを簪に捧げた後、長次郎の位牌の前にも置いた。

――どう思います？　とっつぁん、何がどうなってるのか、まるでわからない話ですが酷すぎますよね。この話の謎を解いて真相を摑まないと、おもと様が浮かばれません。お願いです、とっつぁん、こちらの方の力も貸してください、この通りです――

季蔵は頭を垂れてしばらくの間瞑目していた。

離れを後にすると骸屋のねじろがあると伝えられている方へ向かった。満月のこの日は真夜中でもそう不自由がない。それでも念のため提灯を手にしている。

――この間、回ったところは外すとして――

季蔵が辻にさしかかろうとした時、右手から刀をさした袴姿の男が先にすいと出てきて前を歩いていくのを見た。季蔵は耳が人並みはずれてよかった。中肉中背の後ろ姿や歩き方にもこれといった特徴はないが、草履が道を踏む音だけは夜の静寂の中にぎしぎしと聞こえている。

——こんな夜更けに何用なのか？——

季蔵は思わず足を止めた。するとそれだけではない、その男を追うかのようにもう一人が出てきた。こちらの方も刀を帯びて袴を履いているのだが頭巾を被っている。この男との間の方が近いはずなのに草履の音はまったく聞こえてこない。

——忍びか、それと似通った修行をした者だろう——

季蔵も草履を脱いで懐にしまった。

——二人のうち前を行く方には気づかれぬだろうが、すぐ前の者には悟られてしまう恐れがある。姿は見えているというのに人の気配は全く感じられない。まるでちらと頬を掠めるほどに弱く吹く夏の夜風のようだ——

過度の緊張が自分の全身を浸しているのが季蔵にはわかった。吐く息の音さえも悟られてしまいそうだった。

——こちらも夜風にならねば——

季蔵は気配のない相手との間をじりじりと詰めていく。

——おそらく次の辻で——

また辻が近づいてきた。

——多勢で挟み打つのでは？——

そう思った季蔵の思惑は外れた。やにわに頭巾の男が走り出した。突風のような走りではあったが尾行(つけ)られている男は少しも足取りを変えず、もちろん後ろを振り返ることもしない。

突風には明らかな殺気が感じられた。このままでは悠長な歩みの男は必ず殺される。季蔵は走って追った。突風と前の男との間が一間半(約三メートル)と迫った時、五尺(約百五十センチ)はある大太刀が抜かれた。まだ前の侍は気がつかない。

突風が勢いよく大太刀を振り被った。前の男の頭上めがけて、「キィエーイ」という大きな叫び声を上げ振り下ろそうとするのと、咄嗟(とっさ)に季蔵が懐の草履を頭巾の男の頭に向けて投げつけたのとはほとんど同時だった。

突風の大太刀を躱(かわ)して前の侍が振り向いた。端然とした面差しですでに太刀を抜いている。

「キィエーイ」、「キィエーイ」、なおも突風は叫び続け、満身の力をこめて振り上げて振り下ろしたが、いずれも宙を切っただけであった。

「南町奉行所年番与力大倉主税と知っての狼藉(ろうぜき)か?」

前の男、大倉主税が凜(りん)と声を張って太刀を向けたその時、即座に突風は手にしていた大太刀を逆さに構えてその切っ先で自らの首を掻き切った。突風は吹き出した血を摑むような仕草で崩れ落ちて絶命した。

「おかげで命を取られずに済んだ。礼を言う」

大倉主税は季蔵に向かって頭を垂れた。

――これが蔵之進様が話していた御仁か――

季蔵は月明かりが照らし出している相手の様子を見た。向かい合うと中肉中背よりもやや小柄で小太りであった。こんな時なのに悠揚(ゆうよう)迫らぬ笑みを浮かべかけてこちらを見つめていた。

「わたしは日本橋(にほんばし)は木原店(きはらだな)で一膳飯屋(いちぜんめしや)を営んでいる者です」

慌てて名乗ると、

「おまえ、元は侍であったろう」

ぴたりと言い当てて、

「形(なり)は町人でも物言いは武家のものだ。そして武芸の腕も幅広く磨いていたはず。でなければあのような咄嗟の投げ技、できるものではない」

と続けた。

「恐れ入ります」

――柔和な目に似合わず鋭い――

「わしを救ってくれた相手にあれこれさせるのは気が引けるが、今はちょうど丑三ツ時（午前二時頃）ゆえ、すぐには人は呼べぬ。わしと共にこの者を検めてはくれぬか？」

大倉は今度は浅く頭を下げた。

「南町奉行所年番与力大倉主税の仰せとあらば従いましょう」

季蔵は骸になり果てた男の近くに屈み、手を合わせた。大倉もそれに倣い二人は並んだ。まずは男の被っていた頭巾を季蔵が取り除いた。

「これは――」

驚いたことに骸のつるりとした頭に髷は無かった。

「なるほど坊主か」

大倉が呟いた。少しも驚いてはいない。

「しかし、あの太刀使いはどう見ても修行を極めた示現流の使い手のものでした」

示現流の稽古は木の枝を適当な長さに切り、充分乾燥させた物を木刀として用い、蜻蛉と呼ばれる構えから、人に見たてた立木に向かって、〃エイッ〃が〃キィエーイ〃と聞こえる激しい気合の掛け声と共に左右激しく打ち込む。ひたすらこの立ち木打ちを繰り返して習得する。達人ともなれば、立木に打ち下ろすとき煙が出るのだという。

これといった奥義のようなものはないが、〃一の太刀を疑わず、二の太刀は負け〃というのが示現流の真骨頂である。何が何でも初太刀で相手を仕留めねばならない。極めれば瞬時の初太刀で相手の頭や胴体に致命傷を負わせることができる、強力無二の必殺剣でもあり、かっこうの暗殺剣にもなった。

「世に〃薩摩の示現流、その初太刀は必ず外せ〃という言葉が聞かれるようになっている」

大倉は言った。

「ではこの者が僧侶の形をした薩摩のお侍だとおっしゃるのですか？」

季蔵は骸の顔をまじまじと見据えた。かっと目を見開いて死んでいるその顔は僧侶にしてはあまりに険しかった。

塩梅屋に立ち寄る薩摩藩士たちの多くはまず、何より、ほとんど通じないお故郷言葉を気にしてあまり話さない。それでいて江戸通にはなりたがる。深川飯や玉子焼き、豆腐田楽等に舌鼓を打ちつつも、最後には唐芋の入った味噌汁を所望するなど、不器用で垢ぬけないもののどこか愛嬌がある田舎侍ばかりであった。

「将軍家は薩摩からご正室を迎えておられるが、薩摩に近づく幕府の手の者は決して還らぬと言われてきた。とはいえ、さすがにこの市中にある薩摩屋敷に入った者が行方知れずになったという話は聞かぬ。しかしこれからは薩摩屋敷から示現流の刃が飛び出してきても、驚くには及ばぬのではないかと思う。そもそも薩摩に仏が居るとしたら藩主だろう。あそこほど仏教が軽んじられているところも珍しい。仏教の宗派によっては完全に禁じられていて、隠れ宗徒たちは密かに柱に小さく彫りつけた仏を拝んでいるという。なので坊主が忍びを兼ねていても不思議はない。今宵が手始めで、これからもまだまだ薩摩屋敷からの刃はわが身に降ってくるかもしれぬ」

そこで大倉はふわりと笑った。

――一歩間違えば殺されていたというのにたいした度胸だ――

季蔵が感心していると、

「薩摩の話を今一つするとしよう。薩摩ではひえもん獲りがまだ盛んだ。昔はどこでも広きに渉って行われていたというが、薩摩だけに残ったのは禁じていないゆえだろう。これは処刑された罪人または自害して果てた者から万能薬である肝を、大勢の侍たちが身一つで競ってとり合う試合だ。刃物等の道具のみならず両手も一切用いてはならないので、競い合うにも骸から肝を取り出すにも、這いつくばって突進し敵をなぎ倒して人肝を得る。武器は食いつく歯の他はない。何とも蛮な振る舞いゆえ幕府は禁じたのだろうが、薩摩では未だ勇猛と讃えられている。もっとも人肝が効力ある万能薬である以上、幕府とて江戸に山田浅右衛門を置いて、罪人だけではない市中の骸を集めさせ、人胆丸を作らせている。薩摩と変わらない。蛮というだけでひえもん獲りを悪習と見做すのはおかしい。薩摩にも理はある」

大倉はさらに大胆な物言いになった。

第五話　胡渡り御膳

一

「といって薩摩に殺されたいわけではないがな」

大倉はさらりと言ってのけた後、

「小腹が空いてきた。腹が始終空くのは肥えている者の定めだがなかなか厄介だ。この始末は後ほど浅右衛門に頼むとして、今時分開いている店などあるまいな」

季蔵の顔を覗き込むように見て、

「袖すり合うも何かの縁という。助けてもらってのさらなる無心は心苦しいが、おまえのところに立ち寄らせてはくれぬか」

しごく如才ない笑顔を向けた。

「わたしのところに？」

——どうしてそのようなことを？——

季蔵が当惑していると、

「先ほど一膳飯屋の主と名乗ったではないか」

相手は押してきて、

――そうだった。いけない、平静を失っている――

「ごく簡単なものなら拵えましょう」

「頼む、有難い」

ここで改めて大倉はやはりまた浅く頭を垂れた。

「いいところではないか」

塩梅屋を見廻して大倉は言った。

「どうぞ、小上がりで」

季蔵は勧めたが、

「ここでいい。わしは飯ができるのを見ているのが嫌いではない。待ち望みながらでき上がる様子を見ていると楽しいし、できたものも一段と旨く感じられる。手出しはしないが家でも時折、厨を覗いて家内に叱られている。叱られても懲りずにまた覗くのはやはり、そうした方が飯が旨いからだ」

などと言い募ってはみ出すように床几に腰を下ろした。軋んだ音に、

「まあ、壊れたりはするまい」

不安そうな顔で同意をもとめてきた。

──大倉様はお奉行に比べれば小兵。お奉行とても、ごくたまに腰を下ろされることがあるのだから大事あるまい──

季蔵はそう思ったが、

「この店の床几は木ではなく石でできているのではないかと、おっしゃるお方もおれますすゆえご心配には及びません」

と躱してあぶらげ飯に取り掛かった。目ぼしい材料があぶらげの他は無かったからである。

米は洗って水に浸しておく。さいの目に切ったあぶらげを米に加えて炊き上げる。炊きあがる間に夏大根を下ろし、葱を刻む。炊きあがったらあぶらげ入りの飯を飯茶碗か、小丼に盛りつけて夏大根おろしと葱をたっぷりと載せ、醤油をかけ回して食する。

「このあぶらげ飯は先代が越前のお客さんから教えてもらったものだと聞いています。あちらのあぶらげは大きく分厚いもので、江戸で厚揚げと呼ばれるものに近いのだそうです」

季蔵が何ということもなくあぶらげ飯の説明をすると、

「するとこれの元は冬の炊き飯であろうな」

大倉はゆっくりと箸を動かしながら応えた。

「薄い油揚げを使えば夏の炊き飯、厚揚げにすれば冬のものとなる。そして薄いあぶらげは夏大根の辛味に合い、厚揚げには甘味のある冬大根に限るというわけだな」

「たしかにそうですね」

季蔵は大倉の料理への熱心さに思わずそうなった。

「それとこの飯の生まれは越前か。なるほどかの地の冬は厳しい寒さゆえ、油が馴染んだこの飯は殊の外好まれることだろう。皆が元気で冬を乗り切るありがたい飯よな」

大倉はしみじみとした口調になった。その目は優しい。

――蔵之進様がおっしゃっていたような出世の鬼ではないのかもしれない――

そこで季蔵は、

「これはありあわせで作った汁ですが」

一口大のざく切りの茄子と茗荷を具にした味噌汁を供した。

「かぼちゃや人参、葱、いんげん等の入った今時分の味噌汁もなかなかなものですよ」

そう言い添えると、

「安くて旨い旬の菜や肴の作り方を配っていて、それが瓦版に載ることもある塩梅屋の主がおまえだったとは知らなかったが、なかなかの腕と見込んだ。おまえ、草履を投げる技だけではなく本業もこれほど機転が利くとはな。驚いたぞ。それで一つ願いがある。おまえでなければできぬものだ」

——まさかこのお方の用心棒を兼ねた料理番に見込まれたのでは？——

冷や汗が脇の下をどっと流れた。

——あのようなことはもう御免だ。それにわたしはお奉行に仕えてお役目を果たしている——

しばし季蔵が押し黙っていると、

「理由あってある料理を作ってほしい」

相手は切り出した。

「料理だけでございますか？」

季蔵は一瞬ぽかんとした。

「わしの配下にしたいのはやまやまだが、そうすればこの店は仕切れまい。それでは市中の者たちに恨まれてしまう。実は小心者ゆえこれでも人気は気にする質なのだ。なのでつきあいは料理だけでよいとしよう」

　大倉は言い切った。

「どんな料理なのでございましょうか？」

「それは後ほど報せる。料理に入用な材料も全てここへ届けさせる。作り方を記したものも添えるが、その通りに作って旨い料理にするには年季だけではなく工夫、ようは才が要る。よろしく頼むぞ」

　そう告げた後、大倉はあぶらげ飯と夏味噌汁の代わりをもとめ、すっかり堪能して帰って行った。

　季蔵はこの話を烏谷にするべく、いつもの水茶屋の二階で向かい合った。示現流の使い手の坊主頭が大倉主税を襲って失敗、自害したことを告げると、

「番屋にそのような風体の者の骸は運ばれてきていない。山田浅右衛門に任せるとは申していなかったか？」

　烏谷は訊いてきた。

「たしか、そのように」

「示現流を使った坊主の骸など薩摩藩でも引き取りはすまいからな」

「しかし、大倉様はたしかに薩摩の者であると断じておられました」

季蔵の言葉に、

「わかっておろうが、その話は他言は無用じゃ。そちにまで思いもかけぬ禍が降ってきては気の毒だ」

烏谷は案じてくれたが、

「すでに前夜の一件が端を発して巻き込まれてしまっております」

季蔵は大倉からの頼み事を口にした。

「なに」

烏谷は鼻白んだ。

「そちに料理作りを頼むとは不届き極まる」

「とはいえわたしはただの料理人でございますし、お奉行との浅からぬ関わりも知らぬのでしょう。ですので年番与力様ともあろうお方の頼み事を断ることはできません」

そう応えつつ、

——蔵之進様によればお奉行と大倉様は懇意なご様子で会われていたという。お知り合いだというのにわたしにはおっしゃらない。大目付様の手足となって動くとはここまで不可解極まれることなのか?――

季蔵にしても以前にも増して含みのある烏谷の言動に得心がいかなかった。

「大倉が何か届けてきたら必ずその詳細を伝えるように」

と烏谷は強く念を押した。

それからほどなくして大倉から以下のような文と材料が届いた。文には以下のようにあった。

その節は世話になった。鳥刺しととんこつなる料理を作ってほしい。断るまでもなくこれらは薩摩のもてなし料理だ。材料は全てこの後、届ける。作り終えたら二つに分けて、薩摩上屋敷とわたしのところへ届けてほしい。作り方は一応添えたが頼りすぎるとしくじるゆえ、自身の五感を信じて仕上げること。いいか、これは慣れ親しんでいる薩摩者になにがなんでも〝絶品〟と言わさなければならぬ。いわば闘いだ。この料理に精進すれば必ず勝つ。わたしは是非とも鳥刺しととんこつを介して薩摩者の肝を食らわねばならぬのだ。

よろしく頼む。

大倉主税

塩梅屋季蔵殿

届けられた材料は捌（さば）いた鶏（とり）四羽分のもも肉とむね肉、ささみ、青紫蘇（あおじそ）、生姜（しょうが）、ニンニク、小葱、醤油までが鳥刺しの材料だった。

とんこつの方は豚骨二十切れあまり。芋焼酎（いもじょうちゅう）の大徳利（とっくり）三本、油、牛蒡（ごぼう）、人参、蒟蒻（こんにゃく）、生姜、麦味噌、きび糖、醤油、さやいんげんである。このうち芋焼酎と麦味噌、きび糖は薩摩名産品であった。

季蔵は大倉の文と添えてあった作り方を写し、届けられてきた材料を記して烏谷まで届けさせた。すると烏谷からはすぐに以下の文が来た。

是非とも手伝いたい。以前より薩摩の料理は垂涎（すいぜん）の的であった。それゆえ実はわしにも人づてに聞いて、是非とも試したい薩摩料理が一つある。こちらの方の材料は持っていくゆえ世話はかけない。

烏谷　椋十郎（りょうじゅうろう）

季蔵殿

二

「なかなか面白い趣向ではないか。大倉主税も食に目がないのだな」

訪れた烏谷はからからと笑って、

「やはり番屋に坊主の骸など運ばれてはいなかったぞ」

季蔵に耳打ちした。

――まあ、お奉行の食道楽魂が大倉様の真意を図ろうとしておいでなのだろう――

「これはいわばわしと奴の食い意地勝負よ」

などとも洩らした。

季蔵は大倉が添えた作り方をもとにすでに料理を始めていた。添え書のおおよそを読んで手間は鳥刺しより、とんこつの方が遥かにかかるとわかり、そちらの方から先に仕掛けていた。作り方の添え書の他に、古今東西の料理に通じていた松枝栄二郎から託された『四方八方料理大全』を参考にした。それにはとんこつについて以下のように書かれている。

〝とんこつ〟

豚の骨付きあばら肉と時季の青物をじっくりと味噌で煮込んだ料理。祝い料理の一つで焼酎を飲みながら煮えたぎる大鍋を囲んで食べる野外料理が元である。この豪快なもんじ料理に薩摩武士の気風を重ねて讃える国柄でもある。

肉は焼酎をたっぷりと入れて炒りつけ、臭みを抜くとともにうま味を吸わせてから煮る。とろりとした舌触りと青物や蒟蒻等の材料のうま味が味噌と溶け合い、酒だけではなく飯にもよく合う菜になる。

薩摩では米が貴重なので味噌は麦味噌が使われる。麦味噌は麦麴の割合が多く甘味が強いのが特徴である。さらにここにきび糖か黒砂糖を加えて煮るとんこつは薩摩ならではの最高のもてなし料理。大事な客人は必ずこのとんこつでもてなしている。

添え書の方は料理の手順と留意点が箇条書きになっていた。

とんこつ

一、豚骨の下拵えが肝である。まずは大きな深鍋に油をひいて豚骨を入れ、表面に焼き目をつける。この時、油がこちらにとばないように鍋の蓋で防ぎながら焼酎を入れて蓋をする。油のはねがおさまったら蓋を開けて、時々豚骨を返しながら焼酎をまぶし、よく染み込ませる。白濁していた汁が煮詰まって透明な油だけになるまで炒りつける。この豚骨を笊に上げ熱湯をかけまわして油を落とす。

一、青物には必ず牛蒡を使う。冬ならばこれに小指の先ほどの厚さに輪切りした大根を、夏場ならば小指の長さほどに切った人参を加える。牛蒡は人参と同じく小指の長さほどに切る。蒟蒻は手で引きちぎっておく。

一、大鍋に下拵えのできた豚骨を入れ、たっぷりの水と皮つきのまま薄切りにした生姜を加えてひたひたになるまで中火で半刻（約一時間）煮る。

一、これに青物と蒟蒻を入れて煮る。麦味噌ときび糖はまず半量入れて青物等を煮上げる。火が通り柔らかくなったところで残りの味噌や砂糖を足して六百数え終えるまで煮る。仕上げは醬油で味を調える。

一、さやえんどうを塩茹でして半分に切り、千切り生姜と共に盛りつける際に飾る。

一、麦味噌は二、三年熟成させたものに色が濃くなっている五年ものを混ぜると、より味に深みとうま味が増す。〝とんこつ〟にとって麦味噌は隠れた肝である。

烏谷は持参した薩摩焼酎をちびちびと飲みながら、

「よき美味き匂いよなあ。匂いだけで酒が飲める。とはいえこの酒が焼酎なので胃の腑が〝とんこつ〟を呼び続けておるわ」

などと言って〝とんこつ〟ができ上がるのを待った。でき上がって箸を取ると、

「これほど重厚な旨さは味わったことがない」

唇についた汁をもぺろりと舐めとって、

「慎重に食わぬと勿体ない」

珍しく一箸一箸惜しみ惜しみ食べた。

「ただ青物の人参は大根であってほしかった。悪くはないがやはり大根との相性の方が良さそうだ。とはいえこの夏大根ではな――」

烏谷は焼酎のほかに夏大根と豚の三枚肉の塊、干椎茸の煮付けを持参していた。

「夏大根は冬大根と違って煮物にはなりません。人参ほども柔らかく煮えませんので」

――これらはお奉行が是非ともお作りになりたい料理の材料なのだろうが――

「どのような薩摩料理をお試しになりたいのです？」

季蔵が訊くと、

「薩摩のもてなし料理は〝とんこつ〟だけではなく、ももんじと青物を使った何とも雅(みやび)な名づけのものがある。たしか春羹(しゅんかん)と言った。ただし薩摩屋敷でもてなされたのは春で夏ではない。美味い筍(たけのこ)料理だと感心した。筍などもう見かけない今頃(いまごろ)に春羹はあり得ぬだろうな？」

烏谷はややきまりの悪い顔になった。

「春羹ならここへおいでになった薩摩のお客様から聞いたことがあります」

春羹は春には欠かせない薩摩の伝統料理で、塩漬けにした豚三枚肉をゆでこぼし、大ぶりに切った大根、人参、牛蒡、筍等を煮しめたもので、味つけは焼酎と醤油が用いられる。

松枝栄二郎が書き記した『四方八方料理大全』には以下のようにあった。

春羹は薩摩料理。一言でいうと煮しめの仲間で、塩漬けした豚肉と一緒に時季によって異なる青物を炊きあげた料理。春羹の羹は羊羹の語源同様もんじを表している。しゅんかんと呼ばれる料理はほかに、筍羹、春寒とあり、それぞれ作られる時季と使う材料によって使い分けられる。昔は狩った猪肉を使って作られていたのが薩摩では豚の飼育が盛んなので、豚三枚肉を使うようになってきている。元々は昔の清で作られていた料理が日本に伝来した後に、京都で精進料理の一つとして変化し、さらに筍の産地である薩摩で春の祝い料理になっていったという。

「煮しめには欠かせない煮付けた干椎茸をお持ちになったのはわかりますが、夏大根の方の意図は何ですか？」

季蔵は訊かずにはいられなかった。ちなみに干椎茸の美味しい煮付けを作る秘訣は一日水で戻して、充分柔らかくなった状態のものを四半刻（約三十分）、戻し汁に醤油、砂糖でゆっくりと煮ることである。

「わしは〝とんこつ〟も馳走になったことがある。冬でどれだけ精がついたことか。その時の〝とんこつ〟の青物には大根が入っていて、思いのほか美味であったゆえ、夏大根で代わりが務まらぬものかと思って持参してみたが、すでに人参が代わりで煮られていた。やはり夏大根は冬大根に代われぬものか？　とんこつに無理なだけではなく、春羹にでも駄目か？」

烏谷は残念でならない顔になった。

「春羹には使えるかもしれません」

「ほう、そうか」

相手はうれしそうな表情を見せた。

「まず、豚の三枚肉の塊の下拵えをしてください」

「わかった、わかった」

烏谷は胸元から折り畳んだ紙を出して、

「春羹に欠かせない、豚三枚肉の塊の下拵えは薩摩屋敷で教わっている」

ちらちらとその紙を見ながら下拵えをはじめた。

烏谷は大鍋にたっぷりの水と小指の爪の半分ほどの厚みに切った豚三枚肉を入れて火にかけ、ゆでこぼして脂とアクを取り除いた。これを二回繰り返してさらに水で肉を洗った。鍋に水、醬油、味醂、きび糖を入れて肉と合わせ半刻ほど煮上げる。ここまでの仕事を烏谷は意外に手際よくこなした。

「実をいうとな、お涼のところで厨の手伝いをすることもある。あれでお涼は長唄は得手だが料理の方はさほどでもない」

　ふと洩らした。

「こちらは一つ夏大根をお奉行様の豚肉に合わせてみることにしましょう」

　季蔵の言葉に、

「煮しめには向かぬのではなかったのか？」

　烏谷は案じたが、

「夏大根を焼いてみます」

　季蔵は小指の先ほどの輪切りにした夏大根を三百数える間下茹でし、笊にあげて布巾で充分に水分を取り除いた。これを平たい鉄鍋に胡麻油を薄くひいて焼いていった。塩等の味付けは水分が出てしまうので控える。

　焼き方のコツはとにかくじっくり、両面をこんがり焼き上げることであった。香ばしく焼けた大根は生の時の強い辛味が抜けてほのかな甘みとさっぱりとした風味を醸し出す。また、煮物とはひと味違う、焼き大根ならではの歯ごたえのある食感が楽しめる。

「田楽味噌につけても、刷毛で甘辛だれの照り焼きにしても、これはこれで結構気のきいた肴になるものなのですが、今回はこの後、煮ます」

季蔵は、焼き上げた夏大根を豚肉を煮た汁に椎茸の煮汁を加えたものでさっと煮上げた。

三

「この料理には筍の羹（あつもの）、筍羹ではなく、旬の羹、旬羹と名づけさせてください」

季蔵は煮込んだ豚三枚肉と椎茸の含め煮、そして焼いてさっと煮上げた夏大根を皿に盛りつけた。焼き夏大根は煮物の冬大根とは異なり、箸が通るほどの柔らかさではないため、一口大に切って盛りつける。仕上げにはさっと色よく塩茹でしたさやいんげんを斜め切りにして色どりに添えた。

「なるほど夏大根ならばたしかに旬の羹、旬羹よな」

頷（うなず）いた烏谷は早速口に運んで、かりっという歯ごたえを楽しみながら、

「冬大根のほかに筍だけではなく、人参、牛蒡、蒟蒻がももんじに加わる春羹に比べると見た目は地味だが、夏大根の甘くもやはり辛い、独特の味わいが出色だ。なによりももんじの煮付けと相性が抜群だ。この夏大根とももんじ料理でとかく食の落ちがちな夏を乗り切れるような気さえする。まさに滋味そのものだな」

満足そうに言った。

「これは以前わたしが思いついて拵えてみたものですが――」

季蔵は残してあった焼き夏大根を小指の先ほどの棒状に切って、軽く小麦粉をまぶしてから唐揚げにして塩を振った。すぐに烏谷の手が伸びて、

「これはいい。何とも癖になるつまみだ。いくらでも食える。ああ、もう我慢できぬ」

焼酎の盃（さかずき）を傾けつつ、あっという間に平らげてしまった。

「至福、至福」

季蔵は酔いが回りかけている烏谷に言った。

「まだ鳥刺しが残っております」

すでに烏谷は小上がりに移って膳（ぜん）を前にしてどっかりと座っている。

「そうであった、そうであった」

慌てて立ち上がろうとしたが、すぐには手伝いはできかねる様子で、

「鳥刺しなど薩摩屋敷の膳には上らなかったぞ。刺身といえば魚ではないか」

などと洩らした。

「鳥刺しは海の幸に恵まれない霧島（きりしま）連山が発祥のようです」

季蔵はまたしても『四方八方料理大全』の一文を思い出していた。

薩摩と日向との間にまたがる内陸の霧島で刺身といえば鳥刺しである。地域の集まりや客人、祝いごとには欠かせない。飼われている鶏が捌かれ、むねやもも、ささみは刺身に、骨つきの手羽元は煮ものに、あぶった皮は塩を一振りしてそのまま肴にしたり雑炊の具にして食される。

鳥刺しは働き手の男たちの肴として食されるのではなく、育ち盛りの子どもたちの楽しみでもある。鶏を捌くのは父親の役割でこれが始まると、子どもたちは醬油の入った小皿を手にして刺身ができるのを待ち、まだ温かいささみから食する。食していて、蹲る大人や子どもが時折いるが、これは鶏に毒が生じて中ったのではなく、空きすぎた腹に競うように鶏肉を詰め込みすぎるからで、時が経てば恢復するのだという。

——鶏からささみはほんの少量しかとれない。霧島での捌きたての鶏のささみが子どもたちへの格別な贈り物であるがゆえに、近隣に広まった鳥刺し料理の皿にも載せられなくなったのだろう。この料理の源には子どもたちへの慈しみが感じられる——

季蔵は、大倉が届けてきた鶏肉の刺身にする部位にささみが入っていなかった理由がわかった。

「お奉行様はどうかそのままで。お手伝いいただかなくとも大丈夫です。大倉様より鶏肉のもも、むねと分けていただいておりますゆえ、鳥刺しに難儀はありません」

季蔵はそう烏谷に告げてから、〝とんこつ〟同様、〝鳥刺し〟についても記されている添え書きの通りに料理を続けた。以下のような手順と留意で進めようとした。

一、もも肉は刺身で食べやすい大きさにさくどりして切り分け、小指の幅ほどに皮目から切る。肉の繊維の方向を見て繊維を断ち切るように包丁を入れる。

一、むね肉は厚みを半分にしてさくどりし爪の先ほどの幅に切る。

一、長四角の平たい刺身用皿に青紫蘇を敷き、もも肉とむね肉とを部位ごとに盛りつける。薬味はおろし生姜、ニンニク、小口切りにした葱を添え醤油につけて食する。

烏谷は立ち上がって季蔵の手元にある、鳥刺しの作り方の添え書きを覗き込んだ。

「生の鶏をそのまま食べるのか」

烏谷は気の進まない様子で続けた。

「わしは霧島のガキとは違う。大食いではあるが胃の腑や腸はそれほど鍛えられてはおらぬ。それにこの鶏肉はわしの目の前で捌かれたものではあるまい。今はたちどころに食べ物が傷む時季だ。生鶏に命を張ったりしたら笑い者になる」

「それなら大倉様には鳥刺しは無理だとお断りいたしましょうか」

季蔵の言葉に、

「いや、それはまずい。下手な喧嘩を売るようなものだ」

烏谷は大きく首を横に振り、鶏の部位に鼻を近づけて、

「湯気こそ立ってはおらぬが新しい。大倉とて万全な材料を届けてきているはず」

と確かめると、

「鶏の生が嫌だというのはただのわしの好みにすぎない。何とかしたいがこればかりは——何とかならぬか？」

季蔵に振った。

「お嫌なのは皮ではありませんか？」

季蔵はふと思いついて言った。

「そうかもしれぬな。何というか、生きものならではのぬるぬる感があるようで口に入れる気がしない」

「では炙(あぶ)ってみましょう。実はわたしも鳥刺しも悪くはないものの、ひと手間かける炙り鳥刺しの方が洗練の旨みを引き出せると思うのです。こちらの方が江戸人の舌にも合っているではないかと――」

「ならばそうしてくれ」


こうして季蔵は急遽(きゅうきょ)、鳥刺しを炙り鳥刺しに変えて拵えた。まずは七輪に載せた丸網で、もも肉、むね肉の皮目を焦げ付かないように注意してこんがりと炙り上げる。その後は鳥刺しと同じ手順である。

「炙る時の得も言われぬよき匂いのせいもあるが、不思議なもので皮が焼けている炙り鳥刺しには箸がするすると動く」

烏谷はにっこりと微笑(ほほえ)んで、

「炙ったもも肉の皮目はうま味が強くこりこりして歯ごたえがあり、皮の香ばしさや皮の下の脂の甘味が味わえる。むね肉の方は皮も身も柔らかくてさっぱりしている。これはたいした馳走だ」


喜び続け、堪能した。

季蔵は、〝とんこつ〟とこの〝鳥刺し〟に春羹ならぬ〝旬羹〟を付けて薩摩屋敷へと運ぶ手配をした後、

「大倉の奴がどんな顔で食うか、見てきてほしい」

烏谷に命じられて八丁堀（はっちょうぼり）の大倉の役宅へと向かった。

門の前に立つと子どもの声がした。七歳と五歳、可愛（かわい）い盛りの男の子と女の子である。二人は蟬（せみ）が鳴いている大きな木の下に立っている。声を掛けようとした季蔵は二人の話に耳を傾けた。

「みーん、みーん、みーん」

下の女の子が蟬の鳴き真似（まね）をした。

「馬鹿っ、そんなことしたら蟬が逃げちまうぞ」

兄が妹を叱（しか）った。

「仲間だと思って高いところから下りてきてくれるかもしれないわよ」

「いったいおまえはどこまで馬鹿なんだ？　蟬が人の鳴き真似に騙（だま）されるわけないだろう」

「何よ、いつもあたしのこと、馬鹿、馬鹿って」

妹は泣き声になった。

「どうしたの？——」

大倉の妻女と思われる二十四、五歳の瓜実顔(うりざねかお)の美女が庭へと出てきた。

「喧嘩は駄目ですよ」

叱りはしたが、しごくおっとりした物言いであった。あまり効果は期待できない。

「ごめんよ、泣かせるつもりじゃなかったんだけど——」

兄は謝ったが妹はまだ泣いている。

「兄様が酷(ひど)ーい」

——しまったな、こういう時、甘いものでも持参していれば——。とかく子どもは菓子に目がない、菓子でたいていの喧嘩はおさまるのだが——

まだ声を掛け損ねている季蔵に、

「もしや旦那(だんな)様からの頼まれ物をお持ちになられたお方ではありませんか？」

美女が話しかけてきた。

「大倉主税の家内の菊(きく)と申します。どうかこちらへお入りになってくださいませ」

季蔵は大倉家へと招き入れられた。

「旦那様が、今か今かとお待ちかねです」

お菊は子どもたちを叱っていた時の様子とは異なり、はきはきした聡明さを見せた。

「どうぞ、あちらからおあがりください」

季蔵は玄関から上がった。子どもたちは廊下を歩く季蔵の後をついてくる。一度お菊は振り返ったが目を細めて、

「仕様がないわねえ」

微笑みを子どもたちに向けた。

一方、

「あのお重の中身、何かな。お菓子じゃなさそう」

妹はとっくに泣き止んでいる。

「ん。いい匂いがした。お菓子ならあんなに匂わないよ」

兄の方はごくりと生唾を呑み込んだ。

四

お菊の足が止まった。

――ここだな――

緊張した季蔵は障子の前で正座して頭を垂れた。お菊が声を掛ける。

「ご案内いたしました」

「入れ」

「お邪魔いたします」

障子を開けると、大倉主税は床の間を背にして座っていた。

兄の方はまだ母と共に廊下に控えているが、

「父上ぇ」

妹は甘え声で季蔵よりも先に中に入ると、

「いい匂いのお重をお持ちのお客様がおいでです。万奈(まな)は気になってなりません。お腹(なか)も空いてまいりました」

あろうことか、大倉の膝(ひざ)にひょいと乗った。

大倉は妻のお菊の顔をちらと見て、相手が咎(とが)める気配がないとわかると、

「幾つになっても赤子のように聞き分けがないのう」

妻と変わらない慈しみの微笑みを万奈だけではなく、廊下の兄の方にも投げて、

「宗之助(そうのすけ)、お菊、珍しき馳走を届けてきてくれたゆえ、おまえたちも入って相伴(しょうばん)してよろしい」

家族たちが居合わせるのを許した。

この時、宗之助の腹がぐうと鳴り、

「兄上ったら」

万奈がはしゃぎ気味に笑った。

「では、すぐに取り分けの皿や箸、茶など調えます」

お菊は厨へ向かった。

下座に控えている季蔵は三段の重箱を包んでいた風呂敷を解いて、恭しく大倉の前へ運んだ。

「父上っ」

すぐに近寄って重箱の蓋を開けようとする万奈を、

「まだ触れてはならぬ」

大倉は意外に厳しい口調で制すると、三段各々の蓋を開けて、

「〝鳥刺し〟、〝とんこつ〟、このわからぬもう一品はなんだ？」

やり手の出世頭と噂される年番与力ならではの強い目を季蔵に向けた。

「わたしが思いついた〝春羹〟ならぬ〝旬羹〟にございます」

季蔵はごく簡単に〝春羹〟の謂れと〝旬羹〟への工夫を説明した。

「野趣豊かな薩摩の料理にこのような雅なものがあるとは知りませんでした」

宗之助がふと洩らすと、

「こやつは料理についてあれこれ書かれた本を読むのが好きなようだ。そのせいでさっぱり儒学や剣術には興味を示さん」

大倉は妻のお菊と変わらぬ優しい細い目になった。

――武家では後を継ぐのに必要な勉学や剣術修行の一通りを強いるのが常だというのに、何とも変わっている――

季蔵は心の中で首を傾げた。

お菊が小皿や箸、茶に加え盃を添えて焼酎を運んできた。

「ほう、これは早い」

大倉は湯呑で焼酎を汲みつつ、〝鳥刺し〟、〝とんこつ〟、〝旬羹〟に一箸ずつつけた。

ほどなく、

「酒と一緒に食うたゆえ、もうよかろう」

お菊に相づちをもとめた。

「ええ、もう充分でございましょう」

妻女の物言いは門の前で季蔵を迎えた時にかけてきた、やや無愛想なものに変わっている。そして次には、

「それではよろしいっ」

「いいですよ。沢山召し上がれ」

夫婦ともども子どもたちに微笑んだ。

「わーい、御馳走、御馳走」

万奈は宗之助よりも早く箸を取り、

「それではいただきます」

宗之助はお重に向かって礼儀正しく手を合わせてから小皿に手を伸ばした。子どもたちは無邪気に旺盛な食欲を満たしている。

「食欲があるのは健勝の証と申します。お子様方がお元気なのは何よりです」

季蔵も知らずと頰を緩めると、

「父上っ、万奈はこの皮だけ焼けていて中の鶏肉が生なお造りに似た品が大好きでございます。もうっ、箸が止まりません。特に皮の脂がもう最高」

万奈の箸は動き続け、

「万奈っ、鶏肉のうま味の違いがわかって食べているのかっ。俺にはわかるぞ」

宗之助は時折箸を止めて感じ入っていた。

「わたくしにもわかりますよ。こってりしたもも肉の薬味はニンニクが、あっさりしたむね肉には生姜がよろしいわね。青紫蘇で巻いて食べても美味しいっ」

お菊の箸も活発に動いているのだが、

「結構、結構」

家族と調子を合わせたものの、大倉の箸は止まったままで、

「よくこのようなものががつがつと食えるものだ」

季蔵に耳打ちすると、申しわけ程度に〝とんこつ〟を箸で摘まんで口に入れたものの、

「どうも今日は腹の具合が今一つゆえ、わしは〝旬羹〟とやらだけにしておく」

〝旬羹〟に盛られている焼き夏大根と椎茸の含め煮だけを半量ほど食べた。

「もう、いっぱいだ」

大倉が洩らすと、

「大丈夫ですよ、わたくしたちは残したりはしませんから」

お菊は微笑みを浮かべて季蔵の方を見た。

「ご苦労であった。門まで送ろう」

大倉は立ち上がって部屋を出た。

廊下を玄関まで歩いて行く途中で、大倉は足を止めた。

「ここなら誰も来ず、話を聞かれることもない」

大倉が開けたのは納戸であった。季節毎に入れ替える日用品がしまわれていて、戸を閉めると人が二人立って話せる隙間しかない。

「これと同じものを薩摩屋敷に届けたのだな？　それではちょっと――」

大倉はやや渋い顔で案じている。

「いいえ、薩摩のお屋敷へのお届けは二段重です。おそらく不具合がおありと察しいたしまして、大倉様から申しつけのない〝旬羹〟は添えてございません。薩摩ならではの料理である〝春羹〟を〝旬羹〟に工夫するのは、もじった、揶揄したとご不快になられてはと思ったからです」

「それと〝鳥刺し〟のことだがやはり、あのように炙ってから造って届けたのか？　作り方の添え書きには皮も身も生のままとあったはずだが――」

大倉はまだ不安を拭い切れていない。

「あちらへお届けの〝鳥刺し〟はお指図通り生のままです。慣れて長く親しんで来られた方々には、生の皮の食感も風味も格別なもののはずだと思ったからです。あちらでは子どもの頃から楽しみでならない御馳走のようですから」

季蔵の言葉に、

「よかった」

相手は胸を撫(な)でおろして、

「それでは送ろう」

納戸の戸を開けかけた大倉に、

「一つだけお尋ねしてよろしいでしょうか」

季蔵は切り出した。

「もちろんだ」

大倉は戸を開ける手を止めた。

「何なりと申してよいぞ」

「それでは申し上げます。なにゆえ、奥方様やお子様方を制して、ご自分がいの一番に味見をされたのでしょうか」

季蔵は大倉を見据えた。

「それは——」

口籠(くちご)もった大倉に、

「これは証なき私見にすぎません。わたしは大倉様が襲われたあの場に偶然居合わせました。大倉様のお言葉をお借りすれば、わたしの投げた草履が示現流の必殺技である一刀振り下ろしを阻み、あの坊主頭の武者を怯(ひる)ませました。わたしには偶然の出会いではございましたが、偶然であるという証はどこにもありません。それで大倉様はわたしをお疑いになっていたのでは？　わたしが実はあの果てた男と仲間で、大倉様を討ち損じた場合は別の手を用いるのではないかと。違いましょうか？」

　季蔵は胸に宿った不審を口にした。

「なるほど」

　さすがに大倉は目を逸(そ)らしはしたが、

「その通りだ」

と言い切った。

「残念でございます」

　納戸の戸は季蔵の手で開けられた。

　翌日、季蔵は烏谷とまたいつもの水茶屋の二階で向かい合った。季蔵が昨日の首尾を伝えると、

「そちまで疑うとはな。しかし、思った通り、それだけ薩摩と大倉の関わりは深いと見てよかろう」

鳥谷は合点した面持ちになった。

「思った通りとは？」

「人に妬まれるほど大倉主税は若くして出世している。その理由は挨拶という名目の賄賂を要所要所に撒いているだけのことではない。妻女は幕府が定めた高家肝煎の血筋につながっているが、もちろんそれだけの理由でもない」

そこで一度鳥谷は言葉を切った。

ちなみに高家とは、老中支配下で有職故実や礼儀作法に精通していて、幕府における儀式や典礼、朝廷と幕府間の諸礼を司る役職であり、この職に就くことのできる家格の旗本を高家旗本といった。高家の最高位は高家肝煎で町奉行より格上であった。

鳥谷は先を続けた。

「公式の場での礼儀作法を諸大名に伝授することも肝煎の職分であり、謝礼の肝煎料は相当の額になる。肝煎の係累は皆そこそこ豊かだ。とはいえ、肝煎の地位を守るためには一族郎党の犠牲も要る。高家肝煎の流れをくむ妻女の実家では代々、娘が生まれると婿を貰い特別なお役目を拝することになっている。それというのは表向きこそお大名、大身旗本に頼まれての伝授だが、その際、藩主や家長に代わって儀式ならではの御酒の毒見も兼ねる。こればかりは神前での厳粛な儀式ゆえ、家来に毒見させることは叶わぬゆえな。まさか神酒吟味役なる密かなお役目が高家筋の婿にあったとは な。婿に高家の血は流れていないし、すでに子をなしている婿ならば一層、そう惜しい命でもないと見做しているのだろう。今まで大倉は何度か急病で奉行所を休んでおるが、公にできないお役目を果たしていて、死にかけたのだろうと大目付様が声を潜められた。ただしこれも殿中での噂にすぎぬという。大名家一切を仕切る大目付様はこうもおっしゃっていた。〝開府以来格別な扱いの高家とて、まさか儀礼伝授のお役目だけで存続し得なかっただろうが、どのような形で大名家や幕府の組織の深部と関わっているのかまでは明かされてはいない〟と」

――ならばわたしをも敵方と疑うのは無理もない。しかし、命がけのお役目の上に異例の出世があるのか――

妻お菊との絶妙な息の合い方、子らを見つめる大倉の目にふっと宿って消えた不可解な哀しみを季蔵は思い出していた。

五

「どうしてもお尋ねしておきたいことがございます」

季蔵は切り出した。

「大倉様は襲いかかってきた示現流を遣う者を薩摩者とわかっていて、なにゆえ薩摩藩にあのような薩摩ならではの料理を届けられたのでしょうか」

「大倉は何もそちに言わなかったのか？」

「はい」

「そうか。だが、ひえもん獲りの話はしておったであろう。ひえもん獲りは無駄話などではない。あの男が薩摩を語る時欠かせぬ話だ。わしも面白く聞かせてもらった」

この言葉を聞いた季蔵は、

——歯で食いちぎることでのみ人肝を獲ることが許されるひえもん獲り。相手が罪人であれば直に手を下さなくとも、骸になることが当然のように受け止めている。罪人はまだ完全に死んではいないかもしれない、そんな温かみの残る相手の血肉を食い破って、人肝を獲るのは人を食い殺しての肝食らいだ。必殺剣の示現流と変わらない。神酒吟味役である大倉様は、あの必殺剣を毒と見なし、あえて薩摩ならではの供応料理を届けることで、薩摩を牽制したのだ——

一応はつながったものの。

「薩摩屋敷へのお届けは大倉様の配下の方がなさいました。まさかわたしが毒をもって毒を制するやり方の片棒を担いではおりませんでしょうね」

烏谷を正面から見据えた。

「もちろんそちが拵えた料理に毒など入っているはずもない。もっとも大名家で起きたことは大抵が表沙汰にならず、特に薩摩はその最たるもので、何人かが毒死したところで決して洩れてはくるまいがな。ただしそんなことをしたらまた必ず仕返しが来る。大倉は馬鹿ではない。神酒吟味役だけで命を賭けるのは充分だと思っている。無意味な応酬を避けたいという意味合いでかの料理を作らせて届けたのだと思う」

「大倉様は南町奉行所の年番与力です。それではお上が薩摩の横暴を許して頭を垂れていることになりませんか？」

「そうだな」

大きく頷いた烏谷は、

「それはそれで良いではないかと大倉もわしも思っている。幕府と大名家との関わりは複雑極まるものがある。それと武家が良しとしてきた大義や名分、面目をたてていては飢饉や疫病に襲われた民の暮らしを救えない。この江戸とて流行風邪禍で思い知ったはずだが、大名たちの国許では常時あのような惨事に晒されていると言っていい」

やや憤怒の籠もった目になった。

——お奉行と大倉様は手を携えておられて、今のはたしかに理のある説得ではあるがやはりまだ得心できない——

「あと一つ、お尋ねしておきたいことがございます」

季蔵は食い下がった。

「まだあるのか」

意外に小さい烏谷の唇が曲がった。

「なにゆえ、大倉様は薩摩の刺客に討たれかけたのでございましょうか？」

言い放った季蔵に、

「知ってどうする？」

烏谷の唇はますます曲がった。

「今回は事なきを得ましたが料理で返した後はわかりません、お奉行のお役目を果たさせていただくこのわたしも覚悟はいたしませんと。何のための覚悟かを教えていただきたいのです」

季蔵は退かなかったが、

「いや、今はまだそちは知らぬ方がいい。そもそもそちと大倉があのように出逢いさえしなければ、わしは大倉や薩摩のこともそちに話す気などなかった。しかし、大倉があのような目に遭って料理を返した以上、そちもいずれ知ることになろうがな、これはたいした大事で知ってしまった者は命がけだ。だから知らぬ方がいいと言うたのよ」

はぐらかした烏谷は頑固に口をつぐんだ。

それから何日間か季蔵は眠れぬ夜を過ごした。寝入ったと思うと悪夢の中に居た。示現流の大刀で大倉めがけて打ちかかっていこうとした坊主頭の男の顔が忘れられない。

——見た顔ではないのだが——

悪夢の中の男の顔は鼻が天狗のように大きく突き出て、目が般若のように吊り上がって口が裂け、その口からは鬼のような牙が剝きだしになっている。頭部にはふさふさとある毛がまっすぐに逆立っていた。顔の色は血の色の赤だった。

——何という怖ろしくおぞましい殺気だろうか——

悪鬼さながらのその顔がきぇーっと大声で叫んで大刀が振り下ろされた。大倉の頭が血しぶきをあげながら地面に転がった。きぇーっ、また声が上がると今度は烏谷の胴体の腰から上が離れた。血の海の中に二本の足が取り残されている。

〝もう、こんなものには目くらましされぬぞ〟

相手は季蔵の方へあの時咄嗟に投げた草履を放って、

〝あれがどうなるかよく見ておけ〟

近くの柳を指した。

季蔵はその柳の方を見た。

――柳ではない――

それは立っていて虎吉を抱き上げている瑠璃だった。気づいて虎吉が瑠璃を庇うようにその頭に飛び乗った。きぇーい、ひときわ鋭い掛け声であった。

――草履の返礼に綺麗な花を咲かせてやる――

血まみれの虎吉が跳ね飛び、瑠璃の首に赤い花が咲いた。瑠璃はうつ伏せに倒れ、その花は次第に大きくなってますます紅さを増していく。

――瑠璃。瑠璃――

何度も叫んでいるつもりなのだが声にならない。駆け寄ろうとしても自分がどこにいるのかわからなかった。

――悪夢なのか――

そう思ったとたんやっと目が覚めた。たいして眠っていない。うとうとしかけていただけだった。起き上がって水桶から柄杓で水を飲んだ。生ぬるかったものの、渇ききっていた喉は何とか潤せた。

するとそこへ、

「季蔵さん、いるかい？」

油障子の向こうから馴染みのある声が聞こえた。油障子を開けると相手は松次であった。

「起こしちまって悪いが——」

「いいんですよ、ちょうど寝そびれてたところでしたから」

「いつまでも、夜もむし暑いからねえ」

「お供します」

季蔵はすぐに身支度して外へ出ると松次と一緒に長屋の木戸を潜り抜けた。

「何がありました？」

松次がこのような時に季蔵の長屋を訪れる理由は一つしかない。

「殺しだよ、金銀屋のそばのしだれ柳の下で見つかった」

二人は駿河町へと向かっている。

「見つけたのはあの辺りを縄張りにしてる物乞い女だ」

「殺されたのは？」

「三十代半ばの男だ。そこそこ良い刀を帯びていた上、武芸で鍛えた体つきだと田端様はおっしゃっている。どこかのお家に仕える侍なのかもしれねえが、そのどこかまではわからねえ」

そんな話をしているうちにしだれ柳が見えてきた。

「おはようございます」

季蔵は田端に挨拶をすると仰向けに倒れている骸に屈み込んだ。

――この男は――

骸は季蔵がおもと探しに訪れた山田浅右衛門の高弟長江与八郎にほかならなかった。

――しかし、おもと様絡みで訪ねた先ゆえ、知っているとは言えない――

季蔵は田端たちに背を見せたまま、常のように手を合わせた後、丹念に骸の様子を検めた。

「たしかに武芸に秀でた男と見受けられますが正面から心の臓を一突きされています。刀を抜いて斬り合った様子は全くありません。そして、命を奪った刺し傷はおそらく匕首でしょう」

淡々と告げた。

「これだけの手練れが斬り合うこともなく匕首であっけなく殺されたとあらば、よほど見知った相手に殺られたのだと思う。女かもしれぬな。女物乞いにでもできただろう」

田端が松次に顎をしゃくり、

「へい、ただ今」

松次は後ろに隠れるようにして蹲っていた物乞い女を立たせて、田端の前へと押しやり、

「いいか、この旦那の前で嘘偽りを言ったりしたら、首を刎ねられるか島送りになるんだからな」

と脅した。

「ふんっ」

先ほどまでの態度とは打って変わって物乞い女はぐいと顔を上げて田端を睨んだ。

薄汚れた様子ではあったが女はまだ若くよく光る目をしていた。

「名は？」

田端はまず名を訊いた。

六

「あたいはお米。両親が食べるに困らないようにって付けてくれたんだけど、何とか生きてるのはあたしだけだよ」

お米の口調は伝法だった。

「おまえは死んでいるこの男を知っているだろう？」

「ううん、知らない。死んでるのを見つけただけさ」

「この男の持ち物を出せ」

田端の声が怒りを含んだ。

「知らないってば」

「そんなはずはない」

田端の言葉に松次がお米の身体を触ろうとした。

「わ、いやらしいっ」

お米は跳ねるようにして逃げたが骸に足がぶつかり重なるようにして転んだ。その時、男物の財布がお米のすり切れた片袖から季蔵の目の前に飛んだ。素早く松次がお米の両袖を調べて、

「捨てたんでなけりゃ、匕首を持ってませんや、匕首だって銭にはなる。捨てる物乞いはいませんやね」

と言った。

するとお米は、

「あたいじゃないよ、あたいは殺してないっ。この男が死んでたんで、ついいただいちゃっただけさ。相手が骸なんだから〝お恵みください〟なんて物乞いの言い回し、もう要らないだろ、だから――、あたい、殺してない、殺してなんかない、ほんとだよ」

大袈裟(おおげさ)に泣きじゃくった。

「相手がたとえ骸でも盗みは盗みだ。だからこれはおまえが盗んだ財布なのだろうが、事と次第によってはこの男が殺される前に落としたのをおまえが拾って、番屋に届けようとしていたということにしてやってもいい。本当のことを言え」

田端の言葉に、ほっとした表情になり、こくりと頷いたお米は、

「ほんと言うとあたい、この辺りは縄張りじゃないんだよ。物乞いでもさ、上と下があって若い女はあんまり食べ物にありつけないんだ。それであたい、この冬、あんまりひもじくて眠れなくて、仲間たちのねぐらを出てうろうろしてたんだ。そん時、声

を掛けてくれたのがあのお武家のおじさん。持ってた晒し飴くれて金銀屋さんは物乞いに気前がいいって教えてくれて、口も利いてくれた。それでここへ足を延ばすようになった。たまたまおじさんと会うこともあったけどそうでない時も。金銀屋さんの女将さんは優しくて親切でとってもいい人だった。でももういない。それでも、何か貰えないかなって思って、あたいのために口を利いてくれるおじさん探しに来てたんだよ、またばったり会えるだろうって。そうしたらこんなことになっちゃってて」

　唇を嚙んで、

「おじさんが殺されたんならあたい、仇を討ちたいよ」

　涙を溢れさせつつも泣き声を殺した。

「それは止めておけ」

　田端は珍しく微笑んで、

「おまえは財布だけ取って番屋に駆け込まずに逃げることもできた。この男の死を伝えたのはおまえの良心のなせる業だ。自分を大事にしろ。もういい、仲間のところへ帰れ」

　と言った。

　松次と季蔵の目が合い、

――いいでしょ、田端の旦那――

その日もまた微笑んでいた。

女物乞いがいなくなってほどなく、

「大変です、大変」

番屋の番太郎が走ってきた。

「すぐに山田浅右衛門の弟子たちがここへ大八車を曳いてやってきます」

「それはまたいったい何なんだ？」

松次は首を傾げた。

「浅右衛門のところでは市中の夜回りを欠かしていません。これはご存じですよね」

番太郎に念を押された松次は、それがどうしたという顔になった。たしかに骸探しは昼夜を問わず山田家で行っている。新しい骸に価値がある以上、これはなるほどと思わせられる。

「とはいえ、奉行所が関わっている骸で殺しの疑いがあるともなれば、浅右衛門のところの連中が駆けつけたりするはずはない」

田端は言い切った。

「ええ、その通りです」

番太郎は一度頷いた後、

「〝殺されたのが自分たちのところの者ともなれば話が違ってくる〟と言い張るんですよ」

困惑この上ない目で田端を見つめた。

「何？　この骸が浅右衛門の弟子の一人だというのか」

田端は驚愕した。

「それも弟子たちを仕切っている高弟の一人で名は長江与八郎、山田浅右衛門の名跡を継ぐかもしれない奴だったとのことで」

番太郎は続けた。

――よかった――

季蔵はやっと後ろめたさから解放された。

ほどなく浅右衛門の弟子たち三人ばかりと烏谷の姿が見えた。若い弟子二人は大八車を交替で引き、年長の高弟の一人は烏谷と隣り合って喋っている。

――お奉行らしい――

烏谷はたいていの相手に対して威張りもへつらいもせず、さらりと知己のようにつきあう術に長けていた。

——お元気で何よりだ——

そう思ったのは烏谷の胴体から足が離れるあの悪夢を見たせいもある。

「次期浅右衛門と目されてもいた御仁であるとのことだ。お渡ししてねんごろにご供養いただこう」

そう松次や田端に告げて、

——よかろうな——

目に念を押された季蔵は、

——ええ——

同様にまた目で返した。

こうして長江与八郎は骸集めに使われる大八車で運ばれて行った。

「こんな時こんなこと言うのも何なんすけど、浅右衛門のとこじゃ、やっぱり門弟の肝も人胆丸(にんたんがん)にするんすかね」

松次が呟(つぶや)くと、

「浅右衛門の弟子たちは人胆丸の商いもあって食うておる。それが一番の供養かもしれぬぞ」

烏谷はさらりと返した。

「それではな」

烏谷が去ると松次は、

「なーんだかねえ」

不機嫌な表情を隠さなかった。

「浅右衛門の弟子たちの言いなりじゃ、奉行所と駆け付けたあっしたちの面目が丸潰れでさ。あんまりですよ。ねえ、旦那」

松次に相づちをもとめられた田端は無言ではあったが、ふうという疲れたため息を一つついた。

「いかがです？　朝餉代わりにうちにお寄りになりませんか？」

見かねた季蔵は誘った。

「ああ、いいね」

すぐに松次は笑顔になり、田端はうんともすんとも言わなかったがそのまま塩梅屋まで付いてきた。

「誘ってくれたからにはさぞかし旨い朝餉を食わしてくれるんだろうな」

そわそわと松次に訊かれた季蔵は、

「鰹です」

と告げた。

「鰹ねえ」

松次はあまりうれしくないという顔をした。高価な初鰹は嫁を質に入れても競って食べたがる江戸っ子たちも、今頃の鰹は喜ばなかった。味の方は初鰹同様さっぱりしていて変わらないのにである。ようは皆、安くなって有難味も薄くなった鰹に飽きてしまうのである。

「まあ、そうおっしゃらずに。召し上がってみてください」

季蔵は二人が床几に腰を下ろすと、すぐに田端には冷や酒を松次には長寿ミキを勧めた。

「いいねえ、評判通りだ。甘酒よかいい、暑さなんてなんのそのって気持ちになるよ」

松次は長寿ミキを讃え、田端は黙々と冷や酒の入った湯呑を空にした。いつものように田端は飲む一方だったが松次の方は、

「早く頼むよ、朝餉。今時分の鰹でも季蔵さん、あんたの手にかかれば凄く旨いもんになるような気、だんだんしてきたよ。長寿ミキって、ほんとに酒入ってねえの？　入ってねえよね、入ってたら俺、もうぶっ倒れてるだろうから。なーんかいい気分だ

よ、早く、早く飯、飯っ」

「まあ、そう急かないでください。まだ飯は炊けていませんから。その前に二品ほど召し上がっていただきましょう」

季蔵は酒でのばして薄くした醬油ダレに漬け込んでおいた鰹のサクを俎板の上に置いた。まずサクのうち脂の少ない半量の水気をよく切って小指の先ほどの大きさに切る。やや脂の多めの方は元の漬けダレに醬油を加えたやや濃い目の漬けダレに戻しておく。

この鰹と納豆に小口切りにした小葱、練辛子を混ぜると鰹納豆が仕上がる。

「辛子がぴりっと舌にきて鰹も納豆も味がぼやけてないのがいい」

松次は鰹納豆を搔き込んだ。

「さて次は鰹の竜田揚げです」

季蔵は別ダレに漬けた鰹のサクを取り出した。この漬け込みダレは醬油、酒、味醂、生姜とニンニクのすりおろしを合わせたものであった。

七

鰹納豆同様、昨夜の刺身で残った鰹のサクは一口大に切り、鰹の竜田揚げ用に拵えたタレに漬けてある。これを取り出してよく汁気を拭き取る。鰹納豆は水っぽくならないためによく汁気を切るが、鰹の竜田揚げの方は焦げ付かせないためである。

平たい鉄鍋に親指の爪ほどの深さまで油を入れて熱し、汁気を切った一口大の鰹に片栗粉をまぶし、熱した油に入れ、両面がきつね色になるまで揚げ、取り出したら油を切る。たっぷりの青紫蘇を敷いた上に盛りつける。

「こいつをちょい、こうやって食ってもいけるぜ」

松次は長寿ミキをタレ代わりにしてみて、

「揚げものには酸っぱいタレもいい。疲れがとれる。こいつがなけりゃ、ただの酢でもいいな」

と言った後、

「そろそろ飯を食わせてくれや。朝餉に飯を食わないと力が出ねえよ」

季蔵に催促した。そろそろご飯の炊きあがるいい匂いがしてきている。

季蔵は先ほど鰹納豆の時に取り置いて、醬油味を濃くしたタレに漬け込んであった鰹サクを取り出した。これは鰹納豆に用いた鰹の部位よりも脂が多い。これを小指の先ほどの厚さに切った。醬油味付きの鰹の刺身である。これをまた醬油の濃い味のタレに戻し漬ける。生姜を下ろし適量残しておく。この時タレにこのおろし生姜を加え、刺身と濃厚な醤油生姜ダレとをよく馴染ませる。この時タレが薄すぎたりよく馴染んでいないと鰹の臭みが出て美味しく仕上がらない。

ご飯を大きめの飯茶碗(めしぢゃわん)の半分まで盛りつけ、約三分の二量の鰹を載せてさらにその鰹を隠すようにご飯を盛る。上に残りの三分の一量の鰹を飾り、残しておいた生姜のすりおろしを載せる。熱い番茶をかけて供する。番茶は風味のいい上質なものが適する。

「お待ちかねの鰹茶漬けです。茶漬けの汁に溶け出る、漬け込んだ鰹の旨味が決め手ですので脂の多い部位の刺身を使いました」

季蔵の言葉に、

「こりゃあ、美味そうだ」

松次は早速箸を取ってさらさらと搔き込み、茶漬け汁の一滴まで啜(すす)り終えた。

「こんなに美味くて精がつく茶漬けは初めてだよ。うーん、生姜の代わりにニンニクのすりおろしでも美味いだろうな、きっと。生姜よりも美味いかも。だけどすりおろしは生だから後で口が臭(にお)うのは困る。ま、そいつは夜にでも家で試してみる。ああ、それとニンニクだと番茶(緑茶)じゃなしに、ほうじ茶とかの方が野趣があっていいんじゃないか。生姜にだってこいつらでいい味出るさ。繊細な風味の番茶はよほどいいもんじゃないと香りが立たねえからな。その点こいつらは安くったって強くてどっしりしたいい風味だ」

よほど鰹茶漬けが気に入ったらしく、松次は滔滔と食通ぶりを披露した。

二人を送り出した後、仕込みを終えた季蔵は昼過ぎていつもの水茶屋へと向かった。すでに烏谷には会いたいという文を届けてある。珍しく季蔵の方が早くに着いて、二階の座敷で烏谷を待った。

「待たせたな」

そう言った烏谷は急いた様子で季蔵と向かい合った。

「やはりあったか？」

烏谷の問いに、

「ございました」

季蔵はやや分厚い木製の守り札を片袖からそっと出して、烏谷の目の前に置いた。

「長江与八郎様の袴の裾裏に縫い込まれておりました。骸を検めていて気がつきました」

守り札には、――長江与八郎、山田浅右衛門継承祈願――と金粉で書かれているだけではなく、桜とウサギが嵌めこまれている。桜もウサギも桜色だった。

「長江とやらは山田家の当主の座に座ることによほどの思いがあったのだな。それでこのようなものを密かに身につけていたのだろう」

「これらの桜はあの格別な珊瑚と思われます」

季蔵は守り札の象嵌細工を見つめた。

象嵌とは木や金属等に別な素材を嵌めこむ加飾法である。長江の守り札には木に彫った桜とウサギ、各々のくぼみに桜色の珊瑚が嵌めこまれていた。

「なにゆえ長江の元に飛んできたのであろうな。長江は浅右衛門襲名を目指していたとはいえ、ただの高弟にすぎぬ。言わずもがな、これは当主山田浅右衛門めがけて飛んできたものだろう。そちは珊瑚を目にしたことはあるか?」

「そういえば」

――ずっと昔、両国の花火の折、瑠璃が羨ましそうに大店の娘の珊瑚の簪を見ていたことがあった。〝花火みたいに綺麗。花火は消えるけどあれはずっとあのままだもの、綺麗なものが無くならないのはいいわ、わたしたちの絆もあの珊瑚にあやかりたい〟とも言っていた――

しばし感慨に囚われた。

「これがそちの見た珊瑚と同じに見えるか?」

烏谷はウサギを指さした。

「わたしの見た色はもっと明るい赤、木瓜の花のようでした」

季蔵は花火の日に見かけた大粒の他にも何度か、女たちの髷に挿されている簪の丸玉珊瑚を見かけていた。

「それに比べればこれは――」

と口走った後で、

――しまった、これでは追及だ――

季蔵は悔いたが、

「さすがなかなかの覚悟だ」

烏谷はふわふわと笑った。もちろんその目は少しも笑っていない、冷ややかであった。そして、

「わしはこの見たことのない色の正体を知りたいと思っている。空いた腹と同じだ。一度そう思ったら食らうまで知りたい思いを止められない。だからわしは以前、あの桜色の珊瑚のことで相談された骨董屋に今夜会いに行く。段取りはつけておくゆえそちにも来てもらう。長江与八郎がこのような殺され方をした以上、そろそろそちにも覚悟を決めてもらわねばなるまい」

と告げてきた。

その夜、季蔵は三吉に塩梅屋を任せて烏谷と骨董屋逸品堂の隠居所を訪ねた。二人はすぐに隣接している土蔵へと案内された。季蔵はこの流れは佐賀藩下屋敷を訪れた時に似ていると感じた。

土蔵には小さく瘦せた老人が待ち受けていて、

「ご覧になりたいとおっしゃったものをお見せいたしましょう」

立ち上がって土蔵の隅に置かれている大きな屛風を取り除けた。

そこには幾本もの枝がにょきにょきと突き出している、低木があった。その様子は木というよりも木によく似た生きもののようにも見えた。桜色が輝いている。

——木に似て非なる形はやや奇怪だが色は何とも美しい。艶やかで穏和な桃源郷の雲の色のようではないか？——

季蔵はため息が出た。

「これらが珊瑚の大元なのか？」

烏谷は訊いた。

「このような姿で海深くにあるのだと聞いております。ただし、どうかどこの海とまではお訊きにならないでください。そのお約束でお見せしています」

相手は声を震わせ、固い表情で応えた。

「わかっている。しかしな――」

烏谷はからからと笑って、

「小腹が空いてきたゆえ、こちらのけんぴで茶が飲みたくなった」

よく光る目を相手に向けた。

「そ、そのような菓子はうちには――」

言いかけた隠居に、

「ないとはいわせぬぞ。だが、けんぴが菓子とはよく知っているものよな」

烏谷は言い切り、

「なに、わしたちはここで珊瑚など見てはおらぬ。ただむし暑い夜の酔狂に涼しい土蔵でけんぴと茶を馳走になりたいだけよ」

烏谷はまた笑った。

この後、けんぴが冷茶と共に振舞われた。けんぴは堅干と書く。その名の通りにしっかりと歯ごたえのある堅さに次いで素朴な甘味が口いっぱいに広がる。

「冷茶に合うけんぴ、よき土佐名物よな。時に土佐の海は珊瑚の桜色に染まるのやもしれぬな。いやいや、土佐沖でとれる珊瑚の話などしてはいない。ただ海の夕焼けの話をしているだけだ——」

烏谷は青ざめきっている隠居を尻目に言い、がりがりと音を立ててけんぴを頬張った。

八

季蔵は長次郎が遺した日記に以下のようにあったのを思い出していた。印象深かったせいで全文を覚えていた。

けんぴのことは江戸詰めの土佐のお侍から聞いた。菓子好きなお侍はけんぴに詳しかった。話は以下のようなものであった。

これは小麦粉を使った干菓子の堅干が元祖である。初代藩主山内一豊様が土佐に入国した時から、御用商人として仕えてきた老舗菓子屋で売られているという。

この御用商人は当初は主に素麺を藩に献上していたが、〝殿様を喜ばせる新しい味わいを〟と白髪素麺と麩の製法から案を得てけんぴを作り出したのだそうだ。それが小麦粉に砂糖と少量の卵を加えて練った生地を、細切りにして窯で焼き上げたもの、けんぴである。

この菓子を一豊様もいたく喜ばれ、御家来衆も好んだこともあって、事あるごとに藩からの注文が入り、とうとう御用商人は菓子屋を専業とするに到ったのだという。何とけんぴの大元は殿様の菓子であったのだ。そのため老舗菓子屋のある場所は、殿様の参勤交代や遊覧の際には宿泊地にもなっていた。もちろん代々の土佐藩主ができたてのけんぴの献上を受けて、真っ先に賞味するためである。

――まさにけんぴは土佐藩そのものと言っていい――

一方、烏谷は二人が腰を上げるのを待ちかねている隠居の前でまだ粘った。

「実はこの守り札は山田浅右衛門のところの高弟長江与八郎の物だ。長江は昨晩何者かに命を奪われた。その際、ここにいる季蔵はこの守り札だけではなく、『丸に土佐柏』が刻まれた煙草入れを拾ったという」

――根も葉もない偽りではないか――

季蔵は呆れた。

「そうそう。『丸に土佐柏』は一豊様のお父上に由来する。お父上は戦の途中、鎧の背にさして目印にした小旗が失われたため、代わりに近くにあった柏の枝をさして戦って勝利したという。そもそも柏は神木ではあるが孝行心のなせる良き話よ。そち、もちろんこれも存じておろうな」

　隠居は重なる烏谷の言葉にぶるぶると全身を震わせながらも、

「ま、まことにございますか？」

　念を押した。

「はて、それは山田の家に土佐から届いた鰹節であったかもしれぬな。そちのところに常にけんぴがあるように――、土佐は名品が多いところよな」

　さらに烏谷は謎めいた言葉を吐いた後、

「この守り札、今宵一晩は番屋で預かって明日にでも大目付様にお見せしなければと思っている。まこと珊瑚ならばこれらが新種の胡渡りかどうかを詳しく調べねばならぬ。胡渡りでないとなればどこから来たか、これは大問題だ。まさかとは思うが、そのまさかが当たっていれば言わずもがなだからな」

　やや声を張った。

　――波打ち際に流れ着く珊瑚をご禁制にして久しい土佐藩が、主君徳川家への献上品であるその珊瑚を幕府に秘して売っていたことになる――

　季蔵は身震いした。

　――そうだとすればこれはたしかに大問題だ――

「それではそろそろ――」

桜色の桜とウサギが嵌めこまれた守り札を片袖に戻して烏谷は立ち上がり、季蔵はそれに続いた。蔵を出て歩き始めると、

「さあ、今夜は番屋で夜明かしだ。碁（ご）でも打って過ごすとするか」

番屋の板敷に上って季蔵を向かい側に座らせ、碁盤の目を睨んでいた烏谷は、

「腹が空いて眠くなった。眠らぬようにするには腹を満たさねばならぬ。そうだな？」

と言った。

「いえ、腹が満ちている方が眠くなるはずです」

それが普通ですという言葉を呑み込んだ季蔵に、

「わしはそうは思わぬ。腹が満ちればぱっちりと目が開く」

烏谷はふふふと笑って、

「よし、これでも食うとするか」

懐から紙包みを取り出して開いた。

「丸房露（まるぼうろ）という。寛永（かんえい）年間（一六二四から四四年）に作られた佐賀の菓子よ。斉正（なりまさ）様よりお届けいただいた。おもと殺しの下手人がまだ見つからぬゆえ、労（ねぎら）いをこめて早

く何とかせよとの催促なのだろう」

そう言って烏谷は平たく丸い茶托ほどの大きさのきつね色に焼けた菓子を頬張った。

「そちも食うておくがよい。腹が満ちておらぬと力が出ぬぞ」

烏谷が差し出した丸房露を季蔵は口にした。

「先ほどのけんぴとは異なりふんわり、しっとりとした食感で、蜂蜜の甘い香りがたまりません。そして噛むと小麦粉らしい香ばしい風味がいたします。たいそう磨きがかけられた珍しい菓子ですね」

——嘉月屋の嘉助さんが知ったら何とかして作り出して市中に売り出そうとするだろうな——

「そういえばカステーラに似て非なるものですね」

季蔵は丸房露評を重ねずにはいられなかった。

「斉正様のご説明によれば房露とはボーロ、葡萄牙語でケイクを主とする菓子の総称だそうだ。この丸房露を作っている佐賀の老舗菓子屋ではカステーラも作っていると伺った」

「拵えるのはさぞかし難しいのでしょうね」

季蔵もまた嘉月屋嘉助同様、食べ物についての好奇心は抑えきれない。

「丸房露の材料は、小麦、卵、砂糖、そして蜂蜜なのだと伺った。それだけに材料の選定や作り方でその味わいはがらりと変わってしまうのだそうだ」

と烏谷は続けた。

――材料だけわかっていても拵えることはできない――

やや落胆していると、

「それにしても土佐のけんぴ、佐賀の丸房露、こうも殿様菓子同士で違いがあるのは国柄であろうな。けんぴは美味いが、ありふれた民たちの笑顔、丸房露からは出島（でじま）の気取った阿蘭陀（オランダ）人たちの八つ時が見える。同じ外様（とざま）でも土佐は伊達（だて）藩同様生粋の外様だが、佐賀の方は斉正様が徳川の姫君を御正室に迎えたことでも明らかなように、何かと願い出て幕府とよしみを通じてきた外様だ。仮に土佐で丸房露のような南蛮菓子が作られていたとしたら、どんな嫌疑がかけられたかしれたものではない。今から百年以上前であったら取り潰されていたかもしれぬぞ」

烏谷は菓子を離れて土佐と佐賀の話をはじめた。

「だといたしますと、かるかんはどうなのでございましょう」

季蔵はその話に興味を引かれたが、

「今、かるかんの話はしておらぬのだがな」

烏谷は惚(とぼ)けて見せた。

「それでは薩摩はどうかと言い直しましょう」

季蔵は真顔でいる。

「あそこはもうよしみもよしみ、幕府も一目置く外様の長よ。家斉様の御正室は薩摩の姫君なのだからな」

烏谷は応えたが、それ以上は一言も言うまいと唇をへの字に引き結んだが、

「それだけよしみを通じていて、なにゆえ大倉主税様を薩摩の手勢が狙(ねら)ったのです？」

季蔵は追及を止めなかった。

「それはおいおいわかる」

そう言っただけで、烏谷は黙々と丸房露を食べ続けるばかりであった。

この時季蔵の耳が六間（約十メートル）ほど先の足音を聴き当てた。数人は居る。

「お奉行様」

季蔵は烏谷に囁(ささや)いた。

頷いた烏谷は行燈(あんどん)の火を吹き消すと、ひょいと守り札の入った手文庫を手に持ち、意外な素早さで奥の部屋の襖(ふすま)を開けて身を隠した。

――やはり、そういうことか――

　やがて入り乱れた足音が腰高(こしだか)障子の前で止まった。

――忍びではないな――

　忍びであれば足音が入り乱れることもなければ、季蔵の優れた耳をもってしても足音を聞き取れぬこともあった。

「暗い」

「番太郎は眠ったのだろう」

「これなら大丈夫だ」

「かの守り札は？」

「番屋では預かりものを手文庫に入れておくと聞いた。板敷の手文庫を探せばきっとある」

　さまざまな声が聞こえて腰高障子が開けられた。

　季蔵は暗闇(くらやみ)の中で身構えている。

――お奉行には守り札を盗みに来る相手の見当がついていて、あの隠居もろともに罠(わな)を仕掛けたのだ――

　足音が番屋の土間を歩いて近づいてきた。すでに季蔵は土間へと下りて柱の陰に隠れている。

――刀を帯びている、手練れだ――

気配でそう分かったとたん、

「あそこだ」

男の一人が手にしていた提灯を板敷の方へ向けるべく、自身の顔の近くまで持ち上げた。

九

――この男は――

奇しくも提灯が照らし出した男はまぎれもなく今朝、金銀屋近くのしだれ柳の下まで長江与八郎の骸を引き取りにきた、長江と並ぶ高弟であった。その時一緒に来た弟子たちの姿も見える。

――なるほど、できるはずだ。しかし――

季蔵は、山田家の弟子たちが皆頭に被りものをしている様子を見て、

――なるほど。真面目に盗っ人の真似をしたのだな――

この時でなければ吹き出していたかもしれない。

男たちは板敷へ草履のまま上がろうとした。すると、

「控えおろう」

襖を開けて烏谷が現れた。手文庫をぶら下げている。

季蔵は悟られないように連中の後ろに回った。大倉を助けて以来、ああいう思いがけないこともあるからと常に片袖に小石を幾つか入れている。小石の方が草履よりも戦力にはなる。ただし手探りで数えた石の数は四個である。石を投げたことに気づいた仲間が斬りかかってくる隙を与えずに、次々に刀にかけた利き手をねらうつもりでいた。しかし相手は五人いる。一人でも狙いが外れればたちまち殺されてなますにされてしまう。

――こんなことで捨てる命は無駄だ――

片手に握った石がぬるぬると汗で濡れかけてきて、

「探したいものはここに入っておるぞ」

烏谷は大きな声で告げた。

「おお、それか」

高弟の後ろにいた若い弟子が烏谷に飛びかかろうと一歩踏み出しかけた。

「いかん」

高弟が制して、

「お奉行様がおいでになるとは露ほども存じませんでした。このような折のご無礼どうかお許しください」

被り物を取ると他の者たちも倣(なら)った。

「なにゆえ、盗っ人の真似などするのか？」

烏谷は詰問した。

「あの守り札があれば長江殿のいい供養になると思ったのです」

相手は伏し目がちに応えた。

「ここに守り札があることを誰から聞いた？」

「それは、そればかりは——どうかお許しください。この通りです」

高弟は土間に座って平たくなった。

「そちたちの師山田浅右衛門に会わせてくれれば悪いようにしない。真(まこと)だ。この烏谷椋十郎、嘘と坊主は虫唾(むしず)が走るほど嫌いなのだ」

これを聞いてしばらく考え込んでいた高弟は、

「わかりました。師山田浅右衛門の元へお連れいたします。あなた様はお奉行様、山田家もそれがしたちも刀を帯びていてもただの浪人、命に従うほかはございませんから」

と言い、土間から表へと向かった。

季蔵が烏谷に付き従うと、

「この者は？」

たちまち高弟は目を光らせたが、

「そちら式にいえばわしの弟子だ。長江殿は知っておったが、そちたちもよろしく頼むぞ」

烏谷は如才なく躱した。

こうして烏谷と季蔵は浅右衛門の屋敷門の前に立ち、高弟が事の次第を報せに行ってしばらくしてから、二人は主が待つきも蔵の隣の茶室へと招き入れられた。

「この茶室は別棟なのですが、やはりきも蔵が近いので臭います。話が話でございますから、こんなところしかなくて申しわけございません」

浅右衛門の疲れた顔はすっかり老けた印象であった。

「問いはわしの弟子にさせたいと思っている。よろしいか？」

烏谷の有無を言わせぬ物言いに、

「結構でございます。この山田浅右衛門、何一つ、後ろ指をさされることはいたしておりませんので、逃げも隠れもいたしません」

浅右衛門は毅然と応えた。

「では」

促されて季蔵は思うところを訊いていった。

「先ほど生じた疑問からお訊ねします。お弟子さんたちはどうして番屋に盗みに入られたのですか？」

「それは――」

浅右衛門は早速口籠った。

――こんなことでは埒があかない――

季蔵は問いを変えた。

「あなたは骨董屋逸品堂のご隠居と懇意にされてますね」

「ええ。年代物の名刀の鑑定は骨董屋さんから頼まれることが多々ありますので。逸品堂さんもそんな骨董屋さんの一軒です」

「おつきあいがあったと認めるのですね。だとしたらあの骨董屋のご隠居が長江様の守り札に変わり珊瑚の象眼細工があったこと、今宵は番屋に預けられていることをあなたに報せてもおかしくはありません。あなたにとって逸品堂さんは骨董屋の一軒にすぎぬどころか、たいそう懇意だったのでは？　違いますか？」

季蔵はそこで一度言葉を止め、

「あなたのお弟子さんたちが、盗っ人まがいのことを企ててお奉行やわたしと遭遇したのが何よりの証です」

止めを刺した。

「先生は関係ありません。それはそれがしたちが勝手にしたことです。先生にはまったく関わりのないことです。どうか盗っ人としてお縄にしてください」

高弟は両手を合わせて前に出し、俯いた。徒党を組んで番屋に侵入してきた連中も倣った。

「もう、よい」

浅右衛門はぴしゃりと言って、

「お察しの通り、わたしどもは逸品堂さんとは胡渡り珊瑚の仲間です。胡渡りは交易で買い付けられる赤珊瑚のことですが、わたしたちにとってはそうではなく、土佐沖や奄美、五島の海で獲れる珊瑚の原木を密かに南蛮人や清国人に売りさばく役目の一端を担う仲間のことです。まさか日の本珊瑚仲間とは称せませんからね」

切り出した。

「土佐、奄美、五島の海で胡渡りとは異なる美しい色合いの珊瑚が獲れます。当初これは全て幕府に献上するよう決められていたそうです。献上品ゆえ公方様の御正室をはじめとする大奥の御女中の髷や道具を飾り、大名家への拝領品や側近への下賜のみに限られて用いられたことでしょう。まさに門外不出のお宝珊瑚です。ところがいつの頃からか、幕府が窮状に陥るとこうして配るのではなく、幕政に役立てようと考えなさるようになり、密かに日の本珊瑚を交易で売れというお達しが出て、土佐、薩摩との取り分をめぐる取り交わしができました。わたしや逸品堂さんのお役目は、あくまでも江戸へ集められる献上品珊瑚の管理なのです。鎖国をしていて交易の相手を定めている幕府にとって、表向き珊瑚はあくまで献上品であらねばならず、それゆえ交易に用いては大義名分が立ちません。それでこうして手間をかけてその事実を秘しているのです。ご公儀に対してわたしたちに後ろ暗いものは何もありません」

「もしや、長江様がおっしゃっていた山田家の向こうを張っているという骸屋とは、管理している原木を夜更けに相手に引き渡すための方便ではありませんか？」

季蔵はなおも追及した。

「そうです。このところ市中の夜が賑やかになりました。本来の骸集めではなく、それを装って原木を運んでいましたが、時には酒に酔ったごろつきたちから因縁をつけられることが増えてきました。しかし浪人の身分である我らに刀は抜けません。それで長江が恰好の方便を考えだしてあちこちに噂を流したのです。これも山田家と幕府を守るためでした」

「長江様が日の本珊瑚の象眼細工を施した守り札をお持ちのことはご存じでしたか？」

季蔵は訊かずにはいられなかった。

「それは――」

言葉に詰まった浅右衛門の代わりに、

「長江様が勝手に使って守り札にしたのです」

またしても高弟が言い募ったので、

「長江様が磨かれていない原木を勝手に切り出すことなど不可能です。切り出して磨いた珊瑚の欠片をあのように細工するのは技が要りますから。市中中の象眼職人を当たれば頼み主がわかるはずです」

季蔵はやや声を荒らげ、一方、覚悟を決めた浅右衛門は、

「あれはわたしが拝したものを長江に与えました。拝したのはすでに綺麗に磨かれた小さな日の本珊瑚でした。あまりに美しかったので長江は自分の干支にちなんでウサギの守り札にしたのでしょう。一度与えたものですし、長江があのような目に遭うことと同様、そこまではわたしも考えつきませんでした。人斬りも人胆丸作りも我が家の

家業ですが、原木預かり、引き渡しもまた、有徳院（徳川吉宗）様以降脈々と続くお役目でした。代々の浅右衛門は鑑定や首斬りをこなす唯一無二の手練れであることよりも、こちらのお役目をつつがなく果たすことの方が大事なのです。このお役目の遂行の上に従来の家業の存続が許されてきたわけですから、たまたまわたしは父の浅右衛門を名乗ることが叶いましたが、向こう気と正義感ばかり強く、物事の表裏にも通じられないわたしの息子ではとても務まりません。それで次の浅右衛門を誰にするか決めかねていた時、利のない、時に危険なこの山田家の闇のような仲介仕事を買って出てくれたのが長江与八郎でした。長江は古株で、人望もそこそこはありましたので、わたしの心は決まりました。以来わたしはこのお役目の全てを長江に譲ったのです」

淡々と真実を告げた。

「免れられない大事なお役目とご心労のほどよくわかりました」

と相手に同調してから、

「最後にどうしてもお訊きしたいことがございます。骸屋と偽って夜更けて預かっていた原木を引き渡していた相手とは誰なのです？」

季蔵は思い切って訊いたが、

「それだけは口が腐っても申し上げられません」

浅右衛門は押し黙ってしまった。

十

浅右衛門の屋敷を出た烏谷は塩梅屋の方角へと歩いていく。季蔵も後に従う。

「不可解なことは長次郎に訊けだ。仏の身なればこの世のどのような不可解でも見通せるかもしれぬぞ」

二人は仏壇のある離れに入った。常のように灯り(あか)を点し(とも)線香をあげて手を合わせ、向かい合った。

「一つ、気になっていることがございます」

「申せ」

「浅右衛門様はこの市中にはお上の命により日の本珊瑚を預かる家々があると話してくれました。そして長江様は山田家でそのお役目をつとめていたと。だとしますとお仲間はあの骨董屋のご隠居以外にもいるのでは？　わたしは長江様が殺されていた場所近くの金銀屋が気にかかります。物乞いの娘に口利きできたのは親しかった証でしょう？」

「なるほど。たしかに金銀屋の女主も不思議な死に方をしている——」

うーむと烏谷は腕組みした。

「この短い間に立て続いたことを順を追って整理してみましょう」

季蔵は筆をとって紙に記していった。

一、季蔵が佐賀藩のおもと様のお相手を任される。
一、金銀屋女主妙(たえ)の死　当初誤って堤から落ち、石に頭をぶつけて死んだとされる。
一、おもと様、涼み船より行方知れずになる。桜色の日の本珊瑚の存在と亡き大殿に関わりがあるのではないかと鍋島(なべしま)斉正様が案じる。
一、なぜか、瑠璃の世話人お紀代(きよ)がお妙殺しの下手人にされかかり、分に合わない揚がり座敷に囚われる。
一、大倉主税、薩摩者に襲われる。薩摩者自害。季蔵、頼まれるままに〝鳥刺し〟と〝とんこつ〟を拵えて薩摩屋敷に届ける。
一、おもと様の骸見つかる。明らかな殺し。おもと様が髷に挿していたという珊瑚で沢山の桜を模した、びらびら簪がなかった。いったい誰が持ち去ったのか？　高価なだけではないのでは？
一、長江与八郎、正面から刺し殺されて見つかる。防御の後も斬り合った様子も共になし。季蔵、袴の裾から桜色の珊瑚が嵌められた守り札を見つける。

一、これを見た烏谷は以前、相談を持ちかけられた骨董屋に見せて、蔵に隠してあった二種の原木を確かめる。

一、烏谷の巧みな誘導により山田家の弟子たちが番屋に守り札盗みに入り、烏谷が一喝。山田家の主にして師山田浅右衛門、長江与八郎と守り札の珊瑚について語る。

「たしかにこうして書き記してみると、そちには不可思議なことばかりに思えるだろうな」

烏谷は他人事のように言った。

「お奉行様にはおわかりのようです。わからぬことをお話しいただけますか？」

「まあ、多少は応えられるだろう」

「わたしがおもと様のお相手に選ばれたのはおもと様の生い立ちを知ってのことですね」

「あの女が元一膳飯屋の養女だったことは知っていた。それで昔のように市中に戻って暮らせばよいと思ったまでのこと。そのように導くにはそちが適任だ。それとこれは暗に斉正様に頼まれていたことなのだが、父君斉直様の多くのご側室方にはとっくに暇が出されている。おもとだけ特別では恨みを買いかねないし、生涯、藩でめんどうを見るのは正直金が嵩みすぎるというのが、倹約をもって海防となすという斉正様のお考えであった。これにわしも得心した」

「金銀屋の女主の死を誤りと不運によるものとして、あっさりと南町に渡した理由は？　すでにそこでもう、日の本珊瑚に金銀屋が関わっているとわかっておられたからですか？」

「女主妙が死ぬと大倉主税が訪れてすぐにその話をわしにした。考えてみれば金銀屋が日の本珊瑚に関わっていて少しも不思議はないのだ」

　そこで烏谷は別の紙に以下のように書いた。

日の本珊瑚預かり処

・山田浅右衛門

・骨董屋逸品堂

・おそらく金銀屋

「これらはどれも有徳院様の治世に一万石の大名をも超えるという浅右衛門を筆頭に相当な財を築いておる。浅右衛門は有徳院様の時なら幕臣になることを許されたであろうという見方もあるが、わしはそうは思わない。幕命の鎖国政策に忠誠を誓っているはずの幕臣が、他国へ売ろうとしている日の本珊瑚を預かることなどできぬ相談だ。そして、これほどの大きな秘密はなかなかあるものではない。有徳院様が中興の祖と崇められるほどの善政を行うことができたのも、おそらく気の遠くなるような大枚を得るための布石を敷いたゆえであろう。何をなすにも元手の金がなければ何も進まぬからな」

烏谷の説明はさらに続いた。

「大倉主税のかの噂を大目付様から耳打ちされていたわしは、噂が真ならばこれは敵か味方かをまず見極めばならぬと思った。それで奴の近づきに応じて話を聞いた。中身はまあ、わたしがそちに話したようなもの、ようは秘しての交易の折、幕府に伝える量よりも多く日の本珊瑚を売り、その分をそっくり藩の財布におさめてしまうというやり方だ。幕府は密かに密貿易をさせている。その密貿易で藩が得る金子は雀の涙ほどだ。ゆえにいつの頃からか、藩政を救うために珊瑚を海に持つ藩では幕府との約束事とは別にこれを売るようになった。もちろん幕府には余剰に獲れた珊瑚のことなど明かさない。幕府の方でも疑問は抱いているものの、これもいわば役得の一環と見なすようになった。幕府自身が財政難に苦しむようになってからは尚更だろう。如何なる高邁な理想も幕政改革、藩政改革も財源がなくてはただの念仏にすぎない。民に倹約を強いたとて食欲、色欲、物欲、知識欲等生きるためにある人の欲は制することなどできはしないのだから」

ここまで話して烏谷はからからと笑った。

「大倉様はこうしたお奉行のお考えに賛同なされたのですね」

季蔵の問いに、

「まあ、今回はというところだろう。わしが大名家、武家の名家、大金持ちの大店について知り得ているのは今の大目付様からのお話と地獄耳、千里眼で得た断片にすぎない。断片ではつながらぬ。一方の大倉は身体を張りつつ得た大名家、名家の奥の奥深く、奥の奥のまたその奥でのつながりも見渡せている。こればかりは敵わぬ。そこでわしは互いに知り得ていることをやり取りして、日の本珊瑚密貿易の絡繰りに関わって一儲けならぬ、土佐や佐賀から絞り取り続けようとする輩を一掃しようと持ちかけた。大倉は願ってもないことだと言って乗ってきた」

「それで当初は事件を殺しとせず、南に預けて様子を見たのですか？」

「その通りだ。わしは金銀屋のお妙があのように死んだと聞いてぴんと来た。骨董屋逸品堂が日の本珊瑚を預かる幕命を受けていることは見当がついていた。ずっと以前、相談と称してこのわしを呼んで丁重にもてなし、わざわざ見せなくてもいい珊瑚の原木を見せた時、これは何かの弾みでこの預かりが発覚した折には、わしに庇い立てしてほしいという意味だと心得た。わしも見てしまっていては同罪になるゆえ、なかなか心憎い相談よな。わしもその時そちが訊いたように〝原木は場所をとる大きさ、預かりのお役目はお一人ではありますまい〟と問い、相手は〝それはもちろんでございます。古くて大きな蔵と上様への変わらぬ忠誠心が続いていて、権現様の頃に武士から町人に変わった者たちでないと――。商人ならば大店にして金子を扱う老舗中の老舗、浪人であれば――〟とそこで言葉を止めた、それでわたしは預かり処のもう一軒は両替屋の金銀屋と確信した。権現様の江戸開府の折に呼び寄せられた三河者たちのうち、これほどの財をなしている者は他にはいなかったからだ」

「それで浅右衛門の高弟長江与八郎が殺された時、骨董屋のご隠居にあのようなお話をされたのですね」

「あの時の隠居の言葉、〝浪人であれば――〟の後に続く名にやっと見当がついた。だが絶対の確信はなかった。それであんな芝居を打ったのだ」

「薩摩者が大倉様を仕留めようとしたのもわざとの挑発だったのですか？」

季蔵は日の本珊瑚密売に関して薩摩藩が果たしている役割を知りたかった。

「薩摩に油断という言葉はない。この市中での珊瑚預かりの一人である金銀屋のお妙の死の調べに不審を抱き、神酒吟味役として密かにその名を知られている大倉主税が、あの若さで南町奉行所の年番与力に任じられた事実が気にかかった。念のため潰しておくに越したことはないと思い立ったのだろう。場所は違えど、送り出しても送り出しても隠密たちが薩摩の藩境で惨殺されて帰らないのとほぼ同じだが、それが薩摩流なのだろう。自害した薩摩者についても知らぬ存ぜぬでその骸も引き取らず、よもや家族が居たとしても戻されることはない。この冷酷さにはさすがの大倉もさぞかし慌てたのだろうな」

「それでわたしに〝鳥刺し〟と〝とんこつ〟を拵えて届けよとおっしゃったのですね。決して敵には廻らぬという証に」

十一

「我らと大名家とのやりとりは、かくも複雑でいわば互いに魑魅魍魎を相手どっているに等しいということだ」

「〝鳥刺し〟と〝とんこつ〟で金銀屋の女主殺しと我らに関わりがないこと、今更、日の本珊瑚にまつわる、秘してきた藩益の詳細を追及する気など毛頭ないことを示されたのですね」

「そうだ、何しろ〝鳥刺し〟も〝とんこつ〟も薩摩ならではのもてなし料理ゆえな。自害して今頃、山田のところの人胆丸になっているだろう奴には気の毒だが、薩摩にとっては逸（はや）った虫が殺された程度のものだろう、それを見事に美味く作って届けて〝われらは供に円満であるはずだ〟と示したのだ」

「おもと様はいったい誰にあのような目に遭わされたのでしょうか？　もしやあの薩摩の者ですか？」

「それはわからぬ」

実はやはり佐賀藩の意向ではないかという疑念を季蔵は捨てきれなかった。

――おもと様は身につけていたこともあって、日の本珊瑚について知っていた。市井で生き直してもこの事実を忘れることはないだろう。口止めしたとしても弾みということもあり心配は残る。しかし、この生き証人さえ殺してしまえば亡き父上斉直様の禁制品横領の罪は未来永劫（えいごう）、佐賀藩下屋敷のあの蔵の畳を上げなければ永遠に見つけられることはないのだから――

察した烏谷は、

「ただしこれは言える。おもとは日の本珊瑚を身につけていただけではなかった。斉正様も与り(あずか)しれぬお役目、日の本珊瑚に関わって斉直様の手伝いをしていたとしたらどうだ？　下屋敷留守居役に調べさせたがおもとは月に一度は宿下がりをしている。帰る養家もないというのな。おかしいであろうが。おもとが邪魔だったのは何も佐賀藩だけではない。ご禁制の日の本珊瑚売りを通じて危ない仲間と知り合っていた可能性は大きい。だからまだわからぬと応えたのだ」

推量を口にした。

「是非ともそちに頼みたいことがある」

烏谷はにこにこと笑っている。

「何でございましょうか」

季蔵は緊張した。

——このにこにこ笑いがくせ者だ——

「薩摩には大倉が彼の地の料理を届けたゆえ、今度はわしの番だ。何もかも押しつけては申し訳ないゆえな」

少しも申し訳ないなどと思っていない傲岸(ごうがん)さで、

「高家の隠れ仕事の達人に負けてはならぬからな。今回はわしがすぐに土佐藩邸に料理を届ける」

本音を洩らした。

──なるほど文や言葉を使わぬこのようなやり方も隠れ仕事の裡なのだな──

得心した季蔵は、

「土佐のもてなし料理ならば皿鉢料理でございましょう」

納戸から先代の日記を取り出して皿鉢料理について書かれている箇所を見つけた。

土佐の皿鉢とは料理の名ではなく長崎のしっぽく同様形式を表す名である。大勢が箸を伸ばして大きめの皿や鉢に盛られた料理を食する。大きな皿鉢に盛られる料理の種類はさまざまである。鰹のたたき等の旬の生ものの皿鉢、蒸し鯛、姿ずし、巻きずし、組物と呼ばれる煮物、和え物、揚げ物、甘い物、果物などを盛りつけた皿鉢、そうめん、ぜんざいといった一品盛りの皿鉢がある。皿鉢料理の別称は〝おきゃく〟で、その皿鉢数が多いほど、また、皿や鉢に伊万里や九谷、有田焼などの高価な大皿を取り揃えられるほど格式が高いとされた。

「土佐では当たり前かもしれませんけど、支度が大変です」

ふと季蔵が洩らすと、

「そうでもない」

烏谷はそう言ってまた紙に以下のように書いた。

・お鼻わた
・こけらずし
・花もち

「〝こけらずし〟と〝花もち〟は何とか意味がわかりますが、〝鼻わた〟だけはどうにも――」

季蔵が頭を抱えると、

「なに、わたとはその名の通り、魚の肝よ」

烏谷はしらっと告げた。

「魚の肝の料理ですか――」

季蔵に思い当たるのはボラで拵えるからすみ、または塩漬けした後、糠漬け（ぬかづけ）することで毒抜きをして味わうフグの卵巣という珍味中の珍味であった。

——どれも時がかかる。すぐにはできない——

季蔵が言葉に窮していると、

「言っておくがまぐれに獲れるクジラの肝などではないぞ。市中では犬どころか、猫もまたいで食わぬと言われておる——」

「マグロの肝でございましょうか」

「左様。これが土佐では沢山とれる。しかも最も味のいいクロマグロだ。大きなクロマグロの肝はすこぶる美味い」

「お奉行様は味わわれたことがおありなのですね」

「まあな。クロマグロは土佐だけではなく、駿河(するが)の海でも獲れるようになったと土佐藩邸の連中は大喜びしておったわ」

「ということは駿河の海から取り寄せることができるのですね」

「わしを誰だと思うておる？　取り寄せ方はちゃんと押さえてある。こちらの入手はわしに任せろ。こけらずし、花もちに用いる材料も届ける。そちは料理に専念してくれ」

烏谷は真顔で告げ、帰って行った。

〝こけらずし〟、〝花もち〟については長次郎が作り方を書いていた。

こけらずし

これにはまず石臼の用意が要る。独自に作られている押し抜き型も必要になる。この押し抜き型は五合、一升、二升、三升、五升の別があって、客の数によって選ぶ。飯が炊き上がる頃に、釜の飯に、おろしてある鯖の骨付きの身を載せる。飯の炊き上がりと同時に鯖をとり身をほぐして酢につける。この身は絞ってから取り出す。酢は濁って鯖の出汁が出ている。これを〝酢を濁す〟と土佐では言い、彼の地でのすし飯の味付けは必ずこの魚酢であるという。

押し抜き型に一寸（約三センチ）の厚さにすし飯を詰め、上に卵焼き、高野豆腐の甘煮、ひじき、紅色に着色した緋のり等で好きな模様を描き板を載せる。

ここまでは長次郎の日記にあった通りに運べたが、烏谷から届いた材料には、やはり大倉の時のように料理についての添え書きがついていた。それには以下のようにあった。

〝こけらずし〟と〝花もち〟の模様は丸三葉柏紋(まるにみつばかしわもん)、山内家のものであるように。

その指示に従って季蔵は卵焼きと緋のりを敷き詰めた飯の上に主に高野豆腐の甘煮を薄く切って集めて丸を作り、ひじきの黒で丸三葉柏紋を拵えた。

再び長次郎の日記通りに進めた。

これを三段から五段に重ね、木の蓋をして石臼で重石(おもし)をする。翌日になったら取り出して棒状に切り、土産(みやげ)用にはこのまま使い、皿鉢に盛る場合はとんとんと叩(たた)き切る。

次に〝花もち〟なのだが、長次郎の〝花もち〟についての書き置きはそう多くない。

花もち

土佐の盆と法事には欠かせぬものだという。祭壇に団子とは別にこの〝花もち〟を供える。〝花もち〟は餡(あん)入りの糯粉(もちこ)の蒸し餅(もち)である。粉を色粉で染め、花等を形取った上に綺麗な図柄を描いて蒸し上げ、椿の葉に載せる。祭壇を美しくも食べられる餅で飾るためであるという。配り物にするので、どこの家でもより美しく華やかにと競い合うとのことである。

「こいつはまいった」

考え込んでしまった季蔵に、

「あんこの入った綺麗な花型の餅だってむずかしいのに、その上に家紋なんてたいへんすぎるよ」

見かねた三吉が名案を思いついた。

「嘉月屋の嘉助旦那だよ。こんな時の旦那じゃないか。おいらに任せて」

こうして三吉は花もちの材料と丸三葉柏紋の書かれた紙を手にして飛び出して行った。

そして翌朝には嘉月屋の奉公人が椿の花を形どった白餡の上に、〝丸三葉柏〟の紋を焼きごてで当てた薄桃色の花もちを届けてきた。こちらが材料と一緒に届けた椿の葉の上に載せられているので、まるで〝丸三葉柏紋〟の椿が咲いているように見えた。

十二

仕込んだ〝こけらずし〟が出来上がり、〝花もち〟を咲かせた翌朝、烏谷からクロマグロの肝が届いた。添えられていた文には以下のようにあった。

御生地駿府で獲れるオキツダイ（甘鯛）が大好物だった家康公の頃から、駿河湾から江戸へと獲れたての魚を運ぶ専用のお上船がある。近年獲れるようになったこのクロマグロをその船で運ばせた。

本来マグロは足が速く、肝ともなれば猶更傷みやすい。土佐藩邸の連中が食している故郷の味のクロマグロはお上船で取り寄せるわけではないので、下拵えしたものを煮炊きして食していると聞いた。ならば新鮮な肝を刺身で味わうことができれば、どれほどの歓喜であろうかと想像させられる。

クロマグロの肝の刺身をよろしく頼む。ただしこれは肝ではなく正しくは胃の腑であるとわかった。胃の腑の下拵えには特別なやり方があるので、その旨は地獄耳を駆使して然るべき者から聞いて記した。別に添える。どうかよろしく頼む。

烏谷

季蔵殿

追伸

クロマグロの肝は魚体が大きいほど大きく美味いとされているらしい。幸運にも大きなクロマグロと大きな肝が手に入ってよかった。

「こっ、これを料理するの？」

店に出てきてクロマグロの肝、胃の腑を目にした三吉は仰天した。

「赤い化け物の塊、食べるって？」

目を白黒させている三吉に、

「食べ物の極意は見かけもあるがようは味だ」

季蔵は言い渡すと、早速添え書きに従って下拵えを始めた。

まずは表面についたぬめりや汚れをざっと洗い流す。水気を取った胃の腑を小盥（こだらい）に移し、多めの塩で揉（も）み洗いして完全にぬめりを落とし酒少々を振りかける。さらに絞り出すようにぬめりや臭みの因（もと）になる水気を取り除く。

「こいつ、塊っていうよりもずっしりした袋なんだね。袋お化け？」

三吉の言葉には応えず、季蔵は胃の腑についている寄生虫や薄膜や筋などを取り除いていく。その後また揉み洗いしてぬめりや臭みの因となる水気を絞り出す。

小盥の中に生臭いような濁って汚れた水が溜っていく。顔を近づけた三吉は、

「うわーっ、おいら勘弁」

即座に小盥から飛んで離れた。

季蔵は胃の腑を入れたまま小盥を井戸端へと運び、揉み洗いした後の胃の腑の表面についている、ぬめりや汚れが付着した塩を、流水を当ててつつさらに揉んで完全に落とした。

「この料理は揉みの絞り出し、洗い流しがそれこそ肝だな。臭みを取り除くための闘いだ」

季蔵は呟いた。

添え書きにはここからが本当の下拵えであると書かれている。下拵えは大鍋に水、塩少々、酒少々、皮ごと生姜の薄切りや葱の青い部分を入れて胃の腑を茹でると記してある。

茹でている途中、アクが浮いてきたらしっかりすくい取る。沸騰してから四半刻から半刻（約一時間）茹でる。時に幅があるのは硬さと関わってのことである。

硬めで容易に嚙み切れない食感をもとめる向きは短めで、歯切れのよい食感が好みなら長めがいい。また、この時胃の腑の表面が茹で汁から出ないようにするために紙を被せておくことが肝要だと書かれていた。

――表面が乾いてしまって茹で続けると硬さにばらつきが出てしまい、風味も悪くなるのだな――

なるほどと季蔵は思い、

――食べ慣れている土佐の人たちは強めで固めのコリッとした食感がおつなのでは？　ここは四半刻茹でたものと半刻のものの二種を作ろう――

四半刻経って一度取り出し、くるりと丸まったような様子の胃の腑を俎板の上に置き、そっと一片を切り取って食感を確かめてみた。ごりっと歯が立ってごりごりと嚙み締めて咀嚼した。

――悪くはないがこれでは酒の肴に限られる――

そこで茹で汁に戻しその後さらに茹でた半刻ものを試すと、

――コリコリとした食感や適度な歯ごたえがある。わたしの好みはこちらだ。これなら飯の菜にもなる――

茹で終えたらそのまま冷ますとあった。季蔵はしばらく井戸で保冷してから、刺身に造ることにした。

「今度もとにかく水気をしっかりと拭き取ることだ」

季蔵は冷めた頃合いを見計らって、茹で汁からあげて布巾で丁寧に水気を拭き取った胃の腑を俎板の上に置いた。特別な胃の腑の刺身なので幅が広すぎては嚙み切れない。季蔵は小指の爪ほどの幅で切って、土佐醤油なるものをかけ、もみじおろし、刻んだ葱を添えて仕上げた。

大根に鷹の爪を差し込んで摩り下ろすもみじおろしと土佐醤油は、すでに三吉に頼んであった。

「夏大根のもみじおろしは辛さがまたいいよね。あと土佐醤油は結構手間取るし深いんで驚いたよ」

添え書きにあった土佐醤油の拵え方は以下のようなものである。

鍋に同量の濃口醤油、煮切り味醂、酒を合わせて火にかける。沸騰しかける寸前のところで鰹の削り節を入れ、火を止めたときに酒で湿らせた布巾で表面の汚れを拭き取った昆布を入れる。これで昆布の旨味が足された深みのある極上の醤油味になる。

目笊に布巾を置き、丁寧に鍋の中身を濾し終えると土佐醤油が仕上がる。

こうして土佐藩邸に届ける料理は仕上がった。すでに烏谷にはでき上がりのおよその刻限を報せてあった。報せた刻限に烏谷が訪れた。

試し用に取り分けてあった〃クロマグロの肝の刺身〃〃こけらずし〃、〃花もち〃を味わうと、

「どれもよいできよな」

大満足で烏谷は目を細めた。

追って使いの者たちが訪れて、それらの料理を土佐藩邸まで運んで行った。

「お話がございます」

季蔵は切り出した。

「そう来るだろうと思っていた」

烏谷は塩梅屋を勝手口から出ていつもの水茶屋へと向かった。季蔵もついていく。

水茶屋の二階で向かい合った烏谷は、

「そちが訊きたいのはあの料理運びに何の意味があるのかということなのだろう？」

季蔵の趣旨を言い当てた。

「ええ、なにゆえ、薩摩への料理がもてなし料理で、土佐へのものは皿鉢料理ではないのかと疑問でした」

「まずは外様の力の違いから話そう。これは千代田（ちよだ）の城で大名たちが居並ぶ席順を言

うておるのではない。外様は薩摩も土佐も同じよ。だが力の違いはある。薩摩には大倉があのような目に遭いながらもてなし料理で、珊瑚に関わる密約の維持を示さなければならず、先方もそれが妥当と受け取るだろう。だが土佐はといえば、沖の海が珊瑚の宝になっていたとしても薩摩ほどの力はない。そんな土佐にもてなしの皿鉢料理は届けられない。あくまで下魚中の下魚であるまぐろのそれも肝の料理を届けて、身の程に合った密約の維持を伝えておく必要がある。力の差とはそういうものだ」

「〝クロマグロの肝の刺身〟についてはわかりました。〝こけらずし〟と〝花もち〟については何の意味が？　正直〝丸三葉柏紋〟の御指定には戸惑いました」

　季蔵の問いに、

「あれは藩主山内家への持ち上げよ。家紋一つで持ち上げられればたやすいものだ。身の程と報せつつも持ちつ持たれつではないかと持ち上げる。それが幕府の当世大名つきあいの一環よ。それとな、〝クロマグロの刺身〟だけではなく、〝こけらずし〟と〝花もち〟も室戸（むろと）でよく食されている土佐の田舎料理だ。そして室戸といえばちょくちょくお宝珊瑚が揚がるという漁港がある。土佐藩邸へのこの届け料理は幕府からの親愛と威風威信の両方を示すものでもある」

「持ちつ持たれつの密約を交わしているというのにどこに威風威信があるのです？」

「痩せても枯れても幕府と将軍様は国の要。取り締まると決めれば密約など無かったことにして藩を潰すことも、藩主を厳罰に処すこともできる。今もその手の威風威信だけはまだ残っている。威風威信は政には欠かせない」

――しかしようは大義名分、お上であることをかさに着ての脅しだ――

季蔵はそう思ったが口には出さなかった。

「それにわしは長江が殺されて駆け付けた山田家の連中にこそ、珊瑚密約話を浅右衛門に吐かせるために方便を言うたが、この殺しに土佐が関わっているとは寸分も思うていない。土佐も薩摩も幕府との密約を長きに渉って従順に守ってきた。だがこれは今までのことだ。金銀屋の女主妙が殺されたのはこうした密約に気づいて、我が利を得ようとするよからぬ輩が跋扈しはじめているからなのだ。いわゆる密約という弱みに乗じての悪行だ。許せぬ。そして悪党たちはこの市中にいる。それゆえぞ奴らが誰かを突き止めて、捕縛するのが将軍家のお膝元と徳川の世を守るわしたち、町方の務めなのだと大倉とも誓いあった」

烏谷は高揚した物言いで声を張った。

十三

――お上と諸大名方との絆には複雑な経緯や意味合いがあり、一本の主柱と何本もの支柱が相俟ってこの日の本に闘いのない歳月をもたらしてきたことは事実だ。だからお奉行の道理には一理はある。土佐藩邸に届けた〝クロマグロの肝の刺身〟等にも相応の意味はあったのだろう。だがわたしは市井や山地、漁港等で暮らす民たち全てに腹一杯鰹飯を食してもらいたい――

そんな季蔵の思いを察したのか、

「何か言いたいことがありそうだな」

烏谷は水を向けてきた。

「土佐は米が二度とれるところもあれば、米を買わねばならぬ場所もあると聞いています。室戸でマグロの胃の腑まで食するのは米が常に不足がちだからでしょう。このところは沢山獲れて安価な鰹で拵える鰹飯ぐらいは、分け隔てなく、日の本に住む者たち皆で食してほしいと思いました」

応えた季蔵に、

「ならばその鰹飯、まずはわしに作ってはくれぬか。わしも日の本の皆に入るゆえな。

「今晩に店に行く」

笑顔の烏谷は巧みにはぐらかした。

塩梅屋へ戻った季蔵は夕方訪れた客たちを送り出し、三吉を帰らせてから、残った鰹の刺身で鰹飯を拵えた。

鰹は小指の爪ほどの角に切り、生姜は千切りにする。これを醤油と酒を加えたタレに四半刻浸けて味を馴染ませる。米を研いで水加減し醤油と酒に漬けた鰹を加えて炊き上げる。鰹は独特の強い匂いがあるので、生姜は多めに入れて味付けはやや濃い目にした方が風味が引き出されて美味しい。

烏谷は夜四ツ（午後十時頃）を過ぎて訪れた。常のように袴や羽織を着けていない。白地の普段着の着流し姿である。粋（いき）好みのお涼が苧麻（ちょま）の糸で織った越後上布（えちごじょうふ）で仕立てたものだが、白地がますます巨体を際立たせていた。

「お涼さんのところにおいででしたか」

季蔵は悪夢の中で襲われる瑠璃の様子が気になっていた。

「そうだ。お涼がこのような文を奉行所まで届けてきたゆえ、一度お涼のところへ帰った」

烏谷は片袖からお涼からの文を出して季蔵に渡した。それには以下のように瑠璃のことが案じられていた。

瑠璃さんが熱を出しました。こんこんと眠るばかりです。いつものお医者様に来ていただきましたが、首を傾げられて〝どこがどう悪いとは見受けられませんが、強いていうのなら暑さ負けかもしれません。くれぐれも水が不足して気を失うことがないように〟とおっしゃられたので、涼しい場所に寝かせて団扇で扇ぎ続け、時折起こして白湯を飲んでもらっています。虎吉は不安そうに鳴くばかりで――。心配でなりません。どうしたものか――。

涼

旦那様

「それで瑠璃は？」

季蔵は忙しく訊いた。

「流行病だと大変だと思い、すぐにお涼のところへ帰った。幸いにもすでにもう瑠璃の熱は下がっていた。それだけではない。珍しくも瑠璃がわしに向かって口を開きこう言った。〝お紀代さんが危ない〟とな。それを言うのが目的だったかのようにまた眠り続け、目を覚ました時には常の瑠璃でわしたちには一切覚えを示さず、膝の上に虎吉をのせて戯れはじめた。これはいったい何なのだ？　いつものあれか？」

烏谷に訊かれた季蔵は、

「ええ」

知らずと大きく頷いていた。心の病を得てからの瑠璃には人が見えぬものが見えて、これから起こり得ることを予知できる力をまま発揮する。

「急ぎ、牢の揚がり座敷に毒見を含む守り役をお紀代のためにつけた。今のところ大事ない。瑠璃とそちとの間には不可思議な絆がある。わしがそちにこのことを伝えればさらなる先が見えるのではないか？」

烏谷の表情は真剣だった。

「たしかに瑠璃の力は暗示です」

季蔵は瑠璃が示現流の使い手に惨殺されようとしていた夢を思い出していた。

――あれは瑠璃自身に起こることではなく、わたしが日の本珊瑚絡みで巻き込まれる天下の一大事を示していた。そうだとしたら――

「お紀代さんと勇助さんはまだ好き合っているとわたしは見ています。だとしたら危ないのは揚がり座敷のお紀代さんではなく、勇助さんではないかと——、瑠璃にとって好き合う男女は一心同体なのです」

季蔵の言葉に、

「母親のお妙があのような目に遭った以上、それはあり得ぬ話ではない。これはすぐに手を打たねばならぬな」

実際大きく両手を打ち合わせた烏谷は、

「そうとなったら、蟻の這い出る隙もない位に金銀屋を見張らねばならぬ。まずはわしは当番月を務めている南町に報せる。そちはその鰹飯を握ってここで待っていてくれ。蔵之進に取りに来させるゆえな」

慌ただしく店を出て行った。

季蔵は言われた通りに鰹飯を握った。鰹飯のお焦げはまた一段と美味である。これに想を得た季蔵は、

——冷めても美味しいように——

醬油と味醂を合わせたタレを刷毛で塗りつつ、七輪の丸網の上に置いたかつお握りを焼き握りにした。できあがった焼き鰹握りは竹皮に包んで小上がりに置いた。

すると、急に眠気が来てうとうとした。夢を見た。金銀屋が見渡せる、あの長江与

八郎が殺されていたしだれ柳の前に季蔵は立っている。昼間の金銀屋は人の出入りが多い。

——まさか？——

坊主頭のあの示現流の達人が目と鼻の先を通り越して店の中へと入っていく。

——生きていたのか？——

「信じられないっ」

大声で叫んで目を覚ました。

小上がりに置いてあった焼き鰹握りの包みは無くなっていて、代わりに以下のような蔵之進の書き置きがあった。

　金銀屋の向かい、しだれ柳のはす向かいにある小料理屋蓮屋（はすや）の二階を借り切って、人の出入りを見張る。今宵は亡き女主妙の法要がある。

——法要があるならば人の出入りもあるはず。こうしてはいられない——

季蔵は蓮屋までひた走った。蓮屋に入って大倉主税の名を口にするとすぐに二階へと案内された。二階には蔵之進だけが一人居た。

「あまり沢山が出入りしていると怪しまれるゆえ、大倉様に強く申し上げて、ここは俺一人で見張っている」

障子の隙間から金銀屋の提灯が見える。不運にも新月で月明かりはおぼつかない。

――これでは人の顔までは見えないのではないか――

緊張している蔵之進は無言で季蔵を迎えると、

「ちょっと見ていてくれ」

手をつけていなかった焼き鰹握りを口に運んだ。見張りを代わった季蔵が思った通り、見えるのは金銀屋と書かれた大きな提灯と看板だけであった。

――あっ――

叫びそうになったのはあの忘れもしない坊主頭が見えたからであった。紫色の袈裟(けさ)を着ている。日の本珊瑚と思われる綺麗な桜色の数珠が袈裟の上にかかっていた。おかしなことに額に萬年山(ばんねんざん)の三文字が血で刻まれている。坊主頭が振り返った。顔は輪郭と耳だけで額も頬も目鼻口はなく、輪郭と耳の中に無数の貝殻が詰まっている――。

――不可解すぎる――

と心の中で呟いた時、

「大変だ、大変」

金銀屋の裏手から緊迫した人の声がした。階段を上る足音が聞こえて、

「主の勇助が毒を盛られたようだ」

裏手に詰めていた役人の一人が告げた。

――やはり――

季蔵は思わず身体が震えた。

「ここを頼む」

蔵之進は階段を駆け下りると金銀屋へと走った。

季蔵が見張り続けていると、

「ご苦労、ご苦労」

大倉が階段を上ってきて、

「勇助は大丈夫だ。というよりも全く大事ない。代わりに石見(いわみ)銀山鼠捕(ぎんざんねずみと)り入りの牡丹(ぼた)餅(もち)で金魚が死んだ。勇助は今、瀕死(ひんし)を装わせて戸板に乗せ、お紀代の待つ伝馬町(てんまちょう)の揚がり座敷へと向かっている。あそこはどこよりも安全だ」

と言った。

「毒に中(あた)ったと見せかけたのですね」

季蔵が念を押すと、

「もちろん芝居だ。そうでもしなければ金銀屋に巣くう悪党どもは炙り出せぬからな。勇助に言ってお妙の味でもあった好物の牡丹餅を厨で作らせた。そうすれば必ず忠義面の悪党は動く、尻尾を出すと見越したからだ。先手を打たなければ勇助の命は無かったろう」

大倉は落ち着き払った様子で応えた。

そこへ蔵之進が戻ってきて、

「姿の見えなくなった大番頭誠吉(せいきち)を探していたところ、これを握って厠(かわや)で冷たくなっていました」

二人の前に桜色の日の本珊瑚でできているびらびら簪を見せた。いくつもの桜が風に吹かれているかのように軽やかに踊っている。

——おそらくそれはおもと様のもの——

季蔵はこの簪を挿している、艶やかにして無垢(むく)そのもののおもとの様子を想(おも)い描いた。胸の辺りが詰まって何ともたまらない気持ちになった。

——おもと様殺しは金銀屋の大番頭の仕業だったのか？——

「ともあれ、そちにその骸を検めてもらいたい。わたしも立ち会う。大した骸検めと聞いている」

変わらず大倉は季蔵に淡々と命じた。

十四

季蔵は大倉と共に金銀屋の裏手に廻り、勝手口から中に入ると、大番頭誠吉が殺されていたという厠へと入った。

誠吉は中肉中背の鰓の張った四角い顔の持ち主で江戸八百八町、どこにでもいておかしくない、どうということのない風貌の持ち主であった。その様子からは生前、忠義者であったかどうかまではわからない。

――鬢に白いものが目立っている。この年齢まで金銀屋に仕えて女主妙の信任も得ていたのだから少なくとも、ずっと忠義者を装い続けていたのだろうが――

季蔵は誠吉の骸に手を合わせると、着物を取り去った。

――これは――

驚いたのは骸に無残な傷痕等があったからではない。その逆であった。首を絞められたというのに誠吉は全く抵抗していなかった。誠吉の首には相手の手の痕があった。これが意外にも大きくなかった。また誠吉の両手の爪の間は綺麗だった。この手の絞殺では下手人は思い切り、両手で絶命させようとする相手の首を絞める。そして絶命させられようとする当人もまた、何とかしてその手を除けて、息をしようと必死になってもがき、下手人の両手を首から外そうと知らずと爪を立て続けるのだが、そうした形跡は全く無かった。

そのうえ、誠吉の掌にはびらびら簪を握った痕は微塵も残っていなかった。

――びらびら簪は死んでから握らされたことになる――

何のためかは明らかであった。

――誠吉がおもと様殺しの下手人だったと思わせるためだ――

ただし、誠吉の四角い凡庸な顔はしごく満ち足りて平穏に見えた。うっすらと微笑んでさえいる。まるで殺されてもいいと観念しているかのように――。

――殺されてこのような死に顔をしている者は見たことがない――

「なるほど」

たいして意外とも思っていない様子の大倉は、

「毒で殺されるのは首を絞められるにも増して長く苦しむ。当然酷い苦痛に襲われ続けるはずなのだが、好いた相手に毒を盛られる場合に限ってはこれがそうでもないらしい。大名家の奥向きが関わると時にこれが起きる。わたしは何度かその手の毒死に出遭ったことがある。こうした手合いには神酒吟味役とて歯が立つものではない。すり抜けられてしまう。際立って麗しいが陰謀術策に長けた側室への情に踊らされた大名が、褥での甘い同衾の続きとばかりに、あえて毒酒を口にして果てることもあるがその逆もある。奥向きの女たちの闘いや豪奢な暮らしぶりを側近に諫められた色好みの藩主の決断、始末もある。名さえ滅多に書き残されない側室の一人、二人が突然死んでも痛くも痒くもないのだ。どちらも殺される当人たちはどこかで死ぬことに覚悟ができていて、このような微笑みを浮かべ死んでいることが多い」

誠吉の微笑を見逃してはおらず、

「老いらくの恋ではあろうが、この男には死んでもいいと思い詰めるほどの女がいたのだ。おそらくこの白ねずみには最初で最後の恋であり、そしてこれは死と引き換えの逢瀬であったろう」

と続けた。

白ねずみとは、商家に小僧の頃から住み込みで仕えて独り身を通す奉公人のことであった。

「こんなところで逢瀬を？」

呆れる季蔵に、

「人はなりふりかまわぬ激しい恋情に突き動かされ、忠義も何もかも忘れて相手のための悪行さえ心地よいこともある」

　大倉は言い切った。

「ならば、すぐに——」

　季蔵は厠を離れた。季蔵たちと厠を遠巻きにしていた奉公人の一人に誠吉の寝起きしていた部屋がどこかを訊いた。教えられたのは畳が入っているだけの三畳ほどの小部屋であった。

　季蔵が畳をあげるのを大倉は手伝った。まず桜色の日の本珊瑚でできた戌(いぬ)の根付けが見つかった。珊瑚で戌が象嵌された煙草入れもあった。そしてやがて山田浅右衛門の高弟長江与八郎を刺殺したと思われる、べったりと血の付いた匕首が見つかった。

　二人いる番頭は、

「大番頭さんは以前は喜怒を表に出さない人でした。ところがある時から上機嫌であったかと思えばその逆に——。亡くなった旦那様のお妙様と言い合いをしていたこともありました。言葉の端で覚えているのは〝もうこれ以上は——〟と旦那様が繰り返していて、大番頭さんは〝そんなことでいるとこの金銀屋は潰れますよ〟と言っていました。前後の話がわからないので、言い合いの理由はわかりませんが、あの穏和な大番頭さんの言葉とはとても思えませんでした」

「お妙様があんな亡くなり方をなさった後、大番頭さんはご機嫌で酒を飲んで菓子を食べてました。はじめてどっちも慎んでいただけで実はイケる口なんだと思いました。ですから、若旦那、いやもう旦那様になられた勇助様が牡丹餅をとおっしゃった時には、嬉々として厨を出入りしていました。思い出しました。大番頭さんは山田様のところの長江様とも親しかったんです。なぜかウマが合うんだそうで長江様の方からこちらを訪ねて来られるんですが、このところは大番頭さんに似合わない邪険な言葉遣いではらはらしました。人斬り専門の手練れを怒らせたくなかったんです。下手なことを言ってばっさりやられたらかないませんからね。でも大番頭さんは平気の平左でした」

それぞれ思い出すままに話した。

季蔵は、

「ところで今日はこちらのお妙さんの法要でしょう？　お寺様はお願いしなかったのですか？」

白昼夢のように瑠璃が垣間見せてくれた坊主頭の正体が知りたかった。

「いいえ、法要とはいっても中身は旦那様を偲ぶ会のようなものですので、お寺様はどなたもお呼びしていません」

年嵩の方の番頭が応えた。

「呼ばれてもいないのにおいでになった人はいましたか？」

「ええ、おりましたとも」

まだ三十歳そこその若い方が華やいだ声を上げた。

「お一人。年の頃は二十歳ぐらい。立っても座っていても歩いても絵になるたいした美人でした。お妙様とは長唄を一緒に習っていて、たいそう親しくしていたと涙ながらに話されていました。箱根の湯に家族で行っていて亡くなったことを知らなかった、通夜にも野辺送りにも出られなかったのだから、せめて線香の一つもあげさせてほしいと、勝手口から声をかけてきて。きっとどこぞの大店の御新造さんでしょうね。今時、錦絵になる女たちだってあれほどじゃありません」

若い方はうっとりした物言いになった。

「その方はまだおいでですか？」

季蔵は訊かずにはいられなかった。

「いいえ、もうずいぶん前に帰られました。実はてまえがお送りしようとすると大番頭さんが〝それはわたしが――〟と言ったので任せました」

「大番頭さんは戻られましたか？」

季蔵は追及した。

「戻りませんでした」

年嵩がきっぱりと言った。

「店先までお送りしてすぐ戻るとばかり思っていたのですが——」

「話を変えます。旦那様の勇助さんが具合を悪くした時、その女の方と大番頭さんはどうしていましたか？」

「大番頭さんはいませんでした」

年嵩は明言して続けた。

「旦那様の一大事でしたから、てまえは必死に大番頭さんを探しました」

「てまえもです。大番頭さんがあんな姿で見つかったのは、お役人様たちが死にかけているという旦那様を、すぐに診てくれるお医者様へと運んだ後でした」

と若い方は告げて、

「あの前の旦那様と長唄を習っていたあのきれいなお方は無事なのでしょうか？　大番頭さんがあのような目に遭ったのですから、あの方が巻き込まれていても不思議はありませんから」

ひたすらその女を案じた。

そこへ、奉行所から使いの者が来て、主の勇助の容態が快方に向かったと知らされた。年嵩の番頭は、

「よかった、よかった。これで亡くなった大番頭さんも報われる。大番頭さんは金銀屋の新しい旦那様に代わって亡くなったとも言える」

と洩らし、若い方は、

「ああ、これで金銀屋も安泰、めでたし、めでたし。後継ぎもいないまま旦那様にもしものことがあったら、お上が金銀屋にどのようななさり方をするか、わかったものではありませんからね。くわばら、くわばら。ああ、でも本当によかった」

安堵のため息をついた。

季蔵は、

「焼き鰹握りは有難くいただく」

大倉に礼を言われて塩梅屋へ戻った。

夜半にはまた烏谷が訪れた。季蔵は食べ損ねた烏谷のために鰹飯を拵えた。

「話によれば鰹飯よりも焼き鰹握りの方が美味いという――」

「蔵之進様ですね」

「何についても人の口に戸は立てられぬものだ」

烏谷はそこで大きな目を剝いた。その目は金銀屋と蓮屋で起きた一部始終を寸分の狂いもなく、もちろん一切の隠し立てなく話せと言っている。

「わかりました」

季蔵は鰹飯を握って七輪の上で焼き上げながら、昨夜から今朝にかけて、南町の役人たちと共に過ごした時を忠実に思い出して話した。聞き終えた烏谷は、

「これほど美味い焼き握りはないぞ」

ふうふう息を吹きかけて冷ましながらかぶりついた。

十五

焼き鰹握りを五個ばかり平らげた烏谷は、

「浅右衛門のところの長江与八郎は以前から金銀屋を訪ねていた。金銀屋は大名貸しもしている。それで当初は主に大名たちから試し斬りで刀の鑑定を引き受けている浅右衛門と金銀屋とは、いつしか大名たちのこの手の用向きの仲立ちをしているものだとばかり思っていた。ところが長江が金銀屋近くで殺され骸を見つけた女物乞いの話では、長江は金銀屋の勝手口で女物乞いに施しをしてくれるよう頼んだという。仲立

ちの用向きだけでこれほどくだけた親しさは互いに持ち合わせぬだろう。そこでわしは初めて骨董屋逸品堂の隠居が決して口にしなかった、あの日の本珊瑚絡みのもう一軒とは、浅右衛門のところではないかと思った、当たりだった」

と言って一度言葉を止めた。

――はて、どう推す？――

明らかに季蔵の反応を見ている。

「殺されてもかまわないほど夢中になった、よくわからない女の虜になる前の誠吉さんは典型的な忠義の白ねずみでした。堅物でした。そんな誠吉さんと長江様は気脈が合って親しく話をする仲になったのだと思います。ところが老いらくの恋に溺れてしまった誠吉さんは人が変わり、女の言うことなら何でも聞くようになって、次代山田浅右衛門への志を抱いていて、手練れというよりも、仕切りや金勘定に長じている長江様に、日の本珊瑚の横流しに一枚嚙むよう持ち掛けたのではないでしょうか。有徳院様の頃から日の本珊瑚絡みの密約に関わって珊瑚を預かるお役目は、骨董屋逸品堂、本両替屋金銀屋、山田浅右衛門と決められていたとのことですので、密約から暴利を掠め取ろうとするならば、珊瑚泥棒たちはどうしても浅右衛門をも味方に引き入れなければならなかったのでしょう」

季蔵のこの言葉に、

「逸品堂や金銀屋はすでに籠絡されていたのだろうな」

烏谷は呟いた。

「逸品堂の御隠居はすでに珊瑚泥棒たちから追い込まれていて、承知するほかはなかったのでは？　それでお奉行様に日の本珊瑚の相談をしたり、浅右衛門が必ず断ることに一抹の望みを抱いていたのでは？」

「すると金銀屋の女主は珊瑚泥棒たちの強要を断ったがために殺されたのか？」

「おそらく。長江様も同様でしょう」

「そして女に操られていた誠吉が長江を殺した。長江が話を持ち掛けられた時すぐに断らなかったのは、誠吉によしみを感じていたからだろう。あるいは珊瑚泥棒との縁を切ることを勧めたのかもしれぬ。おそらく女主を殺したのが誰なのかも見当がついていただろう。今すぐこんな悪行への加担を止めさせて、お妙殺しの件は黙っているつもりだったのだろうが、聞く耳を持たずに逆に殺されてしまった――」

「待ってください」

季蔵は自分でも意外に思うほどの大声を上げた。

「長江様の方は血の付いた匕首が出てきたので確かに誠吉が殺ったのでしょう。ですが、お妙さんを堤から突き落としたのは誠吉ではありません。お妙さんの骸には身体の前側の顔、首、肩、両手、腰、足とほぼ全身に擦り傷があり、たしかに誰かに突き落とされたものです。とはいえ、お妙さんの擦り傷と誠吉の背丈が合いません。背丈によってこめられる力が変わり、誠吉が突き落としたのならもっと下側に擦り傷は付くものです。お妙さんを突き落とし死なせたのは誠吉より背丈の低い者です。それにこの擦り傷は奇妙に間隔が揃っていました。たとえば崖ではなく石の階段の上から落とされたような――」

そこではっと気がついた季蔵は、

「お妙さんを石段のある場所、たとえば山の上の寺社等にお紀代さんの名を使い、誠吉を介して呼び出したのは誠吉の女です。お妙さんはその場所で突き落とされて殺された後、あの堤下まで運ばれたのです。近くにあった石で骸の頭を殴ってぶつけたように見せかけたのでしょう」

きっぱりと言い切った。

「そのような骸の細工、その女一人ではできまいぞ。手伝ったのは誠吉か？」

「おそらく。そして気になるのはお妙さんが呼び出された場所です」

「そち、見当がついておる顔をしておるな」

　烏谷はじっと季蔵を凝視した。

「瑠璃の力を多少は信じてくださっておられるお奉行様ゆえに申し上げます」

　季蔵は瑠璃が見せてくれたとしか思えない、蓮屋の夜半に見た白昼夢について話した。

　すると、

「その坊主の額に血文字の萬年山とあったか」

　烏谷は大きな目をさらに瞠った。

「萬年山は愛宕にある名刹青松寺の山号よ。当初は麹町の貝塚にあったのが、家康公の江戸城拡張の折、愛宕に移った。しかし移った後も長く〝貝塚の青松寺〟と俗に呼ばれている」

　——額の血文字、顔と耳の中にぎっしりと詰まっていた貝殻。これであの坊主の不可解さが解けた——

　烏谷は先を続けて、

「大名家には国元の菩提寺の他に市中にも菩提寺がある。藩主が江戸で薨去された際に要るからだ。薩摩や佐賀等には専用の菩提寺があるが、長州、土佐、広島、津和野、津山等はこの青松寺に雑居している。山門を入ると鐘楼堂へと続く緩やかな石段はあるが、よほどでなければ突き落とされても死ぬまい。しかし近くの愛宕神社の急な石段ならば――殺すのが目的ならばこちらが選ばれるだろう」

目をきらりと光らせた。

「とはいえ、紫の袈裟をつけた高僧がこのような悪行を企てるとは考えられませんが――」

季蔵は首を傾げた。

「まあ、よく聞け。江戸の初めにあった高須藩や沢海藩、玉取藩等は各家が改易され旗本となってしまったが、まだ青松寺に墓所はある。改易になった際、青松寺では大名家ではない各家の菩提は各々で守るようにと頼んだ。ご公儀の手前、引き払って欲しかったろう。しかし、そうはいかなかった。で、ここには大名家のために公儀から正規に任じられた青松寺の住職の他に、さまざまな旗本家に仕える坊主たちがこれまた雑居している。顔を合わせることなどほとんどない。誰がいるのかも互いに知らぬだろう。とにかく複雑な事情の寺なのだ」

「だとしたら、日の本珊瑚に目が眩んだとんでもない破戒僧が紛れ込んでいても不思議はありませんね」

「しかし、これでは青松寺の住職に訊いたとてそう簡単にはわからぬだろう」

「たしかに――」

――行き詰まったな――

頬杖(ほおづえ)をついたとたん、季蔵にある顔が見えた。振り返った坊主の顔である。顔にも耳にも貝殻はもう詰まっていない。近くにあった紙を引き寄せて筆を取った。

「蓮屋で見た顔はこんな様子でした」

知らずと描いていたその顔は見たことのないものだった。あの示現流の遣い手とは似ても似つかない。女形の役者顔にも似たたいした美形であった。端整な顔立ちながら何とも嫌な酷薄な微笑みを浮かべている。

「こういう顔と知り合いでなくてまずはよかった」

と烏谷はため息をつき、

「似顔絵として信じてくださるのですね」

季蔵の念押しに頷くと、

「これだけの顔ならば青松寺でもきっと思い出してくれるはずだ」

相手は大きく頷いた。

翌早朝、二人は青松寺を訪れた。青松寺の住職は、長くたくわえた白い見事な顎鬚(あごひげ)を黒の絽(ろ)の袈裟に垂らしている。如何にも名刹の高僧といった様子で、重々しい物言

いで挨拶の言葉を口にした。先に名乗った烏谷が似顔絵を見せると、

「これは――」

絶句した。

「ここにおいでになるお坊様ですか？」

烏谷は訊いた。

「なにぶん、町方とは関わりのない寺社のことでございますゆえ」

住職は視線を逸らした。

「心当たりがおありなのですね。たしかに寺社は寺社奉行様の差配ではございましょうが、仏に仕える身の者が市中での悪行を示唆したともなれば、町方がその者や事情を調べなければならないのです」

言葉こそ丁寧ではあったが烏谷は住職を見据えている。まだ住職は俯いたままでいた。

「ここは土佐藩の菩提寺でもあられる。日の本珊瑚をご存じですね」

烏谷は続けた。相手は顔を上げたが青ざめきっている。

「ご案じなされるな。こちらは何もかも呑み込んでおります。もとよりお上も承知の密約です。従来の日の本珊瑚のことでこちらの寺に難儀が降りかかったり、お咎めな

どあるはずもありません」

　この烏谷の言葉に住職は顔を上げて震える手で、似顔絵が描かれた紙を畳の上から取り上げた。

「思い出しました。これは何年も前に大名家から旗本に改易になった千五百石取りの西原家の御三男、光十郎でしょう。墓所がまだこちらにございますので縁が続いております。西原家では仏門での修行を経てゆくゆくは家の供養を任せたいとおっしゃられ、それは何よりと光十郎様をこちらに引き取り、光尚と名を改めさせました。ところが、光尚は人に好かれる見た目や気働きじみた愛想の良さとは裏腹に金の仏像や仏具を売りさばいたり、布施をかすめ取ったりして市中で好き放題に遊んでいることがわかりました。拙僧が気づくまで周囲は知っていても知らぬ顔でした。光尚には摩訶不思議な人心掌握の力があったのです。おそらく西原家では光尚をもてあまして仏門へ入れたのでしょう。拙僧は光尚を厳しく諫め続けましたが後悔の様子はその時だけでした。この次はいよいよ、破門にするしかないと思っていた矢先、拙僧の紫の袈裟と共にここからいなくなりました。光尚を全うな仏道に導けなかった深い悔恨は残りましたが、正直ほっといたしました。不徳のいたすところでございます」

　住職はそこに仏が鎮座しているかのように頭を深く垂れた。

「その後、光尚はどうなりました？」

なおも烏谷は訊いた。

「噂ではこの寺で惑わせた者たちを引き連れてどこぞで破戒僧の長におさまっているとか。場所は遠くではない、この辺りだとも聞きました。そして青松寺の末寺だと称しているとも。大変な恥です」

「その恥、寺社奉行様には申し上げないのですか？」

「申し上げれば西原家に傷がつきましょう。それに寺社奉行様は御老中等の重職に上るための途中の役職ゆえ、席が温まらぬうちにお人が代わられてしまいます。申し上げても取り上げてくださらぬか、出世のための駒にされるのが落ちでございますよ」

住職はやや皮肉な物言いになった。

「光尚に女の噂は聞きませぬか。たいした美女だという――」

烏谷は矛先を金銀屋を訪れて誠吉を快楽死させた謎の女に変えた。

「いいえ。そもそも仏に仕える身に女人との関わりは禁物でございますゆえ」

そこで立ち上がった住職は、やにわに、

「くれぐれも日の本珊瑚のことは御内密に願います。たとえ光尚がここで知り得た土佐藩の機密を悪行に使おうとしていても、もう拙僧どもの与り知らぬことと思し召しください。御内密に、御内密に」

　石のように硬い表情でぶつぶつと烏谷の耳元で囁いた。

十六

「わかっております、わかっております」

　烏谷は笑みさえ浮かべて相手にそっと告げて頭を垂れた。

「光尚の難事さえおさめさせていただければこちらはよろしいのです。それにはどうか居所をお明かしいただけませんか。愛宕神社に近いところだということはもうわかっております。調べ尽くせばいずれわかることでしょうが、それでは感づかれて逃げられかねません。この通りお願いいたします」

「光尚と出くわし、あの顔で微笑まれて生きている仏のようにも見えて、すっと付いて行きそうになったと話していた者が何人かおりました」

　こうして烏谷は住職が弟子たちから洩れ聞いていた、空家ばかり立ち並ぶ辺りを密かに調べさせた。

「睦月は蠟梅、如月は梅、弥生は桃で、卯月は桜という具合に月毎に咲き誇る花が異なるという、たいそう庭の美しい屋敷があるそうです。思わず立ち止まって見惚れていると紫の僧衣を着けた、たいそう立派で瑞々しい若い坊さんが門から出て行くのを見たという女たちが何人もおりました。間違いありません」

蔵之進は確信をもって成果を告げて、

「捕方たちだけでの捕縛は危ないです。わたしも光尚を待ち伏せてみましたがたしかに一瞬、心に迷いが生じました。おそらく多くの人たちにあって、わたしの心にもある心の隙や卑しさに寄り添うことができる力なのでしょう」

と続けた。

「ならばそちも同道せよ」

烏谷は季蔵に命じた。

「しかし、わたしとて煩悩の塊です」

「そうだとしても今は瑠璃に守られている。あの男の顔を嫌な顔、酷薄だと口にしたゆえな」

「たしかにあの時はそう思いましたが」

「案じるな。この捕り物には蔵之進だけではなく大倉も呼んである。もちろんわしも行く。南北の奉行所が力を合わせる。この手の悪党が並みではないのは人の心を知らずと悪へ導くからよ。どんな悪党よりも質が悪い。何としても捕らえなければならぬ」

そう言ってその夜は南北の選ばれた者たちが、今は夾竹桃の花が濃桃色に咲いているその屋敷の前と後ろを固めた。

季蔵は烏谷と大倉、蔵之進の後ろを歩いて屋敷の中庭の縁先へと押し入った。後ろには捕方同心と寄棒、刺股を持った奉行所小者、二十人ほどの精鋭たちだった。

すでに縁側の障子が開け放たれている。瞬時に桜色の光を見たような気がした。光はふわりとした大きな雲になって座敷全体を包んでいる。そこかしこに桜色の日の本珊瑚の原木がひしめいている。光尚と思われる僧侶は桜色の花の中か、珊瑚の育つと言われている海の中に立っているかのように見えた。まるで桜の花か海の神を想わせる、圧倒的で神秘的な力を発している。

――これがこの男の持つ人並外れた人たらしの魔力か――

季蔵は用心のためにしばし相手を見ないようにした。

「いかん、皆、見るな。こやつを見てはいかん」

烏谷が注意を発したがもう遅く、捕方たちが座敷に踏み込もうとしたとたん、光尚が微笑んで、襖が開いた。座敷へとなだれこんできたのは光尚の手下たちであった。

刀を手にしている。手下たちは猛然と捕方たちへ向かっていく。まるで命知らずの暴徒のようだった。あっという間に勝負が決まった。捕方たちは寄棒や刺又を振り上げる間もなく、ざくりざくりと敵側の刀に首や胸、腹を造作もなく突き刺されていく。その様子はまるで闘わずして討ち死してしまう非力な戦士さながらであった。

「いざーっ」

精鋭の捕方たち全員が斃されたところで南北の定町廻り同心たち何人かが刀を抜いた。その中には蔵之進の姿もあった。同心たちは決して光尚を見ずに、ひたすら手下たちと刀と刀を打ち合わせる。その甲斐(かい)あって同心たちがやや優勢になった。もう一歩で座敷の中ほどに立っている光尚に近づける。その時、

「きぇーいっ」

示現流の大きく地を揺るがすような掛け声が上がった。ただしこの声は太くない。示現流の構えをして光尚の前に立ち、同心たちを阻もうとしたのは、

――おもと様――

季蔵は愕然(がくぜん)とした。

――どうしておもと様が――

季蔵はおもとを凝視した。整った面立ちに華やかな雰囲気が混ざり合った、それゆ

え鍋島斉直を虜にした非の打ち所のない美女の姿がそこにある——。

「きぇーいっ」

おもととしか思えない女は同心たちに向かっていく。

——しかし、おもと様はもう亡くなられたではないか。わたしが骸を見つけた——

季蔵はさらにその女を見つめた。

——いや、おもと様ではない。おもと様はあのような暗い歓(よろこ)びを宿した目をしてはいなかった——

季蔵は、斉直との惚気話(のろけばなし)を食べ物に託してしきりに繰り返していたおもとを思い出していた。

——わたしの知っているおもと様の目はいつも優しかった。亡き斉直様を想って泣いている時でさえも——

「きぇーいっ」

三度目の掛け声でおもとではないその女の太刀は、正面で刀を構えていた蔵之進めがけて猛風のように振り下ろされようとした。

——蔵之進様——

一瞬季蔵の頭の中を妻となったおき玖(く)とかわいい盛りの一粒種の姿がよぎった。

その時である。大倉主税の太刀が躍った。瞬時に腹部を刺しぬかれたその女の手から太刀が放り出されて、二間（約三・六メートル）もの距離を飛んだ。季蔵は女の太刀の飛んだ先に立っていた鳥谷を庇うように全力で押し倒した。

女がよろりと倒れた。日の本珊瑚に似た女の桜色の着物がみるみる血の色に染まっていく。そしてほどなく、弱々しく、〝ひぇーいっ〟としか聞こえないか細い声を上げ続けて息を止めた。

季蔵は光尚の方を見ずにはいられなかった。

――当然、この女も光尚に魅せられて、いや、恋い焦がれて、誠吉を誘う等、意のままに動かされていたのだろう。女にとっては神とも崇めた最愛の男だったはず――

光尚はじっと女が死んでいくのを見ていた。その顔にはやはり微笑みがあった。そして、

「これぞ慈悲である」

と呟くのを季蔵は聞いた。

こうして一人残った光尚は捕縛された。南町では光尚が口を閉ざすことを懸念していたが、

「これは白状などでは決してない。わたしの正しい主張だ」

と前置いて、

「わたしは青松寺で幕府と土佐、薩摩との日の本珊瑚をめぐる密約を知った。珊瑚はサツマともいうからな。町方と違い寺社奉行に守られているあそこではもう公然の秘密だった。そこでわたしは大名の身分を幕府に剝ぎ取られた先祖の無念を晴らそうとした。そもそも幕府はどんな時でも巧みな方便で自分たちだけは守る。大名をはじめとする幕臣のことなど都合のいい駒にしか見ていない。そんな憤りと金が欲しいという欲がわたしを動かした。それには江戸に運ばれる日の本珊瑚の目減らしが手っとり早いと気がついた。減らした分はこちらでいただいて密かに清や南蛮人の商人たちに売るのだ。そこで、江戸で日の本珊瑚密売に関わってのお役目を受け継いできた逸品堂、金銀屋、浅右衛門に取り入ることにした。あの連中の役目は日の本珊瑚を預かるだけではない。幕府と薩摩、土佐の間に入ってその年の日の本珊瑚の売り高の調整も兼ねてきたのだ。珊瑚は漁と同じだから毎年数の変動はある。それでゆくゆくは室戸から船で薩摩へと日の本珊瑚を秘密裡に運ばせ、大きな儲けを得ようともくろんでいた。薩摩ならこうした申し出を喜んで受けてくれて、ただでさえ大儲けしている密貿易の利をさらに上積みさせようとするに違いなかろうからな。こっちも浅右衛門など足元に及ばない大名並みの富を得るはずだった」

存外すらすらと淀みなかった。

おもとに酷似していた女については、

「日の本珊瑚のことを探っているうちに佐賀の先代鍋島斉直が、市中で拾った女おもとに溺れていて、幕領の五島の海から上がる日の本珊瑚を流用、五島沖での交易にかこつけて金に換えていたことがわかった。一目その女を見たくて佐賀藩邸の庭に忍び込んで見張っていて姿を見た。その時ある考えが閃いた。この女を操るのだと。それから市中のありとあらゆる遊郭を廻って、これ以上はあり得ないと誰もが思うほどおもとに似た女を見つけた。当人は密貿易が咎められて廻船問屋を営んでいた父親が首を刎ねられ、暮らしのために苦界に落ちていた。おもととは逆の来し方だ。名はたしかおれん。そのおれんにおもとが成り上がった話をすると、憤懣やるかたない様子になったのを見澄まして、実はおれんとおもとは双子で、それゆえおもとは養女に出されたのだ、姉妹であるというのに随分と差のある生き方になってしまったものだなと吹き込んだ。そして、そんな地獄からおまえを救えるのはわたしだけだと信じさせた。造作もないことだった。偽りの出生を信じたおれんをわたしはおもとに会わせた。この時は臨時の風呂焚きとして雇われていた。どんな時でもわたしが願って微笑めば叶わぬことはない」

ここで光尚は満足そうに得意の微笑みを浮かべたという。詮議に当たっていた役人たちは申し合わせたように一斉に目を伏せなければならなかった。

躱された光尚はふんとつまらなそうに鼻を鳴らした後、先を続けた。

「先代斉直に死なれた上、天涯孤独の孤児だと思っていたおもとは実妹だと名乗ったおれんとの出会いをずいぶんと喜んだ。おれんはおもとの代わりに化け猫騒動にかこつけた茶番を演じさえした。人払いしてある日の本珊瑚を隠している蔵で落ち合っておもととおれんは入れ替わりを続けていたのだ」

これを聞いた時の季蔵は、

――何と、わたしが話していたのはおもと様だったのか、おれんの方なのか。そのどちらともだったのか――

がんと強く頭を殴られたような驚愕を覚えた。

――あの時のおもと様はおれんだったのか、いやそうとは思えない――

いついつがおもと様ではなかったと季蔵には決めかねた。必死にどちらだったのかと思い出そうとするができない。

――おもと様とだけ会っていたような気がする。おもと様だけではなく光尚に操られて悪に染まってしまったおれんもまた、来し方に関わって哀しい翳りを心に宿していたのだろうから――

光尚の舌はいっそう滑らかになった。

「おもとはおれんを通じてわたしの言うなりになっていた。とはいえおもとは知り過ぎた。おれんがそそのかしておもとは涼み船から菓子売りのうろうろ舟に移った。そしてしばらく自由にさせた後、おれんに殺させた。お紀代の名で誠吉に呼び出させ、金銀屋のお妙を愛宕神社の石段から突き落として殺したのもおれんだ。すでに骨董屋の逸品堂は金銀屋と浅右衛門がうんと言わなければことは進まないが、そうなれば我らの言う通りにすると言っていた。だがお妙はいくらこちらが持ち掛けてもこの話に乗らなかった。ならば密約を公にする、さすればお上は知らぬ顔で金銀屋の主を密貿易のかどで死罪とし、店も潰されると脅し続けても〝考えさせてほしい〟と曖昧な返事だった。そのうちにお妙に脈がないならば、日々店を切り盛りしている大番頭が代わりになればいいと決断して、おれんに誠吉を骨抜きさせた後、お妙を始末した」

一度言葉を切った光尚はふうとため息をついて、

「それにしても長江与八郎は馬鹿な奴だ。誠吉からいくら口説かれても頑としてはねつけたばかりか、我らとの縁を切るように勧めた挙句、この悪事の企みを奉行所に申し出るように、さすればお上にも慈悲はあるなどとほざいたそうだ。それで誠吉は長江を殺した。その誠吉がどうなったかは、ふふふ、まさに真の極楽行きとはあのことだろう」

含み笑ったそうだが、やはり取り調べの役人たちは俯いたという。

光尚は調べが終わると即刻打ち首に処せられた。もちろん青松寺にも実家の西原家にも報されず、日の本珊瑚のことだけではなく一連の殺しについても真相は封じられて闇に葬られた。

光尚の最期の言葉は、

「こんなことは今回限りではない。何度でも起きようぞ」

であった。

断末魔の顔も微笑んでいたので誰も見ようとせず、もちろん、この一件そのものが極秘とされたのでその首は晒されることもなかった。

光尚が我が物としていた日の本珊瑚は江戸城の宝物蔵へと運ばれていった。出処(でどころ)は不明であったが光尚が自分が捕まる前に逃がしたとされる手下たちの中に、坊主頭の逞(たくま)しい示現流の遣い手で薩摩弁を話す男がいたという。慌てた大倉が浅右衛門を問いただしたところ、あの一件の前後に自刃したはずの坊主頭に相当する骸は数えられていなかった。

──あれまで薩摩と幕府の決裂を願う光尚の仕掛けた罠で幻だったのか──

季蔵は思わず背筋がぞっと寒くなった。

全てが終わり揚がり座敷を共に出た勇助とお紀代は晴れて祝言を挙げることになった。殺されたお妙は手ずからお紀代のために白無垢を縫っていた。その片袖から二人に宛てた文には以下のようにあった。

わたしがあなた方の縁組を退けているのはお紀代さんに不服があるからでは決してありません。ただ今この金銀屋はかつてない危機に見舞われています。そしてその難事は金銀屋の主が代々受け継がなければならない大きな試練とも関わっています。

おそらくわたしは命を賭けなければならないでしょう。命を賭けても乗り越えられるかどうかわからないのですが──。今は無理難題を断り続けるしかないのです。わたしにもしものことがあった後でも、難事が乗り越えられていて、金銀屋が存続していれば何よりです。その時にはあなた方も大きな試練とは日の本珊瑚をめぐるお上との密約であると知ることと思います。

このような大きな試練を抱えることは厄介ではありますが、この金銀屋に課せられた誉(ほまれ)あるお役目と心得て、どうか二人で果たし続けてください。そして見ることのできなかった次代にも伝えていってください。

金銀屋妙

勇助、紀代様

そんなある日、季蔵はふと思いついて、

——今回は瑠璃に世話をかけた。瑠璃が見えないものを見せてくれていなければこの一件はどうなっていたかしれたものではない。何か好きそうなものを拵えよう——

佐賀の名菓丸房露に取り組んだ。材料は卵、砂糖、小麦粉、蜂蜜のみなのだが、ふっくらとした膨らみの秘訣がまだわからず仕舞いでいたのが、

——そうだった、卵の白身だ。こいつを泡立てれば何とかなる——

小気味よく膨らんだ丸房露を重箱に詰めていると、烏谷からすぐ来るようにとの文が届いた。

早速季蔵が出かけて行くと座敷には〝五島尽くしまたは胡渡り御膳〟と品書きに書

かれて、以下のような料理の品書きがあった。

口取り　五島伝統のごと芋のかんころ餅とカラスミ
お造り　壱岐のアオリイカ、生雲丹、五島ならではの椿油浸し
寿司　五島のノドグロ、太刀魚の炙り寿司、ノドグロで作った生絞り醤油麹添え
揚げ物　対馬の黄金穴子と長崎唐比蓮根の天ぷら
鍋　五島岐宿の潮（塩）豆腐なべ
しのぎ　長崎豚の豚角煮まんじゅう
甘味　唐芋の牛酪風味の阿蘭陀風きんつば

「これはわしとそち宛てに斉正様手ずからお書きになったものだと、佐賀藩邸からの使いの者が申していた。それで是非伝えておかねばならぬと――」

「たいした御馳走でございますね。追ってこちらへ届くのですか？」

「まさか――」

　烏谷はくすっと笑って、

「これは大名家ならではの礼と口止めを兼ねたものだ」

〝五島尽くしまたは胡渡り御膳〟と書かれた紙へと顎をしゃくった。

「ここだけの話だが先代の斉直様がお役目をいいことに、親戚（しんせき）筋の薩摩を介して五島の海の日の本珊瑚を横流しして利を得ていたことは明白。佐賀藩下屋敷からその証が出てきては大変なので、調べが入る前にどこぞへ移されるようわしから斉正様に進言した。これで佐賀は日の本珊瑚を金に換え、軍艦や砲台等必要な守りを調えて長崎警護に一層励むであろう。わしのその厚意は伝わっていようが何せわしは町奉行。〝五島尽くしまたは胡渡り御膳〟とあるのは、五島尽くしのもてなしで礼をつくし、日の本珊瑚などどこを探してもあるはずがない、日の本の珊瑚は清との交易で入手している胡渡りしかありえないのだからとしているのだ。それで〝五島尽くしまたは胡渡り御膳〟の品書きをこうしてわざわざお届けになったのだ」

――幕府と大名家、まだ知らぬが大名家と大名家の間にもおそらく、表向きの言葉にできかねる仄（ほの）めかしによる裏言葉というのがあって、こうして料理に託すのだろうが――

季蔵は洩らしかけたため息をかろうじて呑み込んだ。

「先方はこの料理でもてなしたいと言うておるのだが、そちはまた佐賀藩邸に行くか？　今度は下屋敷ではなく上屋敷であろうが――、晴れやかな斉正様にお会いできるぞ」

烏谷の言葉は弾んでいたが、

「そればかりは御勘弁願います。どうかお奉行様お一人でおいでになってください」

季蔵は頭を垂れた。そこへ丸房露の甘い匂いに惹かれた虎吉が寄ってきて足元でにゃあと催促した。

「わたしはもう充分、これで堪能しておりますので」

伝えた季蔵はまだ仄かに温かい丸房露を詰めた重箱を抱えて瑠璃のいる座敷へと向かった。

あとがき

　日本での本格的な宝石珊瑚(さんご)の採集については文化(ぶんか)年間（一八〇四から一八一八）に、高知県の太平洋側で珊瑚が採れたという話があります。記録としては天保(てんぽう)七年（一八三六年）戎屋幸之丞(えびすやこうのじょう)が偶然に宝石珊瑚を見つけたとあります。当時、土佐(とさ)藩は珊瑚の採集を禁じ、解禁されたのは明治になってからというのが通説ですが、本当でしょうか？　儲(もう)け話にただじっと手をこまねいたとは思い難いです。人知れず採集、加工、販売が行われていたのではないでしょうか。

　十九世紀中頃から後期頃（江戸時代後期）のアンティークカメオの中には白地に桜色が滲(にじ)むように広がっている、日本の天然桃珊瑚を用いた物があります。また、国立西洋美術館の収蔵品の中にも十七世紀に制作された品があります。江戸時代に桃珊瑚は日本から西洋に売られていたのではないかと思います。桃珊瑚は木瓜(ぼけ)の花を想わせる赤から橙(だいだい)等色相が広く、本作で桜色の日の本珊瑚とある白地に桃色の濃淡の色味もその一つです。

現代でも桜色から桃色の色味の珊瑚は〝ボケ〟と総称され、ヴァン・クリフのクリスマスローズのブローチの花弁に用いられる等、世界的に珍重されています。

二〇二三年五月

和田はつ子

〈参考文献〉

『聞き書　佐賀の食事』「日本の食生活全集41」（農村漁村文化協会）
『聞き書　鹿児島の食事』「日本の食生活全集46」（農村漁村文化協会）
『聞き書　高知の食事』「日本の食生活全集39」（農村漁村文化協会）
『聞き書　長崎の食事』「日本の食生活全集42」（農村漁村文化協会）
『鍋島直正』　杉谷昭著（佐賀城本丸歴史館）
『珊瑚』　新田次郎著（新潮社）
『宝石2』　諏訪恭一著（世界文化社）
『珊瑚の文化誌―宝石サンゴをめぐる科学・文化・歴史―』　岩崎　望編著（東海大学出版会）

本書は、時代小説文庫（ハルキ文庫）の書き下ろし小説です。

わ 1-59

さむらい魚（ざかな） 料理人季蔵捕物控（りょうりにんとしぞうとりものひかえ）

著者 和田はつ子（わだはつこ）

2023年7月18日第一刷発行

発行者 角川春樹

発行所 株式会社 角川春樹事務所

〒102-0074 東京都千代田区九段南2-1-30 イタリア文化会館

電話 03(3263)5247［編集］ 03(3263)5881［営業］

印刷・製本 中央精版印刷株式会社

フォーマット・デザイン＆シンボルマーク 芦澤泰偉

ISBN978-4-7584-4580-1 C0193

http://www.kadokawaharuki.co.jp/［営業］
fanmail@kadokawaharuki.co.jp［編集］ ご意見・ご感想をお寄せください。

和田はつ子

雛の鮨　料理人季蔵捕物控

書き下ろし

日本橋にある料理屋「塩梅屋」の使用人・季蔵（としぞう）が、手に持つ刀を包丁に替えてから五年が過ぎた。料理人としての腕も上がってきたそんなある日、主人の長次郎が大川端に浮かんだ。奉行所は自殺ですまそうとするが、それに納得しない季蔵と長次郎の娘・おき玖は、下手人を上げる決意をするが……（「雛の鮨」）。主人の秘密が明らかにされる表題作他、江戸の四季を舞台に季蔵がさまざまな事件に立ち向かう全四篇。粋でいなせな捕物帖シリーズ、第一弾！

和田はつ子

悲桜餅（ひざくらもち）　料理人季蔵捕物控

義理と人情が息づく日本橋・塩梅屋の二代目季蔵は、元武士だが、いまや料理の腕も上達し、季節ごとに、常連客たちの舌を楽しませている。が、そんな季蔵には大きな悩みがあった。命の恩人である先代の裏稼業〝隠れ者〟の仕事を正式に継ぐべきかどうか、だ。だがそんな折、季蔵の元許嫁・瑠璃が養生先で命を狙われる……。料理人季蔵が、様々な事件に立ち向かう、書き下ろしシリーズ第二弾！

和田はつ子
あおば鰹(がつお)
料理人季蔵捕物控

初鰹(はつがつお)で賑わっている日本橋・塩梅屋に、頭巾を被った上品な老爺がやってきた。先代に〝医者殺し〟(鰹のあら炊き)を食べさせてもらったと言う。常連さんとも顔馴染みになったある日、老爺が首を絞められて殺された。犯人は捕まったが、どうやら裏で糸をひいている者がいるらしい。季蔵は、先代から継いだ裏稼業〝隠れ者〟としての務めを果たそうとするが……(「あおば鰹」)。義理と人情の捕物帖シリーズ第三弾、ますます絶好調。

和田はつ子
お宝食積(くいつみ)
料理人季蔵捕物控

書き下ろし

日本橋にある一膳飯屋〝塩梅屋〟では、季蔵とおき玖が、お正月の飾り物である食積の準備に余念がなかった。食積は、あられの他、海の幸山の幸に、柏や裏白の葉を添えるのだ。そんなある日、季蔵を兄と慕う豪助から「近所に住む船宿の主人を殺した犯人を捕まえたい」と相談される。一方、塩梅屋の食積に添えた裏白の葉の間に、ご禁制の貝玉(真珠)が見つかった。一体誰が何の目的で、隠したのか!? 義理と人情の人気捕物帖シリーズ、第四弾。